目录

第一章

❧ 玉露花开满梵宫 ❧

夕阳透过雪峰的罅隙，将大团光影洒在额伦寺高耸的暗红尖顶上，让那本已破旧的寺顶也显得辉煌起来。

额伦寺是一座百年古寺，也曾繁荣一时，但近十年来已经没落，寺院金漆零落、砖木残败，香火微薄，远不如附近的哲蚌、甘丹寺那样声名煊赫。寺中修持的僧侣接受着不多的供养，晨钟暮鼓，过着与世无争的生活。

年轻的僧人们在朝阳升起的时候打开朱红的寺门，诵念佛经，打扫寺院，为前来膜拜的信徒们讲法、赐福、治病，到了太阳落山的时候，再关上寺门，分斋、诵经、入定……

少年僧人渐渐长大，成为中年喇嘛，迟早有一天也会变为长须斑白的老僧，但那一张张清瘦的脸上始终挂着悠然自得的表情。他们本以为自己能永远侍奉神佛，终老此生。

然而，谁也没有想到，他们这份安宁的梦境，注定在今天破灭。

傍晚，一名年轻喇嘛如往常一样，正要轻轻关上那重朱漆斑驳的大门，远处一阵牧歌传来。他无意中抬起头，向寺外的茫茫雪山望了一眼。一对牧民夫妇正驱赶着大群牦牛回家，夕阳垂照，牧歌飞扬。年轻喇嘛的眼神迷茫起来，他有些想家了。年迈的祖母、年幼的妹妹，还有院子里那条忠诚的小狗，现在不知道怎么样了。想到这里，他不禁忘了时间，倚着门柱久久站立，连伸出去拉门的手也没有收回来。

直到夕阳落尽，他才清醒过来，轻轻叹了口气。

，

宛如回应一般，另一声叹息同时响起。年轻喇嘛不由得一怔。这样空旷的雪原，是不该有回声的，更何况那声音如此阴冷、诡异，分明不似人声，而仿佛是传说中魔鬼的冷笑。

年轻喇嘛心中一惊，向声音来处看去。

就在他抬头的瞬间，眼前绽开了一团极浓极鲜的红色，腥咸的气息瞬息弥漫在夜风中。然后他感到脖子上一轻，整个世界顿时神奇地旋转起来，和大团的血红一起轰然坠地！

泥土在他眼前扬起，遮住了双眼，他拼命想喊叫，却发现自己已无法开口。

因为他的头颅已随着满腔热血一起跌落！

那声魔鬼般的叹息又重新响起，一条雪白的光影从不可知处冒了出来，鬼魅般向额伦寺门中飘去。一条条黑影宛如地狱开启时放出的恶魔，紧跟着跨了过去。

砰的一声闷响，那具还在颤抖的躯体被推倒，跌入积雪。

从这一刻起，额伦寺的命运已经注定。

一声声惨烈的呼叫划破浩茫星空！

星月暗淡，黑暗梦魇般笼罩大地，唯有寺庙上方一小块夜空被火光映照得明灭不定，宛如大片墨黑中伸出一只血红巨爪，沉沉垂罩在额伦寺上空。

屠戮，完全不可阻挡。

那群黑影仿佛得到了恶魔的力量，轻易粉碎了额伦寺僧侣的一切抵抗。雪亮的利剑、长弓、转轮、法杖被那群黑影握在手中，在狭窄的寺庙中恣意乱舞，每一下都伴随着刺入人体的闷响和横飞而起的残肢。

圣洁的佛法之地瞬间如化地狱。鲜血染红了经幢、梁柱、法器，甚至大威德金刚慈悲、怒目的两张面孔。

却依旧寂然无语。

如今，就连神佛也只能眼睁睁地看着眼前这场惨绝人寰的屠杀。

也不知过了多久，惨叫声渐渐小了下去，满地鲜血也逐渐变成暗黑。那群黑影杀死了寺中大半的僧侣后，选出幸存的七个僧侣扔到寺院中心的尸堆中，再围拢上去。

七位僧侣有老有少，似乎都还未从极度的恐惧和震撼中清醒。他们有的满脸悲愤，怒目注视着这群刽子手；有的瑟瑟发抖，躲在同伴身后；有的毫无表情，等待着厄运的降临。

他们眼前的这群恶魔，每一个都笼罩在墨黑色的斗篷之下，看不清面目，唯有手中的法器冰冷如雪。额伦寺僧人的鲜血正从雪亮的锋刃上点点滴落。

突然，那群黑影从当中分开一线，所有人都举起手中法器，恭谨地致礼，似乎在静候着某人的到来。

一个人影踏着满地鲜血，缓缓向僧人走来。

同样的黑色斗篷，同样冰冷的长剑，但他的声音十分温煦，"诸位大德。"

旁边一位黑衣人递上一支火把，隐约照出来人的面容——

来人金发垂肩，双眸中透出淡蓝的微光，看上去竟十分清俊温婉，仿佛一位来到藏地修行的异国王子。

额伦寺僧人面面相觑，不敢相信他竟然就是这群恶魔的领导者。

那人淡淡微笑道："在下曼荼罗教狮泉河守护者桑戈若，此次前来贵寺，是想向额伦寺诸位大德借一样东西。"

曼荼罗教！

幸存的七位僧人不禁骇然变色。

曼荼罗教本是流行于印度的教派，信奉毁灭之神湿婆，以活人献祭，是最为邪恶的教派之一。然而此教一向蜗居雪峰深处，与藏边诸寺素无往来，额伦寺众僧人更是只闻其名，不知其详。直到一个月前，额伦寺活佛潜修三载，终于参悟梦境神通。没想到活佛在梦中观照未来后，竟夙夜叹息，宛如看到了极为可怕之事。

此后，活佛入定苦思七日，仍无破解之法，最后竟决定提前十年示寂，以避大劫。诸位弟子苦苦挽留，活佛也只是摇头不语。

活佛示寂前只留下一句话："天雨曼陀罗花，诸天灭劫就要降临了。"

这句话宛如魔咒般笼罩在额伦寺众僧侣心头。最初的几天，额伦寺上下也曾谨慎戒备，只是一个月过去了，周围一切如常，僧人们也松懈下来。有些年轻僧人甚至忍不住暗中怀疑，难道活佛观照出的未来只是一场毫无根据的噩梦？

没想到，八月十日，活佛圆寂后整整四十九天，这场噩梦终于被鲜血化为现实。

黑衣人手中的火把摇曳，照出四周炼狱般的惨状。额伦寺众僧人坐在暗黑的血泊中，瞠目结舌，被惊恐和悲痛完全击倒。桑戈若的目光从这些僧人脸上扫过，似乎等得有些不耐烦，道："帕凡提女神像到底在哪里？"

神像？额伦寺诸僧人一怔，难道他们这样大肆屠戮，寻找的不过是一张女神图像？

一个年轻僧人喃喃道："帕凡提女神是谁？"

那个"谁"字刚刚出口，就化为一声凄厉的惨叫——他的整条右臂带着大半个肩膀，被桑戈若的剑生生劈下。

长空中一大片血云喷溅，将其余六位僧人的头脸完全染红。伤者恸声惨呼，挥舞着仅存的残臂向桑戈若撞去，却只迈出半步就已跌倒。他身旁中年僧人一把将他紧紧抱住，一面帮他止血，一面不住念诵经文。伤者的身体剧烈抽搐了几下，渐渐没了呼吸。

桑戈若伸出手指，弹了弹剑尖，血滴噗地散作无数粉珠，洒在诸僧的脸上。

额伦寺僧人抬起头，目光中全是怒火，恨不得将眼前的敌人碎尸万段。

桑戈若淡淡道："诸位想起来帕凡提女神是谁了吗？"

众僧人一言不发，牙关都快要被咬碎。

桑戈若微笑了一下，看着自己的手指，数道："一。"

唰的一声轻响，长剑已指向一位小喇嘛。小喇嘛看上去只有十二三岁，仿佛是刚入寺庙修行不久。他吓得脸色惨白，瑟缩在那位中年僧人身后。

"二。"桑戈若的笑容依旧温煦，然而声音已经冰冷。

"三"字还未出口，那个中年僧人放开尸体，一把将小喇嘛护在身后，沉声道："帕凡提女神是印度传说中毁灭神湿婆的妻子。她的法像的确曾藏在藏寺中，但现在已经不在了。"

桑戈若哦了一声,依旧微笑道:"在哪里?"

中年僧人抬头直视着桑戈若,一字一字道:"已在一个月前与活佛肉身一起火化!"

桑戈若微微皱眉,"火化?"

中年僧人点头道:"因为那幅图,本是额伦寺代代秘传之物,一直绝无副本,只刺在活佛身上。"

桑戈若脸色不禁一沉。

中年僧人凄然笑道:"一月前,活佛观照未来,知道曼荼罗教将唤醒毁灭神湿婆,兴起灭佛浩劫,而毁灭神觉醒的必备机缘就在于这张帕凡提女神像。活佛知道自己的力量无法与曼荼罗魔教抗衡,不得已提前示寂,嘱咐我们将他的肉身与此图一起火化,了断因缘!"中年僧人霍然抬头,逼视桑戈若道:"如今,就算你杀光我们、夷平额伦寺,帕凡提女神像也找不回来了!"

桑戈若清俊的脸上陡然腾起一片阴冷的杀意,他一字一字道:"那我只好杀光你们,再一寸寸搜索女神图像了。"话音未落,剑光已如游龙般腾出。昏暗的庙宇被照出一片血光,瞬间又已恢复平静。

剑已然回到桑戈若手中——又或者,根本没有拔出过。他望着微颤的剑尖摇了摇头,似乎并不满意这一剑的效果。

额伦寺的僧侣们惊恐地望着彼此,似乎还在庆幸自己没有被这一剑斩杀。

突然,黑暗中爆出"噗"的一声闷响。

一个僧人倒了下去——或者说,是半个。他双目几乎要突出眼眶,拼命用手支撑着地面,他清楚地看到自己的上下两半身体脱离开来,一半宛如木桩般矗立在原地,另一半却被双手撑向了半空中。猩红的鲜血从伤口处泉水般喷涌,伴着不似人声的惨叫。

其他僧侣几乎同时发出惊叫,那半截身体依旧不甘心地爬着,布满血丝的双眼泛出灰白的颜色,口中却还在喃喃念道:"救我,救我……"他沾血的双手几乎就要握住那小喇嘛的腿，中年僧人猛地闭上双目，一挥手，将手中的降魔杵刺入了伤者的颅顶。

那僧人身子一挺，终于瘫软下去。

鲜血染红了佛堂。

桑戈若合上双目，脸上浮出一缕悲伤的神色，似乎不忍心看到如此惨状。但在额伦寺众僧眼中，这无疑是最恶毒的嘲笑。

他们本是神佛的信徒，是藏地最受尊敬的僧人，如今却被这群邪魔外道屠戮、残杀、侮辱，且无法还击！这不仅是对他们生命的蔑视、戕害，更是对他们的信仰、对诸天神佛的不敬与亵渎！

额伦寺僧人圆睁的双眼似乎要滴出鲜血，仇恨的火焰宛如压抑不住的火山，随时都会喷发。

桑戈若看着他们，却只微笑着摇了摇头，重复道："帕凡提女神像在哪儿？"

中年僧人的声音已经有些变调："已经和活佛的肉身一起火化！"

桑戈若微笑道："骨灰在哪儿？"

额伦寺诸僧人一怔："你说什么？"

桑戈若淡淡道："老不死的死了、烧了，总会有灰留下吧？我今天偏要试试，能不能从那捧骨灰中拼出一张帕凡提神像来。"

旁边一个僧人嘶声怒喝道："你竟敢对活佛不敬，我和你拼了！"言罢猛地向桑戈若撞去。

那位僧人猝然跳起，众人才发现他竟生得十分高大，横肉满身，看上去仿佛一座铁塔般，轰然向桑戈若压了下来。

桑戈若提剑的手似乎向后挥了挥，又似乎没有。却听得众人一声惊呼，大蓬的血花再度盛开，那铁塔般的肉身竟然从中裂开一个十字，瞬间坍塌下去！

桑戈若却看也不看，只是盯住那个中年僧人，沉声道："现在肯把骨灰交出来了吧？"

中年僧人满脸悲痛，却又强行压制下去："活佛的骨灰早已撒入圣湖之中。"

桑戈若唇边浮出一个更加森冷的笑容，向剑尖吹了口气："你们的活佛近十年来一直修行一种道法，圆寂后肉身可以百年不腐、水火不侵，你们是用什么办法将他火化的呢？"

中年僧人一怔，再也说不出话来。

这个秘密，活佛圆寂前只告诉了他一个人，同时也把最大的信任和最艰难的责任交给了他。他早预料到这场杀戮的来临，却不能告诉任何人，只在一旁看着师兄弟们彼此嬉笑打闹、争论佛理、洒扫寺院、分享酥油茶……这平常的一切成为最后的幸福，被他一点点记在心中。他甚至忍不住想劝新来的师弟们先走，避开这场浩劫，然而他最终没有。

为了完成活佛的遗愿，他不惜连最亲的人都欺骗了。

那天半夜，是他悄悄打开灵塔，将完好无损的活佛肉身盗走，藏到了一个极为隐秘的所在。这一切绝无第二人知晓，又是怎样被敌人发现的呢？

他不由自主地抬起头，仰望着大殿中央那尊大威德金刚像。神像无语，他的脸色却渐渐变得苍白。

桑戈若一面冷笑，一面步步逼近："额伦寺活佛热衷修行各种神通，最后却都是作茧自缚。

"他虽看透了来日大劫，提前圆寂，却无奈已事先修行了肉身不腐的神通，无法毁掉女神图。

"这就是命，是湿婆大神不可抗拒的意旨！"

他每说一句话，就上前一步，伴随着手中的长剑一颤，一名额伦寺的僧人就倒在血泊中，身首异处！最后只剩下中年僧人和被他抱在怀中的年幼喇嘛，被逼入了墙角！

桑戈若踏着满地血肉，剑指中年僧人眉心，一字一字道："你把他的肉身藏在哪里了？"

中年僧人摇了摇头。

突然，噗的一声闷响，一条金色的法杖从中年僧人背后穿出。他似乎想说什么，却再也无法开口，喷出一口鲜血，倒了下去。

桑戈若有些错愕，收起长剑，看向中年僧人身后。黑暗中出现了三条灰色的影子。其中一人收起法杖，淡淡道："桑戈若，你是越来越婆妈了。额伦寺不过弹丸之地，杀了他慢慢找也来得及，和贱民谈条件，真是丢尽了教主大人的脸。"

桑戈若皱了皱眉头，随即又露出微笑，道："三位大人带着教主大人的旨意前来，想必已经知道神像的所在了。"

另一人冷哼一声，道："你还不算太蠢。教主无所不知，而我们三人经教主赐法，已能和教主大人心意相通，所以这神像的所在已经不劳你费心了。"言罢挥了挥手，竟似要桑戈若走人的意思。

桑戈若淡淡一笑，答了声"是"，脚下却一动不动。

另一人在周围巡视一周，目光又落到桑戈若身上，冷冷道："你怎么还没走，留下来邀功吗？"

桑戈若也不生气，仍然微笑道："教主大人无所不知，功劳是谁的就是谁的，抢也抢不去。传说帕凡提女神乃是三界中唯一能让诸神倾倒的女子，所以在下只是想留下来瞻仰一下女神的宝相，开开眼界，也算不枉此行。"

其中一个灰衣人冷笑一声，道："你要看就看好了。"突然纵身往上一跃，手中瞬息绽开一片七彩光轮，向大殿正中的大威德金刚像拍去。

砰然一声巨响，整个大殿都受了震动，大块木屑、瓦砾四处乱落，那尊三丈高、纯铜铸就的大威德金刚像竟被他一掌拍为齑粉。

满空金粉飞扬，一具干枯的肉身从金刚像内跌倒下来。桑戈若一怔，没想到额伦寺活佛竟会把自己的肉身藏在这座巨大的佛像中。

肉身枯瘦，已经缩得不足三尺，宛如婴儿，只是通体泛着金色的油光，几乎被地上厚厚的金粉完全掩埋。为首的灰衣人隔空扬手，那具肉身竟宛如被无形的绳索牵引一般，整个飞了起来，被他捧在手中；另一个灰衣人拿出一枚碧色的圆环，在手中拂拭了几下；第三人则在一旁默默诵念着咒语。

桑戈若不禁脱口道："潜龙珏？"

一个灰衣人道："不错，这就是天罗十宝之一的潜龙珏。只有它能克制不腐神通，将这片刺有女神像的皮肤剥落下来。"

持潜龙珏的灰衣人聚精会神，让潜龙珏锋利的边缘在那片金色的皮肤上游移着。小小一片青色的玉珏竟仿佛有万斤之重，以他的力量都不能轻易运用。每割开一点皮肤，大量金色的液体便渗透出来，发出浓重的香气。

也不知过了多久，肉身背后的女神像终于被完整揭下。

一个着水红色衣衫的女子站在昏黄的图像中，若隐若现。

桑戈若注视了女神像良久，终于叹息一声，转身离去，只片刻时间，就已完全消失在夜色中。他手下那群黑衣人也瞬间随他一起消失，宛如来自虚无最终又回归虚无一般。

三个灰衣人正要将神像小心收起，鼻端突然传来一阵浓烈的异香，低头看时，他们手中的活佛肉身竟化为七彩尘雾，在凌晨的寒风中越飘越远。

天空中一脉晨光正要冲破重重夜色，大团雪花飘落下来。

只是，这些雪花竟然是墨黑的。

"天雨魔花，诸天灭劫就要降临了。"

第二章

❈ 谁舞劫灰向碧空 ❈

广袤的天幕宛如一张撑开的巨图，蓝得耀眼，阳光将五色光辉尽情洒向大地。如果说，四周淡青色的峰峦宛如藏地的多情少女，静静地沐浴在阳光下，那么青黑色的乌孜山就宛如壮硕的康巴汉子，挺直了伟岸的腰杆，直面苍穹，他们一起为这幅天碧云高的空灵画卷涂抹上一笔浓墨重彩的底色。

巍峨的山峦中，一座极其恢宏的寺院傍山而建。

哲蚌寺。

神圣的哲蚌寺。

这座藏地最大的寺院，三面被乌孜山环绕，寺院顺着山势逐层递高，殿宇交错连接，看上去丹楼如云，金碧辉煌。

法号吹响，数千僧侣整齐的诵经声直透云霄。白云寂寂，青天无言，雪原、草地、湖泊、人群，就连那吹过的一丝丝微风也为这神圣的佛域梵唱所震慑，发出最虔诚的回响。

一条条灰白色的金刚石阶梯沿着墨黑的山石蜿蜒而下，仿佛天庭垂下的一条条哈达，千年不变，永远地连通着这人神的分野。

阳光下，灰白色的石阶都被晒得有些发烫。

噗的一声轻响，一蓬鲜血在石阶上溅开。

神圣的宁静瞬时被击得粉碎！

一双鲜血淋漓的手爬了上来，在白色的阶梯上留下十道极粗的血痕，而后跟着一张毫无血色的脸。他看上去只有十二三岁，或者更小，身上一袭喇嘛的红袍也显得过于宽大。他正艰难地攀着石阶，一步步往哲蚌寺爬去。

小喇嘛整张脸都被鲜血沾污，大大的眼睛已经暗淡无光，透出垂死的颜色。他的内脏似乎受了极重的伤，每动一下，口中都会呕出鲜血。血迹在他身后拖开，宛如一条长长的飘带。

法钟敲响，哲蚌寺寺门敞开，几位僧人匆匆赶上去，将他扶起。小喇嘛躺在哲蚌寺僧人怀中，苍白的脸上却没有一丝获救后的喜悦，只是张开干裂的嘴唇，艰难道："额伦寺已遭屠灭……求见哲蚌寺活佛。"

哲蚌寺措钦大殿经幢辉煌，檀香馥郁。

由一百九十根巨大柱子撑起的宏伟法堂内座无虚席，哲蚌寺活佛索南迦措正带领着数千僧侣齐声诵念佛经。一旁甘丹寺活佛白摩大师也恰好在此处讲法。今天本是两寺一年一次的法会。

诵经声沉寂。

众僧人都默然不语，望着两位上师，空气中弥漫着惶恐不安的气氛。索南迦措眉头紧皱，将那位奔来报信的额伦寺小喇嘛放在身前，一手结印，轻轻抚他额前。

那小喇嘛本已昏迷，此时似乎得到了无形的加持，勉强睁开了眼睛。他挣扎着微微坐直了身体，伸出沾满鲜血的手向胸口掏去。他甚至没有向索南迦措行礼。不是他不尊重这位最孚众望的活佛，而是他知道，自己的时间已然不多了。

十指的指甲几乎都已生生剥落，血痂和尘污沾满了指节，让他的手指几乎不能弯曲。然而，当旁边的一个僧侣想帮他掏出胸前藏着之物时，他却摇头拒绝了。

小喇嘛低下头，用残破的手指和干裂的嘴唇一起"捧"出了一块沾满血污的破布，恭敬地放在索南迦措面前。

也许是濒临死亡，他墨黑的瞳孔扩得极大，宛如两枚蒙尘的宝石。他静静地对着索南迦措，似乎想说什么，却嘴唇颤抖，一个字也说不出来。

索南迦措点了点头，一手接过这块破布，一手轻轻悬在他的头顶。他曾为无数临终之人赐福，祝愿他们的灵魂通往极乐，但是他知道，眼前这位年轻的殉道者濒死的眼中充满期待，所要的却并不是他的祝福。

索南迦措犹豫良久，却只说出三个字："你放心。"

小喇嘛眸子中透出最后的笑意，然后就彻底暗淡了下去。

只有他知道，这三个最简单、最朴实，甚至朴实得与哲蚌寺活佛身份不称的三个字，包含了多少责任、多少担当。

索南迦措叹息一声，将小喇嘛的身体放下。这具肉体竟宛如早已死去一般，瞬息就已僵硬、冰冷、腐败。恶臭的气息瞬间弥漫了整个法堂，却没有人伸手去掩住鼻息。

一旁的白摩大师道："如何？"

索南迦措摇了摇头，"筋骨尽断，心脉断绝，或许早已气绝了。只是他的诚心感动了佛祖，才让他支撑到了这里。"

他轻轻将那幅破布打开，这布，仿佛是从另一位僧人身上撕下的衣角，上面用鲜血勾描着一位女神的法像。

"这就是他要带给我们的。"索南迦措看着神像背后的几行血字，声音中透出重重的敬意来，"额伦寺全寺上下皆遭屠灭，只有他躲过一劫。他用鲜血将看到的帕凡提女神像描摹下来，然后一路挣扎到了此处。"

白摩大师叹息了一声："没想到，沉寂多年的曼荼罗教又重现藏边，更没想到，为了一张神像，他们就下此毒手。"

索南迦措注视着手中的图像，缓缓摇头："这不是一张普通的神像……"他突然抬头，仰望着殿中的释迦法像，长叹道："帕凡提女神是毁灭神湿婆的妻子，传说在一次天战中，对手的力量实在强大，就连无所不能的湿婆也陷入苦战，最后帕凡提女神化身为近难母，拯救了整个天界。从此湿婆立下誓言，以后无论他多少次转世，他的每次觉悟都必须获得帕凡提女神的认可。因此，湿婆在人间的化身要想彻底觉悟毁灭神的力量，就必须找到帕凡提女神的转世。"

白摩大师默然片刻，似乎想到了什么："曼荼罗教如此急于找到女神的下落，难道湿婆和帕凡提女神都已转世，来到人间了吗？"

索南迦措的神色更加凝重，"不错。我也是刚刚得知，曼荼罗教教主帝迦自称湿婆转世，早年竟不知从何处寻来了湿婆之箭，打开了乐胜伦宫的千年封印。乐胜伦宫是湿婆与帕凡提曾经居住的地方，里面藏着无数威力足以改天换地的法器和数百种修炼邪术的秘法。如今，他已完成了其他修行，拥有无穷的力量，只要突破帕凡提女神这最后的关隘，就能彻底觉悟为灭世之神——湿婆了！我本想趁今日的法会与大师商讨一个对付的法子，没想到还是晚了一步！"

白摩大师神色一凛，声音都有些颤抖："若湿婆出世……"

索南迦措双手合十胸前，长叹道："本寺秘典记载，湿婆出世之日，就是三界劫灭之时。到时候天地改易，众生流离，所有的江河都将化为赤红……"

白摩大师默然了片刻，长眉微挑，"纵然运数不济，但佛法慈悲，诸邪辟易，我们身为佛门弟子，又岂能束手待毙……"

索南迦措点头道："大师所言极是。传说佛祖料到了三界会有这样的劫难，在灭度前，留下了两件克制湿婆的法宝，其一便是香巴噶举派世代秘传的恒河大手印。"

白摩大师皱眉道："恒河大手印？据说已经失传多年了！"

索南迦措道："不错。曼荼罗教似乎也知道这个传说，刚入藏边之时，就一直潜伏在香巴噶举派桑顶寺旁，等到上任活佛灭度之时，突袭而至。活佛以半死之体，强行与众魔头周旋，虽然将诸魔头打败，肉身却也为邪术禁制，不能转世，恒河大手印从此失传……"

他摇了摇头，叹道："所以只有第二件了。"

白摩大师精神一振，追问道："第二件又是什么？"

索南迦措道："曼荼罗阵。"

白摩大师一怔："曼荼罗阵？"

索南迦措道："曼荼罗阵是上古秘传的法阵，拥有改天换地、生死肉骨的无上威力，但很少有人知道，曼荼罗阵其实分为两种——金刚曼荼罗阵与胎藏曼荼罗阵。金刚曼荼罗阵主外，主力量，宏大无比，山川、丛林无不可纳入战阵。阵主会获得与诸神匹敌的力量，最后也将与此阵同化，永难解脱；胎藏曼荼罗阵主内，主轮回，不过方寸芥子之地，然而古往今来、数世轮回都会蕴涵其中。主持法阵者借轮回之力引导入阵者抛弃杀念而悟佛境，然而，阵主也将同时陷入轮回幻境，稍有不慎便会走火入魔，神形俱灭……"

他重重叹息一声，似乎欲言又止。

白摩大师等了片刻，忍不住道："大师还有什么顾虑？若真能克制湿婆，即便我等神形俱灭又何足惜？"

索南迦措摇头道："不是惧怕曼荼罗阵的反噬之力，而是……"他的眉头深深皱起，"金刚曼荼罗阵已灰飞烟灭，胎藏曼荼罗阵的布置则需要八位有缘之人持八件神器分立八方。这八件神器中的六件分藏在青藏一带六所寺院中，无不为镇寺之宝，就算你我联合藏地诸大寺，多方索求，也未必能全其美。更为艰难的是，剩下的两件藏在蒙古可汗俺达汗的营帐之中。"

白摩大师皱起眉头："既然克制湿婆的方法只剩下胎藏曼荼罗阵，无论路程多远、多么艰险，都必须将法器借来。活佛与俺达汗素有交往，何妨一试？从此处往返蒙古需要多长时间？"

索南迦措道："快马加鞭，日夜不休，尚需十余日。"

"好！"白摩大师霍然起身，"既然如此，请活佛立即动身前往蒙古，向俺达汗借取两件法器，我则留在此处联合诸寺高僧集齐其余六件。另外……"

他的目光向那幅图像上一扫："此图尽快复摹多份，分发与青藏两地诸大寺院。此间无论谁遇到帕凡提转世……"

他迟疑了片刻，终于道："只得格杀勿论，永绝后患。"

索南迦措也站起身来，注视图中人良久，叹息道："虽然这位转生的少女无辜，但为了天下劫运，也只得如此了。"

白摩大师向索南迦措伸出手掌："十日后，是传说中乐胜伦宫现世之日，届时藏地高僧齐集圣湖之边，恭候活佛佳音。"

索南迦措正色道："十日后，不见不散。"

啪的一声，这象征着天下命运的两只手终于击在了一起。两位活佛紧皱的眉头似乎舒开了一点，虽然此去劫难重重，然而只要心中有一份不屈的信念，天下就有了希望。

堂下数千僧人齐齐跪下，口诵经文，梵诵之声直上云霄，整个哲蚌寺似乎都轻轻震颤起来。四周的寂寂峰峦、皑皑白云，也在这诵经声中重新鲜亮，仿佛也在两位活佛的这轻轻一掌间，看到了重生的希望。

第三章

云山万里烽火色

旷原莽莽，天穹高远。

亘古已然的雪峰绵延数里，雄奇峻秀，一座座直插碧天深处。半山云蒸霞蔚，变幻不定，似乎天上人间的分界就在于此。

漫天云雾突然被划开，一串极其轻微的铜铃声从山下缓缓而来。一个年轻僧人牵着一匹白马，缓缓地沿着山路攀登。阳光极盛，射得人眼睛生痛。而那位年轻僧人却一直努力地望着太阳，似乎在茫茫雪原之中，只有阳光才能给他指明方向。

白马上端坐着一位高僧，正是他的上师。上师须发皆白，看不出有多少年岁了，一直瞑目不言，任白马驮着自己向前方行去。而白马的后背，还驮着一个沉沉的包袱，竟然足有一人高，用黄色的油纸紧紧包着，上面扎了数十道白纱，让人看不出究竟。那白马虽是难得一见的龙驹，负了如此重物，走在这高原雪山上也极为吃力。

又过了好久，那个年轻僧人抬起衣袖，拭了拭额头上的汗珠，问道："上师，我们还要走多久？"

上师没有睁眼，只摇头不语。

年轻僧人迟疑了片刻，终于忍不住道："上师，乐胜伦宫到底在哪里？天底下真的有这么一个地方吗？为什么从来没有人见到过？"

马背上的上师睁开了眼睛，缓缓道"乐胜伦宫是天神居住的地方，人是看不见的。"

年轻僧人道："那……那我们怎么去找？"

高僧微微向东方抬了一下手，道："你看那是什么？"

年轻僧人疑惑地抬了抬头，阳光几乎灼伤他的眼睛。他顿了顿，答道："太阳。"

高僧叹息道："太阳升起的地方有一口圣湖，叫作波旁马错。传说人的灵魂，无论进入天堂还是地狱，都会在此暂作栖息。"

年轻僧人道："上师，我知道圣湖，可是这和乐胜伦宫有什么关系？"

高僧道："传说中，天神每十年才会离开乐胜伦宫一日，这时，结界消失，乐胜伦宫的倒影就会出现在圣湖中央……"他只说了一半，就又合上了眼睛，似乎从未睁开过一般。

年轻僧人不敢再出声，只得默默往前走。

突然，一片祥云不知从几重天上飘下。年轻僧人下意识地眨了眨眼，等他睁开眼，那条本如永无尽头的山路突然中断了。眼前是一道深不见底的悬崖，云雾翻腾蒸涌，仿佛无边大海，而他们的半身已在悬崖之外！

他手中的白马收不住脚步，惊声哀鸣，一个踉跄，猛地在崖边跪了下去。年轻僧人脸色苍白，用尽全身力气往回拽缰绳，白马奋蹄嘶鸣，终于挣扎着向后退了三步。也幸得这是一匹宝马，换了普通马匹，怕是早已跌入悬崖！

那年轻僧人突然想起他的上师还在马上，急忙回头看去。只见上师不知什么时候已经从马背上下来了，悠然遥望着远方的太阳，道："走过去。"

年轻僧人以为自己听错了，道："走过去？"他不相信地指了指眼前的深渊，"从这里？"

高僧没有答话，轻轻挥手，眼前的云雾缓缓散开，他一迈步，向云海间走去。

年轻僧人还没来得及惊呼，却发现他的上师已在云端向他挥手了。他一狠心，牵着白马也跟了过去。

眼前迷雾转换，突然，一片幽静的蓝光迎面而来，他发现脚下竟然不是云海，而是一片真实的土地。

眼前，是浩瀚的湖泊。

湖水弯如新月，仿佛雪域圣女的眼波，清澈而寂寥。而一旁的冈仁波齐峰高高在上，皓白无瑕，宛如一枝摇曳生辉的风荷，开放在这片幽蓝的湖面之上。

祥云蒸腾，几十位大德正围坐在湖边。大昭寺、色拉寺、扎什伦布寺……在平时，无论谁想要见上其中的一位，都得在高原栉风沐雨，长年跋涉。

年轻僧人惊讶地望着这仙人交界之处，似乎已经痴了。而这些大德似乎正在辩论着什么，一开始语音很轻，几乎难以听清，到了后来却激烈起来。

一位红衣大德突然怒喝一声，只见他满脸怒容，身形又极为高大，一起身，真的宛如伏魔金刚一般："曼荼罗邪教何德何能，竟敢狂言兴起灭法大劫？佛法昌盛，万代传承，岂是曼荼罗教中几个魔头能够毁灭的？"

另一位大德摇了摇头，他脸色极黄，白须几乎垂到腹部，双眉却下垂得厉害。只听他长叹一声道："史上之灭法大劫均由异教君王兴起，焚经灭寺、屠戮僧人，是为大劫。而此次劫难虽由曼荼罗邪教而起，却只怕灾难要远胜于前代了……"

远处，一位黄衣大德摇头道："蔽寺地处边远，至今尚未受其骚扰，又传言波旬信奉湿婆邪教，其邪术妖法可移山填海、崩天裂地、生摄人魂。以鄙寺众僧一点微末的法力，若真激怒波旬魔王，无异自寻死路。"

众大德神色复杂，又一人道："何况佛法广大，不灭外道，与其以卵击石，不如敬而远之。"

此话一出，诸位大德都沉默了片刻。

突然，有人问了一句："波旬到底是谁？"却是那个牵着白马的年轻僧人。

他声音不大，但已惊动了诸位大德。众人齐齐回头打量这个闯入的年轻人。只见他年纪甚轻，脸上却带着一种说不出的生气，虽然穿着僧服，但并未剃度，长发束起，眉目清秀，却又透着几分英气，宛然是汉族少年的长相打扮。

一个黄衣大德冷笑道："你是谁，哪里轮得到你说话？"

年轻僧人皱着眉未回答，他的上师微微笑道："他是在下的记名弟子。此番带他前来此处，是另有极为重要的目的，只怕要关系中原武林的命脉。在此之前，诸位就不必再为难他了。"

　　众位大德都是一脸惊疑，这个名不见经传的年轻人还有如此大的作用不成？

　　他的上师微笑不语，又回头对那年轻僧人道："所谓波旬，就是如今曼荼罗教教主帝迦。波旬是佛典中的灭世魔王，也是佛家弟子对湿婆的别称。只是因为诸位大德都太怕这位教主，不敢直称其名，只好称之为大魔王波旬了。"

　　他此话一出，那位红衣大德更怒："白摩大师，你说我们惧怕波旬？"

　　白摩大师？诸位大德都是一怔。甘丹寺白摩大师在藏地的声望只怕仅次于哲蚌寺的索南迦措，此次众人齐聚圣湖之畔，也是受了他的邀请。然而，他近十年来一直闭关修行，亲眼见过他的人少之又少，若不是红衣大德说破，一时竟没有人认出他来。

　　白摩大师淡淡微笑道："诸位不远千里前来圣湖之畔，等待乐胜伦宫现世，本是受了在下之约，要商讨一个联手对付曼荼罗邪教的方法。而诸位到此已有三天，反反复复，也不过说大魔王波旬的邪术是如何厉害，却没有一点对付的主意，若不是怕到了极点，又是何种意思？"

　　红衣大德冷笑道："正是白摩大师你发帖相约，我们才日夜兼程，齐集圣湖之畔。而大师一直迟迟未到，却事先施展密宗结界封闭了圣湖，将我们禁锢在此地三日三夜，倒不知是何等意思。如今大师终于来了，倒不妨帮我们解释一二。"

　　白摩大师颔首道："正是要给大家一个解释。"他突然一扬手，白马背后的巨大包裹顿时凌空飞起，落到众人面前。乓的一声闷响，泥地竟然被砸得深陷下去。

　　红衣大德愕然道："这是什么？"

　　白摩大师神色凝重，轻一弹指，将捆扎的白纱震断，而后俯身将油纸缓缓揭开。

　　一股血腥之气扑面而来。

　　里边赫然是三具无皮的尸体！

　　尸体的血早已凝固，冻为黑色，极为狰狞，而凶手的刀法惊人地细致——整个巨大的伤口都还保留着一层薄薄的脂肪，无数血管像张开了一张细密的网，虽然失去了皮肤的约束，却都还完好无损地紧绷着。尸体从咽喉到腹腔已被整个剖开，所有的脏器也已被取走，一个空空的体腔森然大开，却似乎经过某种特殊的处理，显出一种诡异的光泽。

虽然在场诸人均可谓参透生死的大德高僧，陡然见到这副惨状，仍不禁骇然变色。

白摩大师叹了口气，道："这三个人，是摩萨寺的僧人。他们不仅皮肤、脏器被取走，连脑髓也已从双耳处被完全吸出。"

红衣大德愕然道："你是说，摩萨寺已经……"

白摩大师道："不错。从上次月圆至今，这已是第二十七所被屠灭的寺院。僧众均遭枭首、剜心、剥皮、折肢等酷刑，惨不忍睹……我得到消息，连夜赶去，却仍然迟了一步。我留在摩萨寺为殉道众僧超度三日，这也是我迟到的原因。"

红衣大德大怒，道："如此惨无人道，曼荼罗教到底意欲何为？"

白摩大师道："取走僧人脏器，只怕是为了在乐胜伦宫中炼制传说中的百鬼搜魂术，以找出帕凡提女神转世。"

此话一出，众大德一片惊声，纷纷问道：

"乐胜伦宫？难道波旬已占据乐胜伦宫之传说竟然是真的？"

"百鬼搜魂术以僧人脏器为祭，邪恶无比，是诸佛禁用的法术，已经数百年未现人间，曼荼罗教从何得来？"

"帕凡提女神又是谁？"

一时人声鼎沸，议论纷纷，白摩大师神色更为沉重："帕凡提女神是湿婆的妻子，而曼荼罗教教主帝迦自称湿婆化身，用妖法打开乐胜伦宫，与手下诸魔头盘踞其中，以僧人骨、髓、筋、肉祭炼邪法，魔宫中夜夜生魂惨嚎，动天彻地……据说，他已完成了其他修炼，只要得到转世女神的认可，就能取回湿婆的全部力量，因此才派人屠戮额伦寺，夺走女神图像，在青、藏两地四处搜寻。此人力量若神，心意如魔，若真让他觉悟为灭世神，天地浩劫，再非人力能挡。"

诸大德不禁一怔。红衣大德浓眉倒竖："依你所言，我们只有束手就缚了？"

白摩大师摇头道："从他们竟不惜动用最邪恶的百鬼搜魂术来看，转世女神暂时还未被找到。然而，这些日子以来，曼荼罗教徒以搜索女神为名烧杀抢掠，无恶不作，藏地百姓已不堪其扰。"

红衣大德怒道："波旬如此胆大妄为，玷污佛法圣地，难道天下就没有克制之法？"

白摩大师长声叹息，道："佛祖在灭度前曾留下胎藏曼荼罗阵，以克制波旬，拯救苍生。此阵需要八件法器与八位有缘之人。我约大家来时，请色拉等六大寺活佛带上的密宝，正是其中六件。而索南迦措则连日赶往蒙古，向俺达汗求借其余两件。如今约期已过，活佛还没有回来，只怕此行……"

他摇了摇头，不再说下去。

十日已经过去，若俺达汗应允，索南迦措无论如何也该赶回来了。

诸位大德心知如此，脸色都变得更加沉重，却一时也再想不起对抗曼荼罗教的方法。

突然，白摩大师脸色一变："谁？"

诸位大德一惊，湖边飘摇的云霓似乎猛地震颤了一下。在场众人都分明感到一股陌生气息突然闯入了结界之中！

湖畔的幻阵力量极为强大，除非得到主人的邀请，否则阵外之人绝难闯入，而阵中之人也绝难离开。两天前，湖边十位大德曾试图一起合力将之冲开，仍不能撼动分毫。

然而这道气息的确进来了，陌生至极、强横至极，宛如巨浪一般向湖边奔涌而来。

众人脸色皆变，这样强大的力量，莫非竟是魔王波旬亲临？

不远处，帷幕般的雾气被晨风撕裂。七色日华的中心，一个人影渐渐清晰。

来人脸上有隐隐倦意，青衣和散发随风飘扬，也沾满了征尘。

而他手上抱着一个小女孩。

女孩容貌秀丽，脸色却极为苍白，将脸埋在他怀中，似乎不胜劳顿，已经沉沉睡去。而那纤长睫毛上还沾着早晨的风露，微微翕动着。

来人缓缓往众人身上看了一眼，目光虽不凌厉，却宛如古镜照神，深不可测。他虽然只是随意站在那里，身上流露的逼人气势却宛如山岳般沉沉压在众人心头。

白摩大师迟疑了片刻，道："尊驾是……"

来人看了众人一眼，淡淡说出三个字："卓王孙。"

众人一怔。

华音阁声名虽如日中天，然而正因为如此，反而很少有人直呼华音阁阁主之名。尤其远在藏边，他的真名已少有人知。

红衣大德怒道："无论你是谁，为什么闯入圣湖禁地？"

卓王孙淡淡道："找人。"

红衣大德道："谁？"

卓王孙缓缓道："曼陀罗。"

四下顿时哗然。

曼荼罗教中绝大多数人都不履凡尘，唯有曼陀罗，自称司死亡之神，经常抱着箜篌行走雪原，潜入欢宴、婚典等场所。等宾客醉去后现身，肆意屠戮，次日随着晨曦一起消失。万花楼般的灭门惨案，她已不知做了多少起。其恶名传遍川藏一代，传说其形如妖魔，邪法无边，有的更云人首蛇身，飞行绝迹，荒谬至极。这个名字在当地人心中宛然一个妖邪的禁忌，似乎连提起都会带来莫名的厄运。

而如今，这个陌生人竟然是追踪曼陀罗而来。

白摩大师疑然道："死魔曼陀罗？她怎么可能在这里？"

卓王孙没有回答他，而是将目光转开，环视众人，道："乐胜伦宫在哪里？"

众人更惊。红衣大德愕然道："你想找乐胜伦宫？"

卓王孙道："我要找的人就在里边。"

红衣大德难以置信地道："曼陀罗逃进了乐胜伦宫？简直一派胡言！"

白摩大师摇头插言道："未必不能，既然曼荼罗教教主帝迦已占据乐胜伦宫，而曼陀罗又以遁法见长，未必不可能暗中穿过我们的结界，遁回魔宫之中。"他又看了卓王孙一眼，"只是……曼陀罗的遁法上天入地，无形无迹，你又如何能一路追踪她找到这里？"

卓王孙没有回答。

对于他而言，找到曼陀罗的踪迹并不太难，却也不容易，尤其是还要带着小鸾。自踏足雪域边缘至今，已过去了十日，才摆脱了她的重重障眼法，锁定真身。被曼陀罗带走的相思现在到底怎样了？他已不想再有任何的耽搁。

卓王孙道："远到为客，理当与地主通报一声，现在通报已毕，无心叨扰诸位雅集，告辞。"言罢，抱着怀中的步小鸾向湖边走去。

红衣大德怒道："站住！你要强行通过这里？"

卓王孙止步，却没有回头，道："正是。"

红衣大德道："时辰未到，圣湖中的倒影尚未出现，你如何知道乐胜伦宫的所在？"

卓王孙叹道："乐胜伦宫既是无形，倒影岂能有形？"

红衣大德一怔，眼前的圣湖清幽冷寂，宛如明镜，厚厚的水雾拂垂缭绕，衬得整个湖泊亦幻亦真。

天宫若是无形，倒影自然更是虚中之虚、幻中之幻，这个道理谁会不懂？

难道说这个代代相传的传说竟也仅仅是传说？

在场每一个人在一方百姓心中都宛如神佛一般高不可攀，然而他们不远千里汇聚此处，竟也只是受了个虚妄传说的欺骗？

诸人面面相觑，一时默然。

卓王孙叹息道："若诸位不信，自可在此处等下去。卓某有事在身，先行一步。"

红衣大德突然抢到卓王孙面前，大喝道："圣湖禁地，岂容你任意来去？"他这一喝，真宛如狮子大吼一般，连湖泊都被震得荡漾不止。卓王孙却宛如根本没有听见，轻轻从他身边穿了过去。

红衣大德更怒，火红的袍袖鼓涌起来，猎猎作响。他双掌在身前交错，顿时化身千亿，一片绯红夹杂着万道金光，排山倒海一般向卓王孙恶扑而去。

卓王孙右手将小鸾抱紧，左手猛地五指一张，满天光华宛如瞬时被他聚拢在掌心，再也不能逼进一步。

红衣大德怒喝一声，双掌用力向下一压，那无数道金光突然盛作一朵朵莲花，飞速旋转，向卓王孙掌心逼去。

卓王孙突然握掌，万朵莲花幻影砰然破碎，一蓬金色微尘在他指间如散烟花，缓缓消散开去。红衣大德似乎受了巨力反弹，向后退了三步，等空中劲气点点消散，众人才发现，他一双大红的袍袖已被劲风搅得粉碎。而他兀自胸口起伏，似乎仍被巨力压得说不出话来。

卓王孙脚步未曾减慢，径直向前走去。

众人虽然怒他无礼，但见他只手破解了大威德金刚印，谁还敢贸然上去拦他？

白摩大师突然道："你到底是谁？"

卓王孙依旧淡淡道："我已经说过。"

白摩大师点头道："好。"

这个好字一出口，狮子伏魔印姿势已成。他身边的年轻僧人方要上前，白摩目光一凛，将他阻止，道："站住，这还不是你动手的时候。"那弟子脸上有些不甘，却也只有垂手退下。

只见白摩大师左手向上，止于颔前，右手扣下，与胸齐平，双手间似乎有几道淡白的光华闪了闪，又似乎什么都不曾有过。呼吸之间，众人只觉得天地间一种沉沉律动与自己心脉胶合，一波重似一波，鼓涌而来。

其他诸位大德也已结印在手，数十道极为强悍的力道在圣湖边交织穿连，布成一张密不透风的罗网，将卓王孙罩于其下！

卓王孙止住脚步，一手轻轻抚摸着小鸾的头发。他眉头紧皱，远望云封雾锁的圣湖深处，眼底渐渐升起一丝怒意。

白摩大师手腕一沉，那道沉沉压力顿时化为一柄利刃，从他手中高高抛起，撞天反弹。诸位大德手中法印几乎同时一盛，半空中那张无形罗网仿如被烈火炼化一般，熔成一片血红，以不可思议的速度呼啸坠下。

赤网的光华越来越盛，映得卓王孙的脸色阴晴不定。

卓王孙只手拂袖，一道刚劲无比的力道在赤网中心爆裂。

　　诸位大德顿时站立不住，身体全被劲风逼得平平向后退去。潮湿的湖岸上宛如开了一朵墨菊，向四面拖出数十道深深的印记。

　　白摩大师所受之力最强，他刚集结全力，勉强止住退势，还没待重结手印，一股更为强大的反扑之力已急追而至！

　　他的年轻弟子似乎再也忍不住，就要拔身向前，白摩大师的目光却陡然一凛，仿佛从眼前呼啸而来的内力中看出了什么，回头对他的弟子喝道："住手！"同时，竟将护体劲力生生撤回，周身完全暴露在卓王孙的攻击之下。

　　众人禁不住一惊，他的弟子更是忍不住叫出声来。

第四章

❀ 此去浮生尽转蓬 ❀

眼见那道沉雄至极的内力就要从白摩大师身上透体而过，卓王孙突然撒手，满天劲气顿时消散得无影无踪。

而他怀中的小鸾沉睡依旧，刚才那一场大战，她分毫都没有感觉到。

众大德惊疑地望着白摩大师，白摩大师低声咳嗽了两声，似乎已然受伤，却毫不在意，微笑着四顾众人道："诸位大德不必惊慌，这位是中原华音阁阁主卓先生。"

众人惊道："华音阁阁主？"

白摩大师转而对卓王孙合十一礼："化外之人久慕阁主风仪，无奈缘悭一面，未能识荆，好在近十年来对中原武学颇有涉猎，听闻过贵派春水剑法的大名。阁主刚才一击深得春水剑法神髓，天下不作第二人想，又想起江湖传言华音阁新任阁主少年英才，天下无双，尊姓也是一个卓字，所以才贸然相认。"

卓王孙淡淡道："客气了。"

白摩大师一笑，继而正色道："卓先生此来是为了寻找乐胜伦宫所在？"

卓王孙道："正是。"

白摩大师道："卓先生能够看破幻术，来到此地，定与乐胜伦宫有非常之缘。然而乐胜伦宫为诸教圣地，上有神魔护法，下有重重封锁，并非轻易能进得去的。"

卓王孙淡淡道："曼陀罗既然能遁回宫中，可见并非无路可达。"

白摩大师颔首道："乐胜伦宫位于神山之中、圣湖之畔，地跨生、死、人、神之分野，诸神只在人间留下了四条道路。"他广袖一指，正对着渺渺雪山上那变幻不定的云雾。穹庐高远，那四条道路迷失于层层云雾之中，无迹可寻。而诸人眼中的神色都庄重起来。

传说中天神留与人世的道路正是四道圣泉——狮泉、马泉、象泉与孔雀之泉。圣泉从神宫中央发源，经神峰分流，进入四块佛缘之地。其中马泉沿雪山而下，直入雅鲁藏布，最终成为长江上游，滋养了泱泱中原二分之一的文明；狮泉河北入克什米尔，成为印度河的上游；象泉河一路向西，在印度成为萨特累季河；孔雀泉则向南出尼泊尔，滋养诸天神佛，最后被赋予一个神圣的名字——恒河。

四道圣泉源自乐胜伦宫，下冈仁波齐峰而各向东南西北流去，汇聚千山积雪、万里风雨，奔流而下，生生不息，在千万里的行程之后，又以诸神祝福的力量与气势，劈开阻挡它们前进的巨大山脉喜马拉雅，又汇聚到一起，流入海洋。

而神山旁边的圣湖，宛如一抹幽蓝的新月，以女神般慈柔的光辉，静谧地陪伴在巍峨神山之畔。

这里是日月交辉的圣地，这里是天人冥合的分野，这里是诸天神佛聚居的殿堂，这里是世界的唯一、宇宙的中心、生命的本源。只有创世的天神才能为世界做出如此惊人而神奇的安排，正因为如此，世界才不再平庸，人类在仰望这片圣地之时，才会由衷地生起大欢喜、大敬畏、大庄严。也只有如此，神的封印才会短暂地为最虔诚的信徒开启，云封雾锁的天堂才会在神奇的雪光中呈现，悠悠梵唱自天而降，虽然只是惊鸿一瞥，却已是神赐给世人最深的福泽。

白摩大师叹息一声，道："卓先生应该知道，每一道圣泉都有一种神兽看守以及极强的幻阵。千百年来，不知多少人试图溯流而上，追寻源头所在，却都在雪山中迷失方向，永难走出……好在不久前，孔雀泉的守护兽舍衍蒂死去，结界平衡已破，才有了进入的可能。"

"但即便如此，孔雀之阵也变化万端，凶险无比，一旦走错，必会粉身碎骨。曼荼罗教盘踞神宫后，必增派绝顶高手看守法阵。就算卓先生武功盖世，也需费上不少时间才能攻破。卓先生既为寻人而来，自然不便作此无益耽搁……"他顿了顿，"既然神宫入口只此一处，孔雀之阵破法只此一种，而普天之下又只我一人知道，我不妨斗胆向卓先生交换一个承诺。"

卓王孙淡淡道："大师既然知道破法，为何不自己前去乐胜伦宫，还要在此处等候圣湖倒影出现？"

白摩大师摇头道："乐胜伦宫前封印无数，绝非破解孔雀之阵就能进入。常人万无到达之可能，只有卓先生与乐胜伦宫因缘极深，或许能寻到神宫所在。不知卓先生可愿接受？"

卓王孙摇头。

白摩大师讶然道："莫非卓先生以为我会借此要挟？"

卓王孙笑道："不是，大师开出的条件可谓公道得很，只是——"他轻轻摇头道，"卓某向来不习惯和别人交换。"

白摩大师也笑道："卓先生天下万物莫不在掌握，自然不肯与人交换，不过卓先生怀中的这位小姐则未必。"

卓王孙脸色一沉道："大师这是何意？"

白摩大师道："这位小姐所罹之疾天下罕见，其寿岁本不会超过十岁。若我看得不错，她本应已是少女之年，看上去却仍是女童之体，只因卓先生一直靠着种种奇方异术强行遏制她的生长，维系她一脉之命。然而，天道无情，人的肉身总会有衰朽的一天。这几个月来，一直盘桓在她体内的药力已经消失，她已开始长大成该有的样子，而生命也随之急速消耗。这一路上，这位小姐风尘劳顿，又屡遭惊吓，虽然卓先生极力维护，仍免不了油尽灯枯之叹。这些想必我不说，卓先生也是清楚的。"

卓王孙脸上阴晴不定，一时没有回答。

白摩大师笑道："蔽寺医术虽不敢与贵阁神方妙技相比，然而尺有所短，寸有所长，若卓先生答应这个条件，我定当倾尽全力，为她再延续一些时日。"

他虽未言明，但卓王孙自然清楚，这所谓延续一些时日指的是什么。藏边灵药甚多，甘丹寺活佛白摩大师又传说有让枯木重华、腐骨生肉之能，他既然开口，想来应有相当的把握。

卓王孙皱眉思忖片刻，道："一些时日是多久？"

白摩大师道："至少三月，至多半年。"

卓王孙长叹一声，低头看着怀中的小鸾，将手伸到她毫无血色的腮边，却又止住了，只将她的领口裹得更紧了一些。

他沉吟良久，道："大师到底对卓某有何差遣？"

白摩大师双手合十，道："就请卓先生将波旬及其党羽赶出神宫，还佛域圣地一份清净！"

卓王孙还未答话，四下已经一片哗然。

众人上下打量着卓王孙，满脸皆是狐疑之色。

白摩大师并不理会诸人，只注视卓王孙道："卓先生以为如何？"

卓王孙遥望湖泊，缓缓道："曼荼罗教数度犯我，就算大师不说，我也必荡平之。"

白摩大师笑道："一言为定。"

红衣大德突然喝道："我们凭什么相信他？"

卓王孙笑道："你们信不信，与我何干？只看白摩大师是否相信卓某了。"

白摩大师道："卓先生一诺千金，相信不会让我等失望。"他从袖中掏出一张暗黄色的帖子，递给卓王孙道，"孔雀之阵的破法就在上边。而小鸾小姐的药，不日我就遣弟子送与先生。"

卓王孙接过来，也不甚看，说了声多谢，就要转身离开。

白摩大师道："卓先生请稍留步。此去神宫危险重重，我等岂能让卓先生一人身涉险地？卓先生若真能寻到乐胜伦宫所在，赶走波旬，我等愿意暂且抛开旧事，助卓先生一臂之力。"

此话一出，其余诸人多半随声附和，有的虽然犹豫，但见多数人都已应允，也无话可说。

卓王孙却道："不必了。"

白摩大师皱眉道："难道卓先生还在为刚才的误会挂怀？"

卓王孙摇头道："擅闯禁地的人的确是我，何来误会？只是卓某不需要旁人协助而已。"

"我看未必。"

这声未必惊得众人都是一怔，只觉得这声音忽近忽远，似在耳畔又似在天际，更宛如从圣湖之底升起的一枝幽莲，在寂静无声的月夜照影摇光，垂下一滴风露——哪怕千万种声音一起奏响，听到的也还是这一声。

众人循声望去，但见一人白衣青驴，不知何时已来到湖边。

来人一袭雪白的斗篷，几乎将整个身子罩住，然而身形窈窕，似乎是位女子。她广袖上罩着一层清冷的晨露，袖下露出半只素手，正握着一束浅绿的菩提枝。

红衣大德道："谁？为什么擅闯禁地？"

白衣女子微笑不语。

白摩大师皱眉道："尊驾能破开我的结界，定非寻常人，敢问所为何来？"

白衣女子轻抬手中菩提枝，向卓王孙一指，缓缓道："我来帮你。"

卓王孙道："你是谁？"

白衣女子微微一笑："同样的话，在荒城郊外的小酒店内，你曾经问过我一次。我帮你打造弓箭之时，你又问过我一次。"

卓王孙注视着她，缓缓道："原来又是你。你从蒙古一直跟我到藏边，到底为了什么？"

白衣女子笑道："帮你。"

卓王孙冷笑不语。

一旁，红衣大德再也忍不住，道："少废话，你到底要帮他什么？"

白衣女子看了看他，轻轻叹息了一声，一字一字道："传他恒河大手印。"

众人大惊。

恒河大手印？传说中佛祖在灭度之前，留在世间的克制波旬的法印！

　　如今索南迦措久久不归，胎藏曼荼罗阵已成虚渺，这恒河大手印便是大家唯一的希望！

　　红衣大德突然大喝道："胡言乱语！恒河大手印是香巴噶举派不传之秘，除了香巴噶举派活佛之外，天下绝无第二人知晓，而活佛早在三十年前就已经圆寂了！"

　　白衣女子依旧淡淡微笑道："不错，我正是香巴噶举派这一世的转世活佛。"

　　"大胆妄言，不知死活！"红衣大德怒极，猛一拂袖，已结印在手。四周猎猎生风，一股天罡之气迅速从地底向他手上聚集。

　　白摩大师突然伸手挡在他跟前，那股真气顿时凝滞，不能再涌动分毫。白摩大师转身对白衣女子道："尊驾自称噶举派转世活佛，可有凭据？"

　　白衣女子微笑道："你们要看什么凭据？"

　　白摩大师道："正是恒河大手印。"

　　白衣女子摇头道："我不能向诸位展示。"

　　白摩大师道："为何？"

　　白衣女子道："我出生七日，即受秘法灌顶。然而此印之高妙神渺，非修持如神的上师不能传，非资质绝世的弟子不能受。多年来我虽有所开悟，却极其有限，此时并不能自如控制此印。而此印威力极大，一出则惊天地泣鬼神，三界动荡，在彻底参悟其要义前，擅用此印，后果不堪设想。"

　　白摩大师蹙眉道："既然尊驾并未彻底开悟，那又如何将此密印传于卓先生呢？"

　　白衣女子笑道："我是要传他恒河大手印，却并不是现在。"

　　白摩大师沉吟片刻，道："那尊驾此刻要做什么？"

　　白衣女子缓缓转过脸，注视卓王孙道"我可以告诉你，乐胜伦宫中正在发生什么。"

　　众人又是一惊。

　　卓王孙神色开始变化，白衣女子微笑道："不仅是现在，还有未来——我能将宫中即将发生的一切，展现在石壁之上。"

　　众人更惊。预言后事是一种极高的神通，一般都要借助龟蓍算筹，从形状中猜测吉凶。预言之力强如星涟、月阙，已是半神之体，也不过能将后事片断预显于自己眼中，再经过揣度，转述旁人。而此人声称能将完整的画面显现在他人眼前，真是匪夷所思。更何况，预言的对象是那虚无缥缈的乐胜伦宫！

白衣女子并不在意大家的惊讶，微笑道："只是这透天之术我只能寻一处僻静的所在，单独向卓先生演示。"

白摩大师道："敢问何故？"

白衣女子道："卓先生千里追踪曼陀罗至此，本是为了寻回被掠走的相思姑娘。而相思姑娘正在魔宫之中，故有些事不便为他人知晓。"她注视卓王孙道，"卓先生以为如何？"

卓王孙脸色一沉，道："你肯定她在乐胜伦宫中？"

白衣女子道："是。"她轻轻一扬菩提枝，座下青驴转身向湖畔一处山洞行去。

山洞清冷幽深，洞口倒垂着一排冰凌，宛如帷幕。到了洞口，白衣女子回头微笑道："卓先生还在犹豫什么？难道是怕我再用摄心术暗算先生？"

卓王孙淡淡道："若你愿意，不妨试试你的摄心术能否再胜我一次。"

白衣女子笑道："那我就在石壁前恭候。"

卓王孙沉吟片刻，抱着小鸾跟了进去。红衣大德正要上前阻止，白摩大师摇头道："我们最好还是在此处等他们出来。"

第五章

❧ 九重帝阙天外开 ❧

草原。

索南迦措风餐露宿，一骑绝尘，终于与斜阳的最后一缕光辉一起来到了大汗营帐前。他也来不及让人通报，翻身下马，直接闯入营帐。

俺达汗一惊——他第一次见到这样的索南迦措。他静立在俺达汗帐下，一言不发，庄严的法袍上沾满征尘，那双洞悉了一切智慧的眼睛第一次被阴霾笼罩。

俺达汗的神色也凝重起来，看来藏边必定有了非凡的变故。

索南迦措本是他最尊敬的藏密大师，如今千里迢迢赶赴此地请他驰援，本应在所不辞的。然而，当索南迦措说明来意的时候，俺达汗却沉默了。

就在一个月前，他刚刚将六龙降魔杵和十方转轮这两件法器沉入了腾格里湖中。

腾格里湖，在蒙语中是天湖之意，然而它并没有天之湖的浩渺广大，而只是额仁山脉深处一方小小的湖泊。整个草原，也只有最尊崇的几位蒙古王公知道它的存在。

每隔三十年，这几位少数的王公都会随着可汗一起，举行一次盛大的祭祀，将世间两件最珍贵的宝物沉入湖中。

因为这处小小的湖泊，正是传说中鞑靼部族先祖的守护神的居处。

这个仪式秘密进行了数百年，从未间断过。恰恰在一个月前，俺达汗第一次主持这场祭祀，用这两件法器献祭。

绝没有人敢将天湖中的宝物取出，哪怕动一动念头，都是亵渎神明。

俺达汗望着索南迦措，沉默不语。湿婆灭世，不过是佛教中的一个传说。为了一个尚未实现的预言去触怒本族神明，是否值得？

俺达汗犹豫良久，终于摇了摇头。

索南迦措似乎料到了这个结局，仰天长叹了一声，久久无语。难道一切真是劫数天定，再难挽回？

俺达汗看着索南迦措，似乎有些愧疚。他默然良久，突然想到了什么："法器虽已沉入天湖，但我可以倾尽举国之力帮助大师搜索帕凡提的下落。"

索南迦措一怔道："大汗的意思是？"

俺达汗的脸上渐渐露出微笑："若大师所言不虚，本汗可以保证，一定赶在曼荼罗教之前杀死这位转世女神，让湿婆觉悟成为一场泡影！"他的声音显得志得意满，仿佛已将整个天下的命运逆转。

是的，麾下十万铁骑，手中万里疆土，搜索一个女人的下落，还不是易如反掌？

索南迦措沉吟良久，也只有道："那就有劳大汗了。"他从袖中掏出帕凡提女神像，递了上去。法器既然不可得，能动用俺达汗的力量抢先找出帕凡提转世，也总算是不虚此行了。

俺达汗接过那块破布，心中也有些好奇，到底是哪位女子，无意中竟成为了三界存灭的枢纽？

当沾满血污的画布在他手中徐徐展开，俺达汗的脸色却完全变了。

他禁不住失声道："是她？"

石壁上，水雾散去，幻影渐渐清晰。白衣女子菩提枝上清露点点滴滴落于冰台之上……

祥云如浪涛涌动，巍峨神宫渐渐显露在一轮浑圆朝日之中。

乐胜伦宫。

金色的日晷边上，万丈天河银光倒泻，徐徐拉开一道素幔，衬于十二层楼之后。

金银光影交错，冈仁波齐神峰宛如玉柱，默默向天而立，奉持着这诸天神佛居住的天堂。

日升月恒，墨玉般的穹顶将万道阳光隔绝在宫外。数十丈高的大殿内日夜颠倒，夜色未央，一片幽寂清冷的星光正从浑圆的殿顶无声洒下。一道长长的阶梯向大殿最高最深的地方延伸而去，宛如浸透了月光的缎带，渐渐没入柔柔夜色中，也不知通向何处。七道各色锦幔从那遥不可知处直垂下来，仿佛悬于仙山中的道道彩泉。

长阶的底端是一座莲花状的祭坛。

相思一身素白的长裙，静静沉睡在莲心花蕊之中。

她身下的祭台由一块巨大的紫水晶雕琢而成，晶莹剔透的幽光摇曳，让她的身体仿佛浸入了一汪幽潭。相思秀眉微蹙，黛色有些淡了，似乎已在这莲台之中沉睡了千万年的时光。

不知过了多久，暗夜深处传来一声轻响，火光宛如幽灵一般，从大殿的另一头缓缓飘来。

相思颊上睫毛投下的影子轻轻动了动，惊醒过来。她睁开双眼，仰望高高的穹顶。夜色安眠般沉静，柔和地抚摸着她的身体，她眼中的恐惧渐渐散去。这座祭台似乎有着神奇的魔力，能让置身其上的祭品由衷地感到安宁，从而甘心将自己的身体及灵魂祭献给暗黑深处的魔神。

远处的火光缓缓飘近。相思忍不住眨了眨眼，突然发现自己全身都被无形的细索捆绑着，不能挪动，唯有头能向右微侧，渐渐看清火光来源。

摇曳红光之中，一个浑身金色的女子缓步而来。她身材并不很高，却纤秾得度，曼妙非常。她全身赤裸，只披挂着极为繁复的装饰——金冠、金云肩、金流苏，项链一直垂到地上，每走一步都摇光炫彩，金声玉振。

她的脸当然很美，却是一种交杂着童贞和妖媚的诡异之美。行走时下巴微微扬起，仿佛是第一次走出王宫的公主，好奇而又傲慢地打量着世人。只是，她的右臂已齐根断去，一道极粗的金环约在肩头，生硬地掩饰着她的伤口，显得有些妖异。

相思讶然，不禁失声道："曼陀罗？"

曼陀罗没有理会她，径直走到祭台后边的长阶前，将蜡烛举过头顶，深深跪了下去，道："感谢尊贵的湿婆大神，让属下能重见教主圣颜。属下有一件珍贵的礼物要呈献给教主。"

她所向的，正是那遥不知所处的天阶顶端。难道曼荼罗教教主、传说中的灭世魔君波旬再世、以僧人心血骨肉祭炼妖术的魔王，此刻正坐在暗夜中最高的王座之上？

相思心中一惊，想转过头去，却一动也不能动。黑暗中依旧是一片死寂，也不知过了多久，相思忍不住怀疑长阶的那头是否真的有人。

或者他们所谓的教主，只是穹顶上一尊狞厉的神像？

渐渐地，曼陀罗的脸色难看起来。她听从神使的启示，千里跋涉，带回了相思，本是想向教主请功的。但四周死一般的沉默在提醒她：她犯下了罪，还是不轻的罪。

她侍奉教主多年，当然明白，现在要做的，不是邀功，而是请罪。想通了这一点，她的脸色立即从得意变成了惶恐，伏跪在冰冷的地上："教主命属下供奉神使，属下却不告而别，前往曼荼罗阵，犯下专擅妄为之罪，请教主降罚。"

火光幽幽，空旷的大殿中只有她自己的回声。

这意味着，她根本没有找到真正的罪因。

曼陀罗又思索了片刻，额头渐渐有了冷汗："属下与曼荼罗阵主约好，将杨逸之等人引入阵法核心，不料遁法未精，竟为敌人所制，重刑逼问，自己折臂是小，有损圣教颜面是大……这一切，皆因属下无能所致。"

还是死一般的沉默。烛光下，曼陀罗的脸色极为难看。

留给她的机会并不多了。

曼陀罗回忆自己一举一动，冥思苦想。突然，一道闪电掠过她的心。她终于明白了什么，脸色顿时灰败："属下……属下擅自动用金刚曼荼罗阵的力量，引发不可控的变数，不仅摧毁了金刚曼荼罗阵，还使得杨逸之先一步获取梵天之力，为教主造一大敌……属下万死莫赎。"

大殿寂寂，似乎只是她一人在自言自语。

相思渐渐觉得事情有些诡异。

曼陀罗深深吸了口气，突然抬头，颤声道："属下自知罪不可恕，只求闻教主一言，死也甘心！"她最后几字，声音极为高厉，在大殿中回荡不绝，烛光也为之不停颤动。

终于，一声极轻的叹息从夜空深处传来："你既然知道罪无可赦，又为什么非要回来？"

话音温和，也不带丝毫恫吓之意，但不知为何，一种隐隐寒气已透过无数重帷幔，隔空而来。

相思也不由自主地一颤。

曼陀罗神色一凛，抬头凝望长阶深处。良久，她咬了咬牙："只因为属下还有一线求教主宽恕的希望。"

那个声音冷冷道："什么？"

曼陀罗缓缓起身，突然将手中红烛向黑暗中一划，一道淡淡的光弧洒出几点火花，正对着阶下的祭坛："教主苦苦找寻的帕凡提女神转世，已被属下带到此处！"

帕凡提？

湿婆觉悟的枢纽、近日来世人皆在全力寻找的转世女神，竟然已被她带入乐胜伦宫？

四周顿时沉寂下来。过了片刻，那声音道："你说的是她？"

曼陀罗道："正是。"

那声音淡淡道："本教寻找帕凡提女神以来，遍索青藏两地，不惜动用百鬼搜魂之术，也毫无结果，让我如何相信你从中原掠回的这个女子就是帕凡提女神？"

曼陀罗道："当初在神殿中，属下得到神使指引，得知这个女人身上藏着湿婆之力的关键。属下并不明白究竟，想向教主请示。恰逢教主闭关，属下怕延误时机，才妄自下山。回藏边后，属下发现教主在搜寻帕凡提女神，这才明白其中的联系：原来神使提到的人，也就是教主寻找的人。这一切都是神使所言，如果教主不信，可以去神庙询问。"

那个声音笑了："一切差错，皆出自忠心。不错的理由。"

曼陀罗跪拜下去。这番话句句属实，但在此之前，她并不敢用这个理由为自己辩解，哪怕一句。

声音中有微微的嘲讽："可惜，神使自从你离开后，就陷入了沉睡，一直没有醒来。"

曼陀罗怔了怔。她知道神使会不定期地陷入沉睡，短则数日，长则一年。她又如何向教主证明？

那声音道："转世之后，女神神性已经迷失，言行举动与普通人无二，确实未必生在藏边，我也自有办法试出真假，不过……"

他没有再说下去，曼陀罗急忙道："这个方法想必代价极大，以教主之尊，当然犯不着为曼陀罗一面之词涉险。"

那个声音道："你知道就好。"

曼陀罗道："然而属下却另有一计，不劳教主动手，就能让真假立判。"

那个声音似乎有了一丝兴趣："讲。"

曼陀罗微微一笑，道："可以让桑盖俄饶一试。"

那人沉吟片刻："你可知道，桑盖俄饶为嗜杀之恶神，性格极其暴烈，以生人为食，一旦将它放出来，就不再受控制。"

"属下明白。"曼陀罗一面回答，一面向祭台走去，"桑盖俄饶为雪山圣泉守护圣兽之一，身具灵通。若她真是帕凡提转世，必不会死在圣兽爪牙之下；若不是……"

她俯下身去，将蜡烛从相思脸上缓缓照过，沉声道："凡被桑盖俄饶所噬之人，都能洗净此生罪孽，通往天堂，对她未尝不是好事。"

相思脸色已经苍白，然而全身被制，不能动弹。曼陀罗轻笑一声，转身向长阶一拜，道："若属下为教主寻来的女神转世是真，则请将功抵过；若是假，曼陀罗可任凭教主处置。"

那声音没有回答。

　　过了片刻，一阵极轻的脚步声缓缓从长阶顶端传来。曼陀罗向着声音的方向，深深跪了下去。

　　脚步声越来越近，最终停仃在相思身后。

　　相思却没法回头。

　　一声龙吟，妖异的光华反照在大殿另一端的石壁上。似乎是来人从墙上取下了一柄剑。

　　曼陀罗起身，将蜡烛紧贴在相思脸颊旁，耀眼的火光让她不得不闭上了眼。突然，相思感到脖子上传来一丝冰凉，领口似乎已被剑锋挑破。剑刃极轻地贴着她的肌肤游走，刚好从脖子一直到胸前，伴随着丝帛裂响，她的衣衫被划开一道长长的口子。

　　来人似乎沉吟了良久，将手中一卷暗黄的图卷收起，叹息道："的确很像……希望你是。"

　　他的剑缓缓挑开她的胸衣。相思胸前一阵刺痛，心脏所在的地方已多了一道血口。伤口并不深，却已足够让鲜血涌出，打湿她雪白的衣衫。

　　相思的胸膛因恐惧而不住起伏着。来人突然拾起她的左腕，轻轻一弹，她腕上的绳索顿时断开，那人温和地将剑放置在她的手心。

　　曼陀罗道："教主，可以开始了吗？"

　　那人一挥手，殿顶的帷幕垂了下来，而后带着曼陀罗缓缓走入帷幕另一边。夜色似乎退去了一些，点点星光洒下，将大殿染上一层微霜。相思只有一只手腕能够活动，她努力翻转手中的短剑，去割手臂上的绳索。而在这时，大殿角落里，一扇尘封已久的铁门不知何时已经开了。突然，一声巨大的兽啸传来，震得整个大殿震颤不止！继而是沉沉脚步，宛如直踏在人的心头，连天地都不住震动，仿佛洪荒巨兽突然从上古壁画中挣脱，挟着风雷水火、天地变易之威，欲搏人而噬！

　　相思惊得花容失色，向殿中望去。

　　一头雪白的雄狮正缓缓向她走来。

　　那狮子雄健异常，比同类高壮了一倍不止，一蓬雪白的鬃毛猎猎参开，利爪森然向天，两眼赤光如火，剑齿森寒，左右顾盼，傲然前行。每一步沉沉踏落，都伴随浑身长毛凛凛抖动。

相思全身都被冷汗湿透，手腕颤抖不止，几乎握不住剑。而这时，雪狮已然嗅到了血腥之气，突然一声咆哮，纵身向祭坛扑来。

相思刚刚解开手上的束缚，勉强坐起来，雪狮已狂啸着跃到祭坛上！

雪狮巨口大张，一股腥热之息迎面喷来。相思本能地向旁边一侧身，抬手挡住了眼睛。那头雪狮长声厉啸，震耳欲聋，突然猛一扬爪，正拍在相思肩头。

雪狮这一拍虽未甚施力，已轻而易举地将她的身子强行翻转，继而双爪齐伸，紧紧将她按倒在祭坛上。相思全身剧痛，只觉得雪狮颈间长鬃如芒刺一般直拂在她胸前。还未待她躲避，只听雪狮仰天怒啸，大张血口，径直向她的脖子咬去。

相思惊呼一声，也不及多想，手腕一使力，那枚短剑自她腕底反弹而上，向雪狮腹部刺去。她肩头虽已被雪狮利爪按住，但她本以暗器见长，功夫大半在于指腕之间，此番奋力一击，速度极快，去势也极准，休说是一头野兽，就算天下高手之中，能躲开的也不多。

剑尖直挺而上，正刺在雪狮腹下。相思只觉得手中短剑宛如刺在一种极其柔韧之物上，那物随着剑尖来势深陷下去，却根本无法刺穿！

雪狮嘶声狂啸，将利爪高高扬起，向相思肩上猛拍过去。相思欲要躲闪，已经来不及，整个人都被这一掌打得飞了起来，从丈余高的祭坛沉沉摔落地上，滑出好长一段距离，才在大殿一角停住。

这一击之力巨大非常，连她身上还未割断的绳索也被强行挣断。好在她年纪虽轻，修为却已有了根基，雪狮怒吼时已有防备，将大半力道用轻功化开，才免了粉身碎骨之难。

然而雪狮的尖牙利爪却不是仅用巧力就能避得开的。

相思上身的衣服几乎全被撕碎，肩头一条深痕几乎见骨，手足上被绳索勒开的伤口血流不止，连地板上也拖出一道绯红的血迹。她努力想扶着墙壁站起身，却始终不能。雪狮一甩头，双目赤红，连声低吼着向她走来。

相思低头咳出一口鲜血，每一处骨骼都传来破碎般的剧痛，额头的冷汗淋漓而下，令她几乎睁不开双眼。

她并不是一个柔弱的女子，年纪轻轻已位列华音阁"上弦月主"，地位亦可谓尊崇。她的武功虽不见得能匹配上弦月主这四个字，却也绝非弱到不堪的地步。只是她身边的绝顶高手实在太多，每次遇险，自然有人帮她化解，而且那些敌人，也很少真的想伤害她。所以，她的武功几乎已是无用之物，久而久之，连自己都快忘记了。

而这一次，她孤立无援地被放在兽吻之下，能帮她的人都在千里之外。而对方却是传说中的嗜血邪神，唯一的目的就是将她撕成碎块，丝毫不会起一点怜香惜玉之心。相思只觉得身上的剧痛和心底的恐惧交织袭来，她用力咬着嘴唇，不让自己昏倒，也不让眼泪淌下。

她紧紧握住手中短剑，脑中飞快旋转着种种可能的招式。她知道，腹下已是雪狮皮肤最软之处，犹且不能刺入，其他部位更如铜墙铁壁，然而手中这柄并不锋利的短剑已是她唯一的救命稻草。

雪狮在她面前踱了几步，不时弓身做出捕扑的架势，却又收了回去。宛如将猎物撕碎吞噬前，要好好戏耍一番。突然，它将雪白的爪子在地上的血迹里一抹，身子向后绷紧，双眼几乎突出了眼眶，直勾勾地盯着相思。

相思知道不好，只听雪狮猛然一声怒吼，身体猛地跃起，如在半空中飞起一座雪色山岳一般，向相思恶扑而来！

相思将短剑握在胸前，紧紧靠着殿墙。只见一对巨爪扑下，硕大的兽头随之从天而降，森森利齿宛如两柄长刀，向她脖颈划下。相思突然一矮身，顺势向雪狮腹下一滑，手中短剑已借力出手，向雪狮眼眶插去。噗的一声轻响，仿佛有什么东西破碎了，紧随着几声凄厉至极的兽啸，震耳欲聋，大蓬腥血在半空中飞溅开去。

相思闭眼侧身让开，狮血全都淋在她左肩之上。她借势从雪狮腹下滑开，向大殿另一边避去。

只见雪狮一爪捂住伤眼，另一目充血暴突，连声惨啸，痛急如狂，两只巨爪在半空中森然乱搏，所触之处，石台、玉柱皆轰然坍塌。

过了好久，雪狮渐渐止住了狂舞，掉转头颅，用带血的鼻翼猛烈地抽吸着，似乎在寻找生人气息所在。它一面搜寻，一面缓缓向大殿中心走去。

相思终于松了口气。

突然，雪狮一声怒啸，回头扑向祭坛，高高扬起右爪凌空劈下。只听轰然巨响，水晶祭台的数片莲瓣顿时被打得粉碎，淡紫色的微尘宛如晶亮细雨。相思惊呼一声，慌忙从祭坛另一端退开。粉尘散去，雪狮独目圆睁，看见仇人更是狂怒不止，猛扑过来。慌乱间，相思短剑刚要刺出，已被雪狮一爪打落。

雪狮将她扑倒地上，血红舌头伸出，舔向她肩头的伤口。相思感到肩头一阵灼热的刺痛，心知万无生机，只得闭上了双眼。

突然，雪狮止住了动作。

相思讶然睁开双眼。只见雪狮一目已眇，成了一个血洞，模样极为狰狞可怕，而另一只眼直瞪着自己，凶光迸散，欲寸寸噬之而后快。

然而，它并没有再攻击相思，只是不断转侧头颅，似乎不知如何是好。

雪狮守护圣泉，通灵已久，此刻它心中涌起一种莫名的恐惧，而这恐惧竟然是来自它口中的鲜血！

它觉得不可思议，然而这种恐惧无比真实，让它巨大的身体感到一股前所未有的寒意。

从鲜血的味道中，它判断出此人绝不能杀。然而它一生以人为食，从不曾在猎物身上吃过一点亏，如今一目被此人生生刺瞎，创剧痛深，实在不能甘休！两念交织，折磨得那头雪狮仰天狂啸，宛如疯狂一般，爪下却再不敢多施一点力。

相思衣衫褴褛，全身浴血地躺在雄狮爪牙之下。夜风淡淡，她的身体有些颤抖，心绪却渐渐平静下来。

第六章

✿ 惊觉前尘照影来 ✿

帷幔微动，曼陀罗在帘后轻轻笑道："教主，女神是真，属下也可得到教主的宽恕了吧？"

那人冷冷道："好。"话音未落，曼陀罗的身体就宛如断线的纸鸢一般，从帷幕那头飞了出来，径直落在雪狮爪边。

那雪狮正惊怒交加、不知所处之时，看见又有一生人飞来，哪里还能忍住？顿时舍了相思，纵身向曼陀罗扑去。

相思惊叫道："不要！"还未待她说完，一蓬三尺高的血色烟花已从雪狮牙间喷涌而出。

浓浓的血腥气顿时弥散开来。寂寂夜色中，不时传来咀嚼声、骨肉碎裂声以及血液喷涌的声音。

相思惊斥着，不顾一切地将手中短剑向雪狮背后插去。那雪狮毫不理会，只顾大口撕咬爪下的猎物。相思一顿乱刺之下，声嘶力竭，手腕酸软，几乎站立不住。

眼前的景象实在太过惨烈。

曼陀罗的身体宛如折断了关节的玩偶，在雪狮的爪牙之下扭曲、碎裂。而那些零碎的骨骼、经脉则在暗红的血泊之中欲沉欲浮。雪狮猛一甩头，砰然一声闷响，一团大块的血肉落到相思面前。相思惊呼一声，再也无法支撑，跌倒在一旁。

那竟然是曼陀罗的头颅。

她长发沾满鲜血，宛如一蓬猩红的秋草，裹着歪折扭曲的脖颈。而她的脸，竟然几乎未受到损害，连额间淡淡鹅黄、颊上一片胭脂都还宛如生时。她碧绿的眸子半睁着，里边却没有一丝痛苦或恐惧，甚至依旧保持着妖媚而诡异的笑意。

相思再也忍不住，伏地呕吐起来。

雪狮饱餐了人血，渐渐恢复了平静，蹲坐在地上，仔细舐尽爪上余血，然后低声哀吼着，缓缓向来时的铁门退去了。

相思渐渐止住干呕，双手紧紧撑住地面，余光怔怔地落到曼陀罗脸上——这个曾经一袭宫装、在古墓地宫之中抱着半张箜篌傲慢微笑着和她争论死神之慈悲的少女；这个曾经在曼荼罗阵中披薜荔、带红狸，宛如楚辞中的山鬼，趁着月色来去无踪的女子；这个曾经舍弃了一条手臂，用血遁之术带着自己从云南一直逃到藏边乐胜伦宫内的宿敌。

如今，只剩下一具碎裂的残躯。

血光沉浮，夜色变得森寒无比。相思猛地抬起头，苍白的脸颊因愤怒而变得绯红。她向帷幕后厉声道："你说过会宽恕她的，为什么？为什么这样？"

那人淡淡道："这就是她要的宽恕。"

相思更怒，道："你胡说，难道是她自己要死在兽爪之下的？"

那人道："是。"

相思深深吸了口气，咬牙道："魔鬼。"

她猛地操起地上的短剑，纵身向帷幕后直刺而去。帷幕轻动，噗的一声轻响，短剑将半幅锦幔斩落，来势更快，直逼那人咽喉。

那人一动也没有动过。

剑光终于照亮了那人的脸，相思轻呼一声，手却再也不能向前递进半寸。

锵的一声，她手中短剑坠落于地。

相思脸上的神色，仿佛是看到了世间最难以置信之物。就算把九天十地的妖魔都聚集到帷幕后边，也不至于让她如此惊讶。

帷幕中当然并不是真的有妖魔，而只是一个人。

那人一身蓝得发黑的长袍，较之更蓝的是他过膝的微卷长发，蓬然披散，宛如一道奔泻的长瀑。他的眸子是一种诡异的红，红得深不见底，宛如红莲之火猎猎燃烧于长夜之中，烛幽通神。

更为诡异的是，除了头发和眸子的颜色，他的容貌实在太像卓王孙了！

甚至连那冰冷傲岸的姿态也那么神似，神似到连相思看来都不禁有些恍惚。

相思往后退了两步，喃喃道："不，不可能。"

那人冷冷道："你认识我？"

相思继续后退，道："不，不认识。"

那人看着她，冰冷的双眸中突然有了一丝笑意。这一笑，他身上的妖异之气竟大半退去，整个人顿时如在阳光之下，变得温和起来："现在你认识了。我是曼荼罗教教主帝迦，你所在之地，正是乐胜伦宫。"

相思止住了退势，疑惑地道："乐胜伦宫，我为什么会在这里？"

帝迦道："因为你是湿婆大神的妻子。而我，则是湿婆大神在世间唯一的化身。"

相思摇摇头道："我不明白你在说什么……你什么时候放我走？"

帝迦的眸子又渐渐变得冰冷："随时。"

相思不相信，道："你说的可是真的？"

帝迦冷笑道："当然。"

他沿着长阶缓步向相思走来，道："只不过你离开前必须替我做一件事。"

相思一怔，道："你讲。"

帝迦注视着她，缓缓道："十年来，我已参照法典，继承了湿婆在人世间绝大部分力量，用一百零八种祭法祭神，却依旧不能领悟最后的本位。所欠的只有一事，就是与女神合体双修。"

相思讶然道："女神……你是说我？"她摇了摇头，"我不明白。不过，什么是合体双修？"

帝迦并不答话，只轻轻一扬手，殿顶数十道锦幔顿时徐徐悬展开来。相思这才发现，那些锦幔上竟然都绘着彩色图案。

她只看了一眼，脸色顿时变得绯红。

那些竟然都是男女欢合之图。每一幅都素底彩绘，笔法极为细致。画卷从殿顶直垂地面，其间情境、动作都蝉联而下，各具情节。微风动处，画卷欲展欲合，真是五色迷离，画中人物眉目宛肖，栩栩如生。

相思将脸侧开，心头鹿撞，根本说不出话来。

帝迦等了一会儿，道："一共是四十九种变化，你都看明白了？"

相思脸上更红，由羞转怒，道："无耻！"言罢猛地转身，向殿门跑去。

她刚迈出几步，却愕然发现帝迦不知什么时候已挡在面前。相思惊得往后退去。帷幕微动，殿中竟有夜风不知从何处吹来。她猛然想起，自己身上的衣服几乎都被雪狮撕碎了。白色的衣衫被撕作条条流苏，随风飘动，嫣红的血迹宛如朵朵盛开的梅花，绽放在她凝脂一般的肌肤上。

她下意识地抬起双手护在身前。

帝迦冷冷道："你不必怕。强迫你毫无意义，我会等——等你觉悟。"

相思断然道："你做梦！"

帝迦注视着她，轻叹道："你沉溺尘缘太深，已经什么都不记得了。"

相思摇头道："你说什么我根本听不懂，也不想听懂。我要立刻离开这里。"

帝迦轻轻摇头道："真可怜。"

相思愕然道："可怜什么？"

帝迦道："可怜你自己还不知道——从没有人能从雪狮掌下生还。它最后虽未杀你，但你刚才已受了极重的内伤，若就这样走出此地，最多半个时辰，就会伤重不治。现在，能救你的只有我。"

相思打断道："我的事不用你操心。"她猛地转身，却发现殿门不知什么时候已经关上了。大殿内石墙巍然高耸，宛如崖壁，却再无别的出路。唯有那条长长的石阶，从眼前一直延伸向殿顶，却不知通向何处。

相思深深吸了口气，只见帝迦远远地看着自己，似乎笃定她会回去。

相思一咬牙，转身向石阶上跑去。

天阶高远，两旁锦幛低垂，顶上也垂着重重帷幔，在她身旁围成一道狭窄的五色通道，缓缓伸向高处。她奋力向上攀爬着，也不知已登了多少阶，天阶还是看不到尽头。突然，她胸口一热，忍不住剧烈咳嗽起来。她伸手捂住嘴唇，鲜血却从她苍白的指缝间不住涌出。相思只觉全身涌起一阵剧痛，再也支持不住，跌倒在石阶上。她的双手无力地扶住地面，不住咳血，身上的伤口被震裂，鲜血沿着洁白的石阶滴滴下落，宛如一道绯红的小溪。

帷幕轻动，峭寒的夜风不停从四面钻进来。她伏在冰凉的石阶上，却感到四周笼罩着一种病态的燥热，身体渐渐轻了起来。

她知道，自己的意识正在缓缓丧失，一如自己的生命。一种沉沉倦意渐渐涌上她的心头。她挣扎着告诫自己不能睡着，这一睡着，只怕永远都不会醒来，睡意却还是一浪一浪，不可遏制地袭来。

就在她要闭上双目时，头顶的一幅帷幔出奇清楚地映入眼帘，她的精神顿时一凛。

帷幔上是一幅彩绘。

图案浓墨重彩，华丽逼真至极，却又宛如青天白云一般，高洁得不可方物。画上是一道幽谷冰泉，周围冰雪环绕，深邃寂静，似乎亘古以来就无人踏足。

一位女子正静静地浸身泉眼之中。她的乌黑长发在泉水中铺开，宛如一朵墨色芙蓉盛开在冰雪之中。虽然寒潭彻骨，但她脸上的神情极为安详，一双纤纤素手合于胸前，而胸以下的身体尽没于寒泉深处。清波粼粼，天穹、雪峰尽在倒影中，水光幽明，直照得人神魂皆如冰雪。

相思注视着那位女子的面容。她是如此美丽而圣洁，虽然并不完全肖似自己，却有种莫名的亲切。相思的目光忍不住为之久久停伫，过了良久才讶然发现，原来整个顶部的帷幔竟然都画着彩绘，而且这些彩绘连起来，就是一个古老的传说。

在诸神的时代，仙人达刹有一个美丽的女儿，名叫萨蒂。和很多少女一样，她深爱着威武庄严的湿婆大神。而萨蒂的父亲却认为，湿婆醉心于苦行，离群索居，桀骜不驯，并非女儿的佳偶。萨蒂不顾父亲阻挠，历经波折，终于成为了湿婆的妻子，两人在天界过着美满而幸福的生活。

一次众神祭典上，萨蒂的父亲进门时，所有的天神都起身向他致敬，只有湿婆和梵天安坐不动。萨蒂的父亲非常愤怒，认为湿婆故意羞辱他，于是暗中下定决心要向湿婆报复。不久后，萨蒂的父亲组织了一个天界有史以来最大的祭典，遍请三界众神，唯独不请湿婆。萨蒂从女伴那里得知此事，感到丈夫的尊严被父亲伤害了，于是独身来到祭典上，当着众天神之面质问父亲。没想到，父亲不但丝毫不留情面，反而在众神面前将萨蒂羞辱一番。性格骄傲的萨蒂气愤难当，竟然在祭奠上兴火自焚。

湿婆得知妻子死讯后，狂怒不止，闯入还在进行的祭典，用破坏神能摧毁三界的怒气燃烧一切所见所触之物，把众神打得落花流水，并且一剑砍下了萨蒂父亲的脑袋。

湿婆从余烬中抢出萨蒂的尸体，悲伤地呼唤她的名字，直呼得天地震动，诸神都为之流泪。之后，湿婆就发疯一般抱着萨蒂的尸体，围绕天界狂舞三周，而后又在世间流浪了七年。

梵天和毗湿奴担心三界为之受到影响，就用他们的法力将萨蒂的尸体分割成了五十块，散落人间，散落之地皆成了圣地。之后，湿婆回到喜马拉雅山去修苦行，沉浸在失去所爱的无尽悲哀和寂寞之中——这位拥有改易天地力量的神在这世界上已一无所执，只被失去爱妻的忧伤之火深深煎熬。

时光就在这位孤独的神灵永恒的伤痛中缓缓流过。一万年来，湿婆始终没有再见其他的女子。

这时候，世上出现了一个了不起的阿修罗王，进行了惊人的苦行。最后，诸神都为他的苦行打动。梵天出现在他面前，问他有什么愿望。阿修罗王祈求长生不老，梵天告诉他有生则有死，没有人能长存。于是，阿修罗王又要求让自己战无不胜，梵天依旧犹豫。阿修罗王说如果自己被打败，只能败给一个出生不到七天的婴儿，梵天于是应允。

得到梵天祝福的阿修罗王变得邪恶无比，领着阿修罗族侵入天界，抢夺珍宝及美食，将众天神打得在三界中四处逃散。众神祈求梵天的帮助，得到的答案是，只有湿婆之子可以打败这位阿修罗王。

然而湿婆还在无尽寂寞的苦行之中。

于是天神们苦苦思索，如何让湿婆结束苦行，结婚生子。这时候，萨蒂已转生成为喜马拉雅山山神之女帕凡提。一万年过去了，又已转世轮回，但她依然深深地爱着湿婆，渴望着有朝一日能够重新嫁给这位前世的恋人。

帕凡提随父亲去朝拜湿婆，并恳请留在湿婆身边侍奉左右。湿婆极为冷淡，说女人是修行的障碍。帕凡提很生气，就和湿婆辩论。她聪慧善辩，据理力争，湿婆辩不过她，只好让她留下。

尽管如此，湿婆对于帕凡提的美貌依旧毫不动心，只是一心苦修。梵天只好派出爱神来到湿婆居所，暗中协助帕凡提。在一个阳光明媚的清晨，春风和煦，帕凡提一如既往地捧着带露的鲜花到雪山峰顶礼拜湿婆大神。湿婆偶然睁开双眼，看了一下帕凡提。久候一旁的爱神趁机射出了爱之羽箭。

这时候，湿婆的心绪突然有些动荡，像月亮升起时的大海。他看到女神的脸以及莎婆果般润红的双唇。爱神大喜，以为大功告成，竟然在一旁跳起了舞蹈，没想到被湿婆发现。湿婆顿时明白了爱神的诡计，于是大怒，第三只天眼睁开，喷出怒火，将爱神的身体烧为灰烬。

从此，爱神就成了无形之体。

至此，所有天神都灰心丧气，劝说帕凡提不要再对湿婆心存爱恋了，帕凡提却执意坚持。为了得到湿婆的爱情，她开始了漫长的苦行。女神苦行的严酷让三界众神都感到震惊。她将自己浸入喜马拉雅山中一处冰泉，足足苦修了三千年。

有一天，一个年轻英俊的婆罗门来到她苦修的地方，颂扬了女神的美貌，然后问起她苦行的原因。帕凡提回答说是为了得到湿婆的爱情。婆罗门笑了，说她在浪费自己的青春和美丽。湿婆穿着兽皮，骑着公牛，脖子上挂着毒蛇，额头上有第三只天眼，随时可以喷出火焰，他四处流浪，居住在寒冷的雪山之中，他不能给你爱情，女神为何不结束苦行，享受阳光与春天？

帕凡提非常愤怒，她回答说，在她心中，湿婆大神的容貌是庄严、高贵、威武、英俊的，而无论他是否流浪四方，是否身穿兽皮、颈挂毒蛇，是否离群索居，她依然爱他。

婆罗门继续摇头，数说湿婆的残暴、凶狠、嗜杀、喜怒无常。帕凡提捂住双耳，要婆罗门滚开。

但就在这时，奇迹出现了。

一声春雷之后，婆罗门消失了。帕凡提目瞪口呆地看着正对自己微笑的湿婆。

湿婆微笑着说："从今天起，我就是你用苦行买下的奴隶。"

之后，湿婆正式向帕凡提求婚。他和帕凡提在雪山的宫殿里举行了盛大的婚礼，天界的众神都赶来参加了庆典。湿婆和女神的新婚之夜持续了整整一年。而后，他们的儿子战神鸠摩罗终于出生，最终拯救了天界。

图卷在石阶顶端一幅幅向上延续，述说着一个又一个神奇的故事。随着画卷在眼前徐徐展开，相思身上的倦意和伤痛也渐渐消散。她不知不觉中已经从地上爬起来，扶着石阶一级级向上攀登，宛如在追寻一段段万亿年前的往事。

突然，一道耀眼的光芒透空而下，相思下意识地闭上了眼睛。

煌煌日色、冷冷风露在不远的地方汇聚、流动。天阶不知何时已到了尽头。

相思扶着帷幔，让自己的双眼渐渐适应。眼前雪光万里，开阔辽远，一片在雪峰簇拥下的湖泊静静停栖在峰峦之间。

湖泊并不是很大，但通体浑圆，宛如天工巧裁，又如汤谷九日，其一误落人间。

岸边积雪皑皑，光影照耀，一人蓝袍及地，背对她而立。而他身旁卧伏着一只巨大的雪狮。那雪狮半面浴血，一面低声哀吼，一面颤抖着偎依在他身边。孔武神兽，此刻却如一只受伤的小猫一般驯顺。

此人不是帝迦又是谁。

相思不禁讶然出声："你……你怎会在这里？"

帝迦突然回头。他刚一转过脸，不料那只驯顺的雪狮突然咆哮一声，扬爪向他脑后拍去。这一拍之力十分巨大，只要沾上一点，立刻就要筋骨碎裂。

相思惊道："小心！"

帝迦随意一抬手，正挡在那只雪狮的右爪上。雪狮一触到他的手臂，顿时如遭电击，惨声哀号，却又无论如何也收不回爪。帝迦眉头微皱，似乎怕伤了雪狮，轻轻一抖手腕，将臂上那层护体真气散去。那雪狮正在极力挣扎之际，受力一失，平衡顿时被打破，巨大的身体如山岳崩摧一般向他压来。

帝迦并没有躲避。只听噗的一声轻响，雪狮一只利爪已深深陷入他的肩头。

相思惊呼出声。

帝迦看了她一眼，握住雪狮兽腕，轻轻将它托起，小心地放在地上。那雪狮的伤口似乎又被震裂，鲜血涌出，浑身颤抖不止。帝迦不再看相思，转过身去，轻扶着雪狮两腮，仔细查看它的伤口。

相思这才看见，他一手拿着一柄极薄的小刀，另一手却持着几块沾血的白布，似乎刚刚是在给雪狮治伤。

相思虽极厌恶此人，此刻心中也忍不住一软，讪讪道："对不起，刚才我无意打扰了。"

帝迦并不答话，只见他一手紧紧抵住雪狮眉心，手中小刀不住在雪狮眼眶中游走，将死肉残筋尽数清理掉。热血滴答而下，在雪地上升起一股股轻烟。相思只觉一阵胆寒，如此生生将残肉剜去，古来刮骨疗毒也不过如此，其间剧痛，英雄好汉尚不能忍受，何况一头畜生？

相思真怕那头雪狮什么时候又狂性大发，向帝迦扑去。

那雪狮痛极，喉间呼喝连连，全身颤抖，前爪在雪地上狠命乱抓，直抓得冰凌纷飞，在地上留下道道极深的血痕。然而它那只尚存的独眼却始终死死盯住帝迦的额头，目光极为敬畏。

相思不忍再看，将目光转向一边。过了片刻，帝迦收起小刀，将白布缠在雪狮眼上，向它挥了挥手。那雪狮已经全身虚脱，连吼叫也没了力气，在地上挣扎了几次才站起来，缓缓向湖边一处山洞中去了。

相思怔了片刻，突然想起来意，换了一副怒容道："我要怎样才能从这里走出去？"

帝迦冷冷一笑，正要回答，目光却凝止在她身后。

相思更加生气："我在问你话……"她猝然住口，因为感到自己身后似乎有所异样！

一道若有若无的微光正跟在她身后。

这种感觉并不是刚才才有，而是从她在祭坛上苏醒的那一刻起就一直尾随左右。只是之前遇事太多，这种感觉反而被忽略了。

她刚要回头，帝迦突然一皱眉，已结印在掌，双手一合，一股巨大无比的劲力如山呼海啸一般向她扑来。

第七章

❧ 未消人间无限恨 ❧

圣湖之畔，山洞中的石壁上。

卓王孙看着石壁上的影像，漠然不语。

本来无比清晰的镜像突然微微一震，一道细如针尖的白光从像中人身后无声无息地游走过来，等到了壁前，突然急速膨胀，开始大如碗盏，临到破壁之时已如栲栳，挟着风声雷啸向壁前诸人恶扑而来！

白衣女子脸色顿变，一拂衣袖，正要将壁上的镜像收起，突然感到整个山洞猛烈一震，几乎站不住脚。那蓬白光宛如钧天雷动，已然破壁而出。

卓王孙抱起小鸾，略一侧身，就见那团白光如长虹贯日，从他身边擦过，而后掠过山洞腹地，直扑洞口。白光越来越暗，到了后来竟然变作暗紫色，跳动不止。山洞四壁剧烈震颤，碎石冰屑纷扬撒落，宛如下了一场冰雨。

白衣女子轻呼道："小心！"

就在此时，那道光华猛然炸开。山洞口被这股巨大的力量生生崩碎，满天紫芒化作无数道极细的长针，在阳光下诡秘一闪，竟然全部凭空消失。

洞外诸人只觉得胸口一闷，竟宛如被万亿无形之针透体而过。红衣大德喝道："什么……"话还未完，他只觉浑身真气一窒，后边那个人字竟无论如何也说不出口了。他慌忙双手结印，却发现全身劲力都在无数道莫名之力的牵引下急速泄去，越是抵抗，就泄得越快。红衣大德又惊又怒，几次结印未成，竟如虚脱一般，连站都站不住，只得盘膝坐下。

而其他诸人暗中运转真气，结果也是一样。

白摩大师一振衣，将他的弟子护在身后。只听一阵极轻的细响，数道微光从他袍袖间纷扬落下，一触空气，就宛如春冰向阳，化得了无痕迹。他叹息一声，道："好厉害的雪影针。"足下一阵踉跄，几乎站立不住。

那年轻人惊道："上师！"伸手扶住白摩大师。

白摩大师长眉紧皱，缓缓摇头，低声道："无论如何，你千万不要出手，记住你的使命……"说罢缓缓将紧握的双拳松开，左手掌心之上赫然已多了一枚极细的红点。他张开右掌向自己左肩猛力拍了下去。一声极其微弱的血脉破裂之声响起，似乎有一线淡紫色的光华在他肩头喷出的血花中闪了闪。他的整条左臂顿时无力地垂了下去，再也不能运转，他脸上的神情却轻松了许多。

年轻人要将他扶到一旁，白摩大师摇了摇头，让年轻人避到一边，而后长长叹了口气，道："佛法隐微，魔力高强，看来我这具皮囊也撑不了多久了……刚才这一击之力，最初发源于一线之微，后而化身千亿，无处不在。波旬能从乐胜伦宫中将力量传到此地，一击之下竟让我等几乎全部负伤，法力之高，实与神魔无异。"

他长叹一声，转而向卓王孙道："卓先生虽然武功盖世，然而此去乐胜伦宫，切记小心，不可托大轻敌。"

卓王孙淡淡笑道："此人的法力的确有些特异之处，然而，若无这位女活佛的透天妙术帮忙，只怕无论如何也不能将内力运用于数里之外吧？"

众人一怔，不由得将目光投向白衣女子。

白衣女子的脸色有些苍白，似乎刚才也受了壁内之力的反震，略有受伤。然而她脸上的笑容依然从容自若，道："雕虫小技，没想到却被敌人利用，若卓先生说我是帮凶也未尝不可。只是，以卓先生的实力，刚才完全可以将那道紫光在镜前接下，卓先生却侧身让过了，想来必有些别的原因。"

众人又是一惊，都将目光投向卓王孙身上，却见卓王孙悠然笑道："你说得不错。"

众人见他承认，更是惊疑交加，忍不住窃窃私语起来。

白衣女子笑道："卓先生刻意让过，想必是要从这道紫光的来势中看出乐胜伦宫的秘密。如今先生既然坦然承认，这秘密多半已经得之于心了。"她的笑容渐渐淡去，正色道，"那就请问卓先生，乐胜伦宫到底在何处？"

卓王孙道："你真的要知道？"

白衣女子道："波旬既然能利用我的法术将内力反照而出，击伤诸位大德，卓先生自然也可反利用之，看出乐胜伦宫所在。只是这秘密却是用十数位大德的重伤换来的，卓先生纵然觉得值得，也应该给大家一个交代吧？"她言下之意，卓王孙是故意让那道光华从镜中透出，击伤诸位大德，只为了看出乐胜伦宫之所在。此言一出，一些受伤的大德脸上已有了怨怒之意。

卓王孙却淡淡道："我答应白摩大师要找到乐胜伦宫所在，所以无论如何，我都要做到。"他说着上前一步，注视着方才那面石壁，而后右手紧抱住怀中的步小鸾，将她的脸轻轻转向里侧。

白衣女子缓缓往后退开了一步。

突然，卓王孙一抬左手，一道极其猛烈的真气宛如瞬间生于无形，而后撼天动地，凌空罩下。只听一声砰然巨响，那面厚两尺有余的石壁竟然被生生击塌。四下碎石纷飞，整个山洞似乎都难受其威，不住颤动。

卓王孙抱着小鸾站在原地，气定神闲，仿佛什么都没有发生过。而那白衣女子脸上却露出一丝笑容。她上前一步，轻挥了几下衣袖，将众人眼前的尘土拂开。一道幽碧的清光顿时透了过来，众人惊讶地发现，石壁后竟然是一条长长的隧道。隧道由一种奇异的碧蓝色巨石砌成，通体笼罩在一层斑驳陆离的幽光之中。光影沉浮，隧道虽然深不可测，却丝毫不显得黑暗，仿佛只要进入其中，就会被那种幽蓝的神光照得筋络尽显，无可遁藏。而隧道深处又极其潮湿，似乎还隐隐有水声传来，看来竟是从圣湖之底曲折穿行而过。

难道乐胜伦宫的入口就在隧道的另一头？

卓王孙也不回头，向众人说了声告辞，抱起小鸾就要进去。

"慢！"白衣女子顿了顿，道，"你不能带步小鸾进去。"

卓王孙冷冷道："为什么？"

白衣女子道："你此刻带她进去，与杀了她有什么分别？"

卓王孙注视隧道，并不回答。白衣女子遥望湖泊深处，缓缓道："所谓圣湖，并非只有一个，而是一生一死，孪生双成。"

她此话一出，诸人都是一惊。白衣女子不以为意，抬袖遥指湖泊，继续道："眼前这一处，形如残月欲沉，是为死之湖，死去的灵魂最后就将在此处栖息；而另外一处，形如朝日初生，是为生之湖，新的生命就诞生于此。中间相联系的却是这一条轮回之索。乐胜伦宫，正在轮回之索的另一端。你若通过此处，就能进入其中。然而，这条密道却并非容易通过的。"

卓王孙淡淡道："看来你比我更清楚乐胜伦宫的所在。"

白衣女子笑道："既然卓先生刚才能从镜壁中水纹流动的方向看出圣湖双生的秘密，我毕竟是透天之术的主持者，看到这些也并非难事。只是，我还要告诫先生一件事。"

卓王孙道："讲。"

白衣女子抬头仰望碧蓝的苍穹，缓缓道："这里是诸神的居所、一切力量的发源之处。圣湖之底的地心中潜藏着两股莫名的巨大磁力，一为生之力，一为死之力，彼此交错纠缠，生生不息。而这隧道正好从两处巨力中横穿而过，所以……"她声音一厉，"整条隧道都被巨力所牵引。而隧道的四壁又由特殊的蓝色巨石构成，宛如一种石镜——只不过反射的不是光线，而是磁力。经过无数道反射，这股磁力便在无形中被扩大了千万倍，遍布每一寸角落，纵横交错。凡人进入其中，根本无法承受其压力，顷刻便觉四体剧痛、呼吸凝滞，若不能及时退出，必当筋骨尽折、五脏破碎而死。就算你自负能以内力与之相抗衡，然而小鸾久病之体，必不能当。而这种磁力如光透体，无处不在，就算你有通天的本领，也不能将小鸾和它们隔绝开。你若强行带着小鸾进入，无异于让她身涉绝险之地，一旦有所闪失，后果不堪设想。"

卓王孙也不禁默然。

白衣女子道："隧道中还有种种关卡，所谓孔雀之阵只是其中之一。其间艰难凶险，真可谓难以想象。就算卓先生武功盖世，到时候也难免自顾不暇，如何还能保护小鸾？更何况小鸾之疾已入膏肓，卓先生已然束手，既然白摩大师许诺替她延续三个月之寿命，先生为何不将她交给我与大师？当卓先生荡平曼荼罗教，与杨盟主会于冈仁波齐峰上之时，我保证将小鸾小姐完好无损地送到先生面前。"

卓王孙还在沉吟。

白摩大师上前道："卓先生若是信得过我，就请将小鸾小姐暂时寄托在我这里。"

卓王孙低头看了一眼还在熟睡中的小鸾。她脸色苍白，连唇间的血色也只剩下了淡淡的一缕，看来的确经不起颠簸劳顿了。他叹息一声，轻轻将小鸾额间的散发拂开，然后将她身上包裹的衣物披紧，小心地交到白摩大师手上，沉声道："有劳大师。"

白摩大师单臂接过小鸾，道："请卓先生放心。"

卓王孙再看了小鸾一眼，转身向隧道而去。

白衣女子脸上的笑容渐渐淡去，正色道："临别之时，还要赠卓先生一言。此去乐胜伦宫，既是夙缘，也是机会。若卓先生找不到乐胜伦宫，那么也不必再赴冈仁波齐之约了。"

卓王孙没有转身，微微侧头道："为什么？"

白衣女子道："因为那时你必将败在杨逸之剑下。"

卓王孙冷笑一声，再不回答，只大步向隧道中去了。

他刚入隧道，大地突然传来一阵震动，隧道口处的一块蓝色巨石竟然从顶端直落而下，将洞口重新封死。众人惊呼，白衣女子却只是轻轻往后退了一步，双目微垂，似乎早已料到如此。

白摩大师叹息一声，道："但愿卓先生此去顺利。"他向隧道处合十一礼，将小鸾小心递到旁边侍立的弟子手上，转而对白衣女子道："尊驾既有预知未来之力，必非常人，敢问高姓大名？"

白衣女子微笑道："我已经说过，我是香巴噶举派这一世的转世活佛，大师难道不相信吗？"

白摩大师摇头道："香巴噶举派桑顶寺活佛是唯一一系托身女体的活佛，为金刚亥母转世，在藏地受万民膜拜，地位极其尊崇，每一次转世皆具诸异相。恕我孤陋寡闻，上一任活佛为抵御曼荼罗邪教攻击舍身护法之后，世间再未有转世之说。"

白衣女子笑意不减，缓缓将手中菩提枝在右手中摇了摇，正要开口，突然，只听一人在洞外大喝道："什么人？"却是红衣大德的声音。

一个声音笑道："可笑这些人死到临头，却还在这里啰啰唆唆。"

这声音极为怪异，似乎是来自一处，又似乎来自不同的方向，最后却又契合在一起，高低、快慢竟然毫无差别。

白衣女子脸色一变，足尖轻一点地，已如飞鸿破空，纵身洞外。

湖畔日色极盛，照得冰雪炫目生彩，水汽氤氲蒸腾不休。而那些受伤的大德、活佛围坐在湖边雪地上，闭目疗伤。唯有那位红衣大德满面怒容，却又无法站起，只得怒目正对着他们中间的空地。

而他们中间的空地上，却不知何时多了三条灰色的人影。

第八章

三生石上意徘徊

这三条人影一般高矮，全身都笼罩在一袭极长的灰袍之中，连脸上也蒙着一层灰色。寒风吹过，他们身上似乎笼罩着一层极薄的尘埃，在日光冰影的折射下若隐若现，亦幻亦真，却让人无论如何也看不清面目。乍一见之下，真如三条影子，随着正午的日色突然降临此处。

其中一人缓缓环顾四方，冷冷道："想不到主人这一蓬雪影针竟未能将他们一举歼灭。不过，也差不多了。"

另一人森然笑道："这样也好，杀人总是比收尸有趣许多。"

又一人道："站着的还剩下三个，正好一人一个。"

三人对答之下，竟然仿佛已将在场诸人视作砧上鱼肉，任其宰割。

红衣大德大怒道："何方妖魔敢擅闯圣地？来来来，我就算有伤，也足以将你等打发！"他刚要勉强站起，却忍不住全身刺痛，喷出一口鲜血。

那三人冷笑着看了红衣大德一眼，齐声道："不知死活。"三人右手同时一扬，已然结印胸前。他们的手指极为细长，皮肤竟然也是一种诡异的垩灰色，与他们身上的长袍几乎毫无区别。更为奇特的是，他们三人所结手印相当古怪，在场诸人皆可谓见多识广，却从未见过这样的姿势。

然而，一种森然的杀意已从三人灰色的手掌透出，渐渐笼罩全场。众人只觉心头沉沉一窒，就宛如被千斤巨石压在胸前一般。四周一片死寂，白摩大师突然感到不妙，大喝一声道："住手！"

然而已经晚了。

其中一人身形高高跃起，宛如鹰隼游于碧空，在半空中突地一折，手中法印一转，五指如钩向下探出，整个人从高处直落而下。红衣大德大怒之下，顾不得身上重伤，结起手印，暴喝一声，全力上推。

他在众人之中本就以武学修为见长，四十余年大威德金刚法力修为甚是不凡。而这些时间暗中运转真气，针毒虽未解，内力却已小有恢复。盛怒之下，将多年护命真气全数使出，不留半点护体，威力自是惊人。只那暴喝之声就震得众人耳膜鼓动，嗡嗡不止。

白摩大师与白衣女子失声道："不好！"两人上前一步，同时挥掌向半空中那灰衣人击出，以图救援。眼看两人的掌力就要扫到那人的衣角！

他两人合击之力，岂同凡响？何况那灰衣人身形已在半空，劲力虽盛，防守却正是空虚之时，若不立即撤掌，这一击必然中其要害之处。

然而，两人只觉掌力一滞，两股极为巨大而又诡异的力道从一旁横扫而来。两人愕然抬头，却见另两位灰衣人不知从何处已横插进来，各出一掌，与白摩、白衣女子正面相对。

只听一声砰然巨响，一道七彩光轮凭空而起，迅速轮转在四人之间。白摩大师大喝一声，竟然被击得飞了出去，远远跌落到雪地上，刚要挣扎起身，却一口鲜血喷出。他的弟子赶快上去将他扶起，他却只是死死抓住那年轻僧人的衣袖，似乎生怕年轻人忍不住和这三人交手。

白衣女子身形向后飘开，只觉掌心暗暗发麻，正要惊叹这两人武功之高，却听不远处传来噗的一声轻响。一大蓬血花绽开，飞扬在满天冰雪之中。

众人失声惊呼。只见开始那灰衣人已飘然落地，手中提着一物，红发垂委，粉红色的黏稠液体从他指间点滴而下。

赫然正是人的头盖骨。

一旁，红衣大德的身体重重地跌倒在雪地上。冰尘飞扬，浓浓的血腥之气在清冷的空气中蔓延开去。

幸好有碎雪遮掩，众人还不至看到他脑浆迸溅的惨状。然而皑皑白雪已尽被鲜血染红。幽碧清寂的神山脚下、圣湖之滨，竟被这无尽的杀意玷污，一时间，满空阳光也变得阴森无比。

悲痛、愤怒、恐惧，第一次沉沉压在这些修为已近神佛的大德身上。

难道如今真的佛法衰微，魔道纵横，世界末劫就在眼前？

那提着头盖骨的灰衣人冷笑道："下一个是谁？"

众人眼中尽是愤怒之色，却一时默然，难以开口。另一些人瞑目念咒，声音却因怒意而颤抖。

白衣女子注视着他们三人，缓缓道："三生影像大法失传数百年之久，没想到竟然也被帝迦修成。"

四下顿时一片惊声。

三生影像大法是藏地一种古老的秘术。传说，某种修为极高的人能通过一种神秘的祭法，将自己的一部分元神炼化而出，植入三个人体内。从此这三个人便成了祭主过去、现在、未来之三生影像，不仅完全服从祭主的命令，心意彼此相通，并且还能得到祭主的一部分力量。

与苗疆巫蛊之术不同的是，这三生影像并不强迫控制人的心智，让受蛊者成为主人的行尸走肉，而是祭主的信徒自愿将灵魂及肉体奉献出来，与祭主元神相合，成为三生影像。

在信徒看来，这奉献是一种莫大的荣誉，一旦被选中便是欢欣鼓舞、感激涕零、誓死效忠。而祭主也往往慎重挑选根基、资质都极为上乘者，用以与自己炼合。因此，这些人的神志并未失去，只是心意与祭主相通，成为效命的死士，一旦临敌，自然比已成傀儡的受蛊者要高明百倍。

这种秘术更为高妙之处在于，这些影像自身的力量不会消失，还能得到祭主的部分力量。而且这种取得完全是如镜中影像一般，全凭复制而得，丝毫也不减弱祭主本身的实力。祭主的力量越强，这一部分也就越为可观。这些人与祭主相合后，一心效命，毫不畏死，加之三人心意相通，同声同气，宛如三身一体，御敌时如三头六臂般，不可阻挡。

只是要能将元神炼化成形，并且分离出其中一部分，却谈何容易？只怕必须有半神之资才能做到。因此这种秘术也就渐渐失传。没想到今日一旦重现人间，就以声望鼎隆的红衣大德祭旗！

其中一人回头望着她，疑道："哦，你到底是什么人？倒是识货得很。"

白衣女子淡淡微笑着，却不回答。

另一人摇头道："不过，你不说也没关系，反正你必定要死在我们手上。"

白衣女子微笑道："这可未必。"

灰衣人冷冷道："未必不未必，自然要在这双手上见个高下。"他将手中的头盖骨扔开，一手高高扬起，张如箕状，兀自沾满着鲜血。另外两人瞬时围拢，与他背面而立，成掎角之势，似乎随时都要出手。

白摩看了看三人，又看了看诸位受伤的大德，脸上闪过一片悲凉。

难道真的无法可想？

他余光瞥了瞥身边那年轻僧人，心中长长叹息了一声。难道只有让他下场？然而此人身负责任重大，万一有所闪失，让他如何面对地下的亡友？

然而若此时他再不出手，只怕连出手的机会也没有了！

他突然道："扶我起来。"年轻僧人上前几步，将他扶起。白摩深吸口气，对三人道："如今其他人等或死或伤，正好成了以三对三之势，不如和在下打一个赌，三战二胜如何？就由在下来领教这一位的高招。"

他这几句话说得极为吃力，额上已冷汗涔涔。尚能运转的右臂勉强结成手印，正对着当中那位灰衣人。

白摩大师学识之渊博号称藏内第一，方才又亲身受敌，岂能不知道三生影像大法的厉害？若三人合体，只怕在场诸人绝难匹敌。所以只能激得三人单打独斗，三战两胜。自己虽然必死，然而总可以给自己的弟子及那神秘女子一些机会。

当中一人却冷笑道："什么三战两胜，我们此来并非为了比武，而是要将你们这些冥顽不灵之徒一网打尽。你们要单打独斗也好，要一拥而上也罢，都是你们的事。我们三人只要一齐动手将你们全数杀光即可。"

另一人道："中了我的五行天魔印，若肯坐下静养，还能苟延残喘半个时辰，居然不自量力，还在此处啰里啰唆，是嫌死得不够快吗？"

白衣女子笑道："的确是嫌死得慢了。不过不是他，是你们。"

其中一人讶然道："哦？"他打量了白衣女子几眼，冷笑道："听说你会恒河大手印？"

白衣女子脸上淡淡的，并不回答。

白摩大师疑道："你们如何知道恒河大手印的事？"

一人道："你错了，我们并不知道。"

白摩大师一怔，另一人已然接口道："只是我们的主人无所不知。你们的一举一动，莫不在他监视之下。"

又一人道："而我们三人的心灵已经完全献给了主人，所以无论多远，他的每个命令都能立刻传达到我们脑中。"

白衣女子淡淡笑道："那他现在要你们做什么？"

三人突然同声道："要你死！"

三道银灰色的光芒从他们宽大的袍袖中席卷而出，在半空略略一滞，已然汇合，凌空一折，直向白衣女子头顶压下。

白衣女子微微抬头，将手中的菩提枝向上一扬。这一扬毫无招式可言，似乎只是情急之下本能地往上一挡，指向处却是那道光华最盛之核心。

众人心中暗自一惊。

三人武功分而言之已是天下第一等的高手，合力一击，力道是何等强大？女子手中小小一枝菩提枝迎上去，怕不被立即搅为粉碎。

　　那三人却咦了一声。此女既然自称已传习了恒河大手印，三人也不敢太过轻敌，于是齐齐将袍袖一抖，袖中手腕似乎动了动。那道刚猛无比的光华看上去依然是当面奔来，锐不可当，实则已暗中分出万亿道无形之网，无声无息地从四面罩下。瞬时，白衣女子手中的菩提枝已触到光晕中心。那三人齐齐一声冷笑，就要如蛛捕蝶，将罗网收紧。谁知那枝菩提枝在光网上一触，竟宛如受到了韧力反弹一般，带着白衣女子的身体，如落花、如秋叶、如白云出岫般，轻轻向一旁飘去。

　　三人一声冷哼，已如三条幽灵一般神出鬼没地缠了上去。三人身影在半空中交错，众人眼前顿觉一花，似乎三人真的在一瞬之间合体，又重新分开。众人只觉得他们三人的身体似乎被拉长了很多，三条灰龙一般在空中翻飞，紧紧交缠着那白衣女子的身影，附骨不去。

　　三人刚才所出那一掌可谓刚猛至极，而这追寻纠缠之术却又阴柔诡异无比，然而三人用来极其自然，仿佛天下刚柔两派武功无不在掌握之中。白衣女子滑出数丈之后，身形突然一折，站在了雪地上。她那袭白色斗篷也如花开复谢，瞬间已一如往昔，静静地垂在雪地上。只有手中菩提枝青青欲滴，还在微微颤动。

　　众人心中不禁暗暗惊叹。她刚才用的也不过是千斤坠一类最平常不过的身法，然而能如此又快又稳，潇洒若仙，也可谓神乎其技了。然而那三条灰影也瞬时就追到了眼前，还不待众人看清，四人已又斗在了一起。这一次四人的身法明明都比方才慢了好些，但众人仍觉无法看清，仿佛隔着澹澹水波在注视神山仙人的倒影，只消片刻便目眩神迷。

　　白衣女子手中菩提枝变化无方。先是峨嵋派的平野剑法，看似平和之中掺杂了无数诡异的变数；而后化剑势为刀势，用的却是小极乐天的离魂刀，飘逸无比；随即又转为五凤门的判官笔，专攻对方要穴，阴沉凶狠；到了后来，少林伏魔棍、魔教腐骨指、华音阁春水剑法等都如行云流水一般施展出来。看上去真是眼花缭乱，似乎天下武学无所不包，细看下去，又似乎哪一种都不是原本的样子，其中贯穿了一种微妙的变化。

　　那三人身影交错穿插，向白衣女子步步进逼。他们浑身似乎都被一股炽热之气包裹，每进一步，地上冰雪便熔出一个极深的脚印，嗞嗞作响。斗到大概四百招上，一个灰衣人突然冷笑道："你防御的功夫倒是一流，却为什么不反攻？"

另一人道："恒河大手印呢？是来不及出手还是根本不会？"

又一人道："你不答也算了，倒不知这样耗下去，到底是谁赢谁输？"嘴上说话，出手却毫不减慢，瞬时又已攻出了三十余招。

白衣女子一言不发，也还了三十余招。然而她自己知道，自己每一次出招看似轻松，实则凶险无比，稍有闪失便有粉身碎骨之难。再这样斗下去，只怕用不了半个时辰，自己就会体力不支。

一人森然冷笑，"你也不愧为一个高手，我们三人倒不妨慢慢陪你玩下去，一直玩到你力竭而死。想来你临死前困兽犹斗的样子必定极其好看。"

三人一齐大笑，突然，一旁的白摩大师开口道："你们似乎还忘了一个人。"

三人道："谁？"

白摩大师道："我。"

三人一怔，当中一名灰衣人突然大笑："你？五行天魔印还未杀死你吗？"

白摩大师道："没有！"身影一动，已如游龙一般到了四人中间，孤掌结印，猛地往前一推。

其中一人脸上略带一丝轻蔑的笑意，只出一指，向他掌心戳去。而另两人各出一掌，正好夹击在白衣女子的菩提枝上。

那一刻，五人身形凝止，雪地中光影反照，寂静异常。白摩大师只觉得胸口气血翻涌，喉头一甜，一口鲜血已忍不住要呕出。而那白衣女子的菩提枝也在两人劲力催吐下缓缓变弯欲折！

突然，那三人垩灰色的脸上竟泛起一层青光，暗淡的眸子中掠过一丝惊惧之色，他们的身形几乎同时微微一摇。虽然只是一瞬之间，然而白摩大师、白衣女子已觉得周身沉沉压下的劲力顿时减弱。两人对视一眼，突然将全身内力凝于手上，全力推出！

只听砰然一声巨响，三人身体一颤，齐齐往后退了几步，虽然立刻站定了身形，然而呼吸已比刚才粗重了些。

众人尽皆松了一口气——三位灰衣人虽然伤得不重，但毕竟是伤了。

然而三人似乎丝毫不在乎自己的伤势以及眼前劲敌，只将一指放于眉心，凝神静气，闭目苦思，脸上竟然颇有担忧之意。

白摩大师皱眉道："他们这是……"

白衣女子脸色有些苍白，轻声道："他们正在向主人请示。"

白摩大师狐疑地摇摇头。

白衣女子道："大师难道没觉得刚才他们的力量突然减弱吗？原因只有一个——他们的主人正在大量耗损自己的精神。"

第九章

❧ 徘徊流光照玉人 ❧

无边的夜色宛如帷幕一般，徐徐升起。

相思觉得自己正缓缓从死亡中苏醒，重新有了生的知觉。她隐约记得，刚才一道巨大的劲力从帝迦手中向她袭来，来势之快让她根本来不及躲避。

然而他似乎并不想伤她，劲气在她眼前一顿，瞬时化作无数道极细的白光，无声无息地从她体内透过。

正在最后一道光芒也要透体而过之时，白光却突然一滞，似乎无意中引动了她体内某种力量的反扑。这种反扑虽然微小，但那道光芒一遇到抵挡，顿时变得凶暴无比，在她体内砰然炸开。相思只觉全身碎裂一般剧痛，似乎每一处都被极冷的寒气刺透，血脉都已凝结。她眼前一黑，就已失去了知觉。

她醒来的时候，发现自己竟浸在温水之中。

大殿正中居然是一湾浅池，只是刚才有帷幕的遮挡，没有看见。浅池中温泉汩汩涌出，水烟袅袅，在大殿穹顶月色的衬托下显得缥缈而空灵。

池心是一座美人卧像，通体由白玉雕成，极为精致曼妙。玉体大半浸在水下，只露出一段光洁温润的背脊，上面点缀着数朵玉莲花。花瓣盈盈带水，交叠盛开，正好和美人玉背一起构成一个小小的平台，可供在此沐浴的人伏在上面休息。

温泉泉眼被压于玉人娇躯之下，汩汩泉水反涌而上，正可轻抚台上人的身体。

相思此刻正俯卧于玉台之上。一头长发如云般散开，在池中绽放出一朵墨莲。她身上的衣衫已凌乱不堪，纤腰以上，光洁的背部几乎完全裸露出来。与身下的玉人相比，温润莹洁也不遑多让，却更多了几许妩媚的嫣红。月光流转，美人玉雕相映成趣，旁边一炉青烟升腾，宛如罗帐，更将这无边春色笼罩得朦胧如画。

相思突然感到肩上被什么东西轻轻触了一下。她不禁睁开了双眼，正要回头，却觉得全身无法动弹。她下意识地回望水面倒影，发现帝迦竟然正站在她身边。

他半身没在泉中，衣衫依旧带着血迹。他似乎并没有在看她，而是神色凝重地注视着自己的指尖。

他手指上是一滴五色交转的水珠。

相思刚要惊呼出声，却又忍住了。只见他双眸神光沉沉，那妖异的红色更盛，突然，一声极其轻微的响动传来，宛如有什么东西正在从地狱的烈焰中复生。他的指上已多了一枚极细的冰针。冰针足有一尺余长，光华流转，似乎也被他的目光染上了淡淡的红色。水光一动，相思从倒影中看见他正将这枚冰针刺入自己的肩头。

相思欲要挣扎，却一动也不能动。

帝迦并不理会相思的反应，只在指尖凝水为冰，再一枚枚刺入相思身体。他的神色极为凝重，似乎每一枚冰针都要花费他极大的精力。

相思背上也渐渐被一层妖异的红光笼罩。由于冰针极细，从正面看去，只能看到一层流动的红光，只有从侧面仔细观看，才能发现她的身体已密密麻麻地刺满冰针。

相思一开始觉得恐惧异常，后来渐渐发现，每刺入一枚冰针，自己体内那股奇寒之气似乎就少了一丝。而那细针虽是由寒冰制成，入体之时却让人感到十分温暖，毫无痛苦之感。

她明白帝迦是在为自己治伤，也就不再挣扎。只是想到自己此刻衣衫不整，又无法动弹，不由得脸上发热，只得将头埋得更低。

帝迦突然一拂袖，手上一道已成形的冰针突然碎裂。寒气猛然反扑，相思全身一凛，肌肤上起了一层寒栗。

帝迦沉声道："你的内力从何得来？"

相思茫然摇头。

帝迦摇头道："它与我体内的真气势如水火，绝不相容。我进一步，它就反扑一步，如果强行压制，只怕会伤了你。这样下去，你体内寒气绝难根除，将会随血运转，不断挫伤你的心脉。十日之后，就是湿婆大神亲自现世也无法救你……如今只有一个办法。"

相思道："什么？"

帝迦道："就是将你的内力全部化去。"

相思断然道："不行！"

帝迦道："如果你舍不得，化去之后我将自己的内力注入一部分给你，你想要多少，我都能给你。"

相思道："不，不是这个。"

帝迦冷笑道："你的内力并非靠自己修炼得来，也是旁人注入。此人内力极高，但注入你体内的部分有限，而且很难与你融合。所以，就算你在此基础上修炼，也很难再有什么进益。"

相思默然片刻，道："我知道。"

帝迦抬起一手，掌心是一汪清水。他突地瞑目凝力，那汪清水噼啪作响，已然凝结成数十枚冰针："我现在刺入你全身四十七处要穴，片刻之后，你的内力将会随之融化。"

波光粼粼而动，他手中的长针就要刺下。

相思突然大声道："不行，放开我！"她稍微一动，那种奇寒之气涌上心头，几乎将她冻僵。她顾不得再去管帝迦，催动体内的内力与之相抗，顿时觉得全身骨骼都在轻微作响，血流沸腾奔涌，似乎有无数道极细的真气在体内彼此争斗、吞噬，而全身每一处血肉都要被这种争斗之力撕扯开来。

帝迦措手不及，向后退了一步。过膝的蓝发扬起，似乎也受了极深的冲撞。

正因为相思体内之力与帝迦水火不容，所以帝迦为她治伤之时所用的冰针本非内力催成，而纯由元神炼化。

元神是人的真元性命之主。古往今来，武林中人也只是冥冥中知其存在而已，要说出什么是元神，那是没人能够做到的。除了极少数修为极高者能感知部分元神，并用之辅助内息运转之外，一般人的元神都近乎于一种不可知的形态存在，只在某种极为特殊的情况下能被主人感到。

所谓返本归元、顿悟本真的一瞬，也不过如此。

如帝迦这样，能够将元神炼化成实体，真可谓半神之体，匪夷所思了。

然而无论修为多高，元神都是极其脆弱的。不到万不得已，任何人都不会将元神暴露在毫无保护的状态之下，更不用说植入他人体内。因为一旦此人稍有不从，运力抵抗，那部分元神便会立即被巨力反噬，危及主人本身。

帝迦只觉眉间一阵剧痛，心神动荡，血液几乎倒涌。以他的定力也几乎难以自持。他结印在手，却迟疑着是否出手。

以帝迦此刻的修为，一旦凝结真气，自然可以将相思体内的反扑之力强行压下。可是一旦出手，她体内之力必定如笼中困兽一般疯狂反扑，虽然必不能伤到他，却岂是她能承受的？

帝迦突然合目，竭力与体内反噬之力相抗。

而相思的痛苦丝毫不亚于他。她的脸色已苍白如纸，紧紧咬着嘴唇，不让自己呻吟出声。

帝迦突然睁开眼睛，一把控住她的咽喉："既然你如此固执，我不如现在就杀了你，免得看你痛苦。"

相思脸色苍白，轻轻喘息道："好，我求你现在就杀了我。"

她全身的剧痛几乎让她不能呼吸，双拳却紧紧握住，似乎无论如何也要捍卫这点属于她自己的东西。虽然这点东西，在旁人眼中可能分文不值。

三年前。

东天青阳宫内。

步小鸾手中抱着一大堆鲜花，站在高高的台阶下，轻轻笑道："你就是相思姐姐吗？"她依旧是一身白色的裙子，脸色苍白得几乎透明，却始终带着初生芙蓉一般的微笑。三年来，几乎没有丝毫变化。

相思神色有些紧张，毕竟这是她第一次到东天青阳宫觐见步剑尘先生。虽然她当时隶属东方苍天部下，也算步先生的弟子，却因为年龄、职位都属于后进末流，一直没有得到这样的幸运。今天步剑尘突然召见，让她受宠若惊。

不过，她早已听说过步先生这个体弱多病的女儿，一见之下，更觉得莫名亲切，连那种拘谨也渐渐淡去了，于是也向小鸾笑了笑。

步小鸾注视相思片刻，脆生生道："姐姐笑起来真好看。"她将手中鲜花往前一擎，"送给姐姐。"

相思怔了怔，忍不住俯身接了过来。

台上传来一个声音："小鸾，不要胡闹，赶快回房休息。"声音威严，却藏不住无尽关怀之意。

小鸾极不情愿地嗯了一声，转身向殿后去了。她的身影宛如一片出岫的白云，轻轻一飘，就已不知所终。

相思讶然，没想到这个弱不禁风的小姑娘，轻功却这么好。

"你过来。"

相思低头答了一声是，向阶前走去，正要见礼，步剑尘已脸色阴沉地挥手道："免了，我叫你来，是有件极其重要的事要托付给你。"

相思不敢相信地道："我？"

步剑尘道："是你。"

相思自幼在华音阁中长大，对步剑尘的医术、道德景仰非常。在她心中，步剑尘几乎是神明一般的人物。能亲自到步先生家中觐见，相思已觉得莫名荣幸了，如今步先生居然说有求于她，让她一时不知如何是好。

相思怔了一会儿，答道："步先生请讲，无论什么事，只要晚辈能做到……"

步剑尘打断她："你已见过小鸾了。"

相思道："是……"

步剑尘道："我死之后，你愿意照顾、保护她吗？"

相思大惊："步先生，您……您正当盛年，怎么会说这样的话？"

步剑尘摇头道："我只问你愿不愿意。"

相思迟疑片刻，道："当然愿意。只是……只是我不过是先生门下最末流的弟子，武功、地位都那么低微……只怕……"

步剑尘道："所以我要你去做华音阁的上弦月主。"

相思惊得脸色都变了。

上弦月主虽然历代由女子担任，但在华音阁中地位之高，已与四部宫主并立，可谓阁主一人之下，万人之上。自华音阁创建以来，能做到上弦月主一职之人，在江湖上莫不是可睥睨一世的人物，是多少人毕生的梦想。她从来没有想过自己有一天能得到这么高的尊崇。

相思嗫嚅道："相思何德何能，能继任这样尊崇的职位……何况上弦月主，似乎是要等新任阁主即位之后，才能选定的。"

步剑尘摇头道："这一届阁中事务变化甚多，拘泥古制毫无意义。我已和其他元老商量过，上下弦月主的选定就在本月十日。届时，你只要战胜所有备选之人，就能顺利继任。"

相思愕然道："可是，以我的力量，怎么可能战胜所有的备选人？"

步剑尘道："我可以将一部分内力暂时输入你的体内。这部分内力是我近几个月来专为你而修炼，所以极为平常，毫无特点，别人也就很难起疑心。你虽然不见得能立刻运用自如，然而好在本届女弟子中也再没有出姬云裳那样的人才。这一点手段，估计也足够用了。只是昊天部下的秋璇也算得上少年才俊，她用毒的功夫，只怕当今天下已少有人及。你和她对阵，本是必定要败的，不过我可以将这枚避毒珠送给你。"

他摊开手，掌心中有一粒珠子，米粒大小，淡淡的没有什么光华，看不出有何稀奇。

步剑尘淡淡道："这枚避毒珠乃是上古蛟龙的内丹，传言可以避尽天下万种毒物。一年前我在苗疆遇到玉手神医李清愁，以至宝和他交换了此物。你身怀此物和秋璇交手，必能立于不败之地。"

相思脸上有些泛红，迟迟不去接那枚珠子，轻声道："这样岂不是作弊？相思才疏学浅，就算当上了上弦月主，心中也会不安的。"

步剑尘看了她一眼，长长叹息一声，道："你若不愿意，我也不能强迫于你，你下去吧。"声音中竟大有萧索之意。

相思有些不忍，道："步先生难道有什么难处？"

步剑尘挥手道："算了。我也不再瞒你，小鸾一刻不能无人照顾，而我必不能久存于世。我死后，天下有能力能照顾她的人只有新任华音阁阁主一人而已。然而即将上任的阁主与我不和已久，就算我最终能设法让他答应照顾小鸾，却只怕他未必真肯尽心。"

相思道："新任阁主是……"

步剑尘冷冷道："这个人你也曾见过，算来也是你的同门，正是东方苍天部下苍龙使卓王孙。"

相思讶然道："他？你不是一直反对他继任的吗？"

步剑尘摇头叹道："鸿鹄高飞，一举千里。羽翼已就，横绝四海。虽有弓矢，尚安所施！"

他默然了片刻，又对相思道："你知道此事，应该很高兴才是。"

相思脸上一红，再也说不出话来。她万没想到，自己那点心事，步剑尘竟了如指掌。的确，卓王孙就任阁主，她应该是最高兴的人。那年秋江上一回眸，已定下两人一生的情缘，再也挥之不去。

步剑尘道："你不必为难，我知道少年人的事，有时候很难以道理来推断。我现在就算再说此人寡情薄幸，你也是听不进去的。只是你是我的弟子之一，我教你的东西虽然不多，却了解你的为人。所以，我准备趁我在世之时，将你安插在他身边。你做了上弦月主之后，一来照顾小鸾，二来……"他犹豫片刻，"说牵制也好，说规箴劝谏也罢，无论他听不听，总是有益无害的。"

相思默然，道："可是当我胜了之后，却无法担起上弦月主之职又怎么办？"

步剑尘正色道："你要记住，上弦月主四字，并非仅靠武功而得来。我既然选定了你，就说明你有继任此职的资格。何况，我已看得出来，未来的日子里，只怕只有你能影响得了卓王孙。"

相思心头一凛，低头道："是。"

步剑尘道："至于武功，我自然另有打算。秋璇最近炼成一种七色幻蛊，霸道无比，连她自己都还没有炼出解药。她久战不胜之下，必然使出。这种蛊毒随风而入心脉，极为厉害，就算你有避毒珠在身，也会暗受轻伤。不过一时之间是看不出来的。所以这上弦月主之位非你莫属，而后……"他遥望窗外，淡然一笑，"而后，你就可以找卓王孙为你治伤了。"

相思一听到这三个字，已是心头鹿撞，喃喃道："他肯吗？"

步剑尘冷冷一笑道："这你不必担心。你只要坦言告诉他，你是为了接近他才暗怀避毒珠与秋璇争此上弦月主之位，如今重伤在身，只有他才能将蛊毒逼出，他必不会拒绝。"步剑尘顿了顿，缓缓道："而我会事先传你一种导引之术，他在逼毒的过程中，部分内力会不知不觉注入你的体内。只是他目前已是天下第一流的高手，想瞒过他的眼睛，这部分导引的内力便不能太多，甚至可以说极其微小，微小到他就算有所感觉也不会在意。长久以往，也能聚集起相当不弱的一部分。而我原来暂行注入你体内的内力，也正好一点点消失。这一入一出我已仔细计算过，正好两相抵消，休说别人，就算卓王孙自己也万难察觉。半年之后，你的内力自然会有根基，虽然和姬云裳这样的人相比仍是天地悬远，然而在本届女弟子中，也算一流了。对于你而言，这半年接近他的时间，也是求之不得的机会。"

相思脸上更红："我……"

步剑尘看着她："计划我已全部告诉于你，应与不应，全在于你。"

相思轻轻咬着嘴唇，久久沉吟。

从此之后，她将陪伴着小鸾，用尽一切方法，保护那个即将死去的女孩，也陪伴卓王孙，陪伴这个步剑尘畏惧的敌人。

他真的那么令人害怕吗？

为何那一回眸却是那么深情？

相思慢慢低下头，看着手上的那捧鲜花。

花，不该凋谢。

她终于缓缓点了点头。

步剑尘的脸上却浮起了一抹萧索，道："你要想清楚，此事一旦败露，重则你立刻有生命危险，轻则他也将从此厌恶于你。你毕生的幸福就在此一念之间，你真的不后悔吗？"

相思低下头，良久，缓缓道："我对他了解不多，但相信他绝不是先生所谓寡情薄幸、阴狠凶残之人。步先生也许是误会他了……但是先生是我平生最敬重的人，先生所托，我就算舍了性命也要做到。"

她突然抬起头，道："我愿意。我愿意照顾小鸾，也愿意留在他身边，劝谏也好，规箴也好，这辈子陪着他，不让他做错事。这是我自愿的，与步先生无关。"她这几句话说得极缓，似乎每个字都用了很大的力气。

因为她知道，自己现在说的每一个字，都是日后毕生的责任。她不能看着那鲜花般的女孩静默地枯萎，也不相信那个人会是寡情薄幸、阴狠凶残的人。

步剑尘默默看着这个单纯而又颇有些固执的少女，心中有些不忍。他一生自负行事问心无愧，如今却要利用一个涉世未深的孩子。然而，为了他唯一的女儿，为了每日都在病痛中挣扎却始终淡淡含笑的小鸾，他也只能如此。

又或是，为了天下。

相思手上那捧鲜花盈盈带露，似乎也因太早就被人摘下，茫然不知自己的未来将会怎样。

乐胜伦宫中。

相思猝然合上双眼，道："杀了我，动手吧。"

帝迦看了她片刻，沉声道："你想死？"突然扬手向她击下。相思静静注视着他，似乎在等待着解脱。

帝迦的手凝止在半空。他突然一弹指，一道深红的光幕从他手下展开，光幕散发出道道华彩，在那些冰针之上流走游动。他的脸色极其沉重，似乎光幕的每一次游动都牵引着极其重大的力道。元神被重新灌注于正在消融的冰针内，缓缓凝结。他这样做，可以说将自己置于极为危险的境地。人的元神何等珍贵，这样过度消耗，无异于一寸寸杀死自己，更何况，仅仅是这元神分裂反噬的剧痛，也是常人无法忍受的。

相思睁开眼看着他，心中一热，已泪流满面。她嘶声道："没有用的，无论你怎样做，我都不会答应你……"

帝迦手上一滞，脸上第一次带上了怒容。他突然撒手，那道光幕瞬时裂为万千碎片，坠了相思一身。他的手猛地抬起她的下颌，强迫她正视自己的眼睛，一字一顿道："你记住，我要你并非是为了情欲，也不仅为自己的修炼，而是因为——"他眼中的神光如妖莲浴火，跳跃不定，"千万年以来，你就注定是我的妻子。"

相思摇摇头，挣开他的手，嘶声道："你错了。"

帝迦怒道："为什么？"

相思伏在玉台上，凝视五色流转的水波，轻轻泣道："因为我心中已经有了另一个人。而这点你要化去的内力，就是他注入我体内的。"

帝迦沉声道："那不过是你在红尘中暂时的疑惑。你记住，你是湿婆之妻、帕凡提的转世。"

相思打断道："我不是。我这一生只会爱他一个人，而且……"

她双眼含泪，摇了摇头，却再也说不下去。

帝迦猛地将她从玉台上拉起来，双手紧握着她的肩头，一字一顿道："而且什么？"

相思抬起眼睛，直视着他如炼狱妖莲一般的双眸，轻声道："而且我早就是他的人了。"

帝迦突然放开她，静静地站了片刻，而后猛地一挥手，数十根冰针宛如受到了巨大的磁力吸引，同时从相思体内跃出，聚为一束流动的光华，被他握在掌心。

他突然一用力。

一蓬紫色的粉尘在他手上化作一缕青烟，飞扬散去，宛如尘埃。

第十章

❦ 欲问当年梦里身 ❧

圣湖之畔。

三生影像似乎也被主人的怒意感染，全身真气陡然提升。他们足下的积雪迅速融化，显出一片三丈见方的冰池。三人在冰池中心结印而立，精、气、神仿佛又已完全融为一体，毫无瑕疵。就连刚才的伤势也已在怒火中锻造重生，化为无坚不摧的杀意！

乐胜伦宫中的主人已被激起杀心，而在他控制下的三生影像也已准备好了新的屠戮。他们抬头仰望蓝天，深深呼吸着，似乎在迎接满天血雨的降临。

白摩大师的神色更加凝重。他没有料到他们三人居然复原得如此之快。而自己刚才全力一击之后，早已后继无力了。

三生影像看也不看他，一起向那白衣女子走去："这群废物中，只有你还算个对手，如何，你的恒河大手印想起来了没有？"

白衣女子胸口微微起伏，并不答话，似乎也尚未从刚才那一击中完全恢复。其中一个灰衣人从胸前掏出一片碧绿的玉珏，骈指一抹，玉珏顿时发出数道妖异的红光："无论如何，死在潜龙珏之下，你也该无憾了。"

话音未落，他身边两个灰衣人突然向两旁分开一步，各自一掌击在当中那灰衣人的肩上。这两掌击得极重，那灰衣人的脸顿时被痛苦扭曲，捧住玉珏的双手也不住颤抖，但他眼中阴冷的笑意更加凌厉。众人正在惊讶，只见那两股掌力似乎透过当中那灰衣人的双臂一直传送到潜龙珏上，潜龙珏被三股浓浓的血云笼罩，顿时变得如有千斤之重，压在当中那位灰衣人手上。那一瞬间，他脚下的坚冰似禁不住这层层重压，陡然破裂!

就听那三人齐声念了句咒语,玉珏上的血光突然大盛,当中冲起一道一人多高的血影,向白衣女子恶扑而下!

白摩大师失声道:"不好!"强行起身结印,欲要将那团血影拦下。但他的手掌刚刚碰到血影边缘,就如被烈火灼伤一般,不由得向后一缩。血影破了白摩大师的阻挡,呼啸着向前掠去,瞬间已涨到了方才的两倍,将白衣女子全身笼罩其中。

白摩大师须眉皆被照得血红,他再也忍不住,回头对他身后的弟子喝道:"出手!"

那名弟子一怔,顿时明白过来,双手结出一个和他师父同样的法印,两人并肩站立,突然同时出手,向那团血影中心击去。

突然,一道极为耀眼的金光从两人身后飞起,在空中拖出一道璀璨的长尾,最后化为一轮光晕,落到白衣女子面前。满天血影下,白衣女子眼中神光一凛。她似乎来不及多想,抄手将金光接过,堪堪向已扑到眼前的血影迎了过去。

砰的一声巨响,金红两道光芒交织在一起,而后轰然炸开。山岳震颤,大地回响,满地积雪都被这剧烈的爆炸卷起,又纷纷扬扬撒落天际。也不知过了多久,满天劲气消散,四周才重新寂静下来。只见灰衣人手中的潜龙珏已然还原为碧色,正和白衣女子手中那道金光纠缠在一起。

耀眼的光芒渐渐消失,众人这才看清,白衣女子手中同样是一轮浑圆的金色宝轮。

两具宝轮的边锋都薄如蝉翼,此刻针锋相对,撕咬在一处,再难挪动分毫。

白衣女子和灰衣人都没有动。双方的力量都已涨到了极致,无论谁妄图打破这种平衡,都可能被脱出桎梏的宝轮斩杀。令人窒息的气息从两具宝轮的锋刃中透出,沉沉压在每一个人心头。

突然,白摩大师惊喜的声音打破沉寂:"是你!"

三生影像似乎感到了什么,猛然撒手。

大团的红光再度从四人中间爆开,仿佛在无边的雪原中绽开了一团烟花。三条灰色的人影如三片枯叶,借爆炸之力向后退出三丈,然后重新立定身形。

潜龙珏裂为两半，坠入积雪之中。

三人眼中没有丝毫惋惜，而是变得更加冰冷，刀锋般射向白摩大师身后。

众人禁不住向他们目光所指处看去。

两匹血红色的骏马，鬃鬣飞扬，昂然立于雪峰下，长声嘶鸣。它们似乎长途奔袭而来，口中不住喘息，喷出道道雾气，满身汗水滴滴落在雪地上，竟然都如鲜血一般。

马背上的两人更是满身征尘。其中一人披着黄色法袍，虽然满脸倦意，但依旧宝相庄严，骇然正是一去多日的哲蚌寺活佛索南迦措。

更为引人注目的却是另外一位。

那人满脸虬髯，威武逼人，一头披散的棕发随风飘扬。更为奇怪的是，他身后竟背负着一支足有五尺长的巨大金刚杵。杵身六龙盘旋，辉煌异常，衬得他伟岸的身形真如天神一般。

白摩大师讶然道："这位是？"

索南迦措肃然道："这位正是草原的主人，密教护教大法王俺达汗。他身上的法器正是六龙降魔杵。"

白摩大师一怔："俺达汗？"

"正是。"索南迦措点了点头，又指着白衣女子手中的金轮，正色道，"六龙降魔杵、十方宝轮，正是我向大汗借来的两件秘宝。"

白摩大师依旧带着难以置信的神色："可是，大汗怎么会亲自前来？更何况……"

他摇头没有说下去。整个草原的主人俺达汗，怎么可能不带一兵一卒，随着索南迦措孤身前往藏边？

索南迦措似乎看穿了他的心意，摇头道："此事一言难尽，还是先布胎藏曼荼罗阵吧。"

白摩大师还在迟疑，就听其中一个灰衣人冷笑道："大汗孤身前来，怕是因为暗自开启天湖宝藏，冒犯神明，无颜面对族中父老吧？"

虽然知道他们与帝迦心意相通，可以预见过去、未来，但如此隐秘之事也被得知，索南迦措脸上还是禁不住微微变色。

俺达汗却毫不为意，笑道："不错，本汗临行前已立下密诏，一月之内，若不能将这两件法器平安带回天湖，将由族中元老开启诏书。届时黄台吉继位，本汗将以戴罪之身接受族中一切惩罚。"

灰衣人冷笑道："舍弃大好河山、千万子民，却来藏边蹚这摊浑水，大汗真是雅兴不浅。"

俺达汗笑道："本汗只是来找一个人。"

"谁？"灰衣人脸色一沉，犹疑道，"莫非大汗也是为帕凡提女神而来？"

俺达汗摇了摇头："她不是什么帕凡提女神……"他的目光投向远方，威严的眼中也透出些许暖意。

她不是帕凡提女神，她只是一个曾与他比过三箭，冒死劝说他与明廷互市、和亲、永不互犯的女子；一个以一己之力让蒙汉两地的子民得到了数年和平的女子；一个曾在危城之下，血染他的战袍、让他挂怀至今的女子。

她曾拦马帐前，以柔弱之躯阻挡屠城大军；亦曾在互市开市时，执雕翎与法器，为蒙汉百姓慷慨献舞；她那温婉的笑容、水红色的衣衫，组成了一朵盛开的红莲，永远铭记在那片草原上。

如今，她又在何处呢？

霞光满天，宛如人皮画卷上那狰狞的血迹，将水红色的倩影掩盖。

俺达汗一怔，从回忆中醒来，唰的一声将六龙降魔杵抽出，紧握手中，决然道："本汗此行正是要将她带回蒙古保护一世，决不会让她落在你们这群邪魔外道手上！"

他的声音虽然不高，却隐隐有种不可抗拒的力量，让在场诸人的精神都为之一振。

白摩大师脸上也透出笑容，点头道："既然如此，布胎藏曼荼罗阵！"他猛地一挥手，将地面上一层薄薄的积雪卷去，显出一张巨大的曼荼罗图案来——看来法阵早已备好多时。

巨大的八瓣之花七彩缤纷，衬着蓝天白云、雪山碧湖，徐徐舒展开去，在空旷的雪原上绽放出夺目的光华。另外六位受伤的大德从雪地中勉强站了起来，从随身的包裹中分别取出其他六件法器，交给白摩大师。

三生影像冷眼看着他们的举动，并不阻止，话语中更带上了几分讥诮："阵形有了，八件法器也有了，八位有缘之人呢？"

白衣女子默然不语地持着十方金轮，先走到了南面的法阵上。

色拉寺、伦哲寺、扎什伦布寺、梅里寺四位活佛受伤较轻，也各自接过法器，分别站到了东南、东北、西南、西北四处阵图上。

白摩大师将剩下的两件法器，一件交给索南迦措，一件留给自己，却将他的弟子摒在了法阵之外。

俺达汗在北，白衣女子在南，索南迦措与白摩大师分立东西。雪地上，那张彩绘的八瓣之花宛如得到了无形的滋养，瞬间鲜艳起来。

索南迦措望着三生影像，正色道："胎藏曼荼罗阵已经数百年未出现在人间，本为击杀你们的主人帝迦而设，如今只能让你们首先试法了！"言罢，手中长剑一挥，整个胎藏曼荼罗阵仿佛受到了无形感召，八件法器彼此呼应，发出一声声清越的龙吟。

整个雪原神山顿时被这金声玉振之音充满。

月色摇曳，池中清波宛如张开一面霜镜。

澄波澹荡，璧彩参差。

帝迦从池中离开，再也没有回头。

相思轻轻抬头的时候，只看到他的背景。幽蓝的长袍拖在地上，发出沙沙的微响。粼粼月光宛如祭祀的火焰，在他身上流转不定。水珠沿着他的散发滴滴垂落，让他的全身都笼罩在一片诡异的幽光下，渐渐隐于重重帷幕之后。

水光在他身后拖开一道长长的缎带，一直延伸向夜幕深处。他从夜色中走来，又最终归于夜色。

四周是死一般的寂静。

相思怔怔地看着地上那道水痕，却没有了趁机逃走的力气。

她散乱的目光突然凝滞，似乎从水光中发现了什么——那是一道极淡的血迹。点点滴滴洒落在水痕中，宛如一串无人问津的早梅。

他终究还是受伤了。

相思低下头，犹豫良久，终于下定了决心，伸手将旁边一道锦帷拉下，披在身上，向帝迦刚才离去的那片夜色追去。

帷幕在风中轻轻摇曳，掀起一阵微寒的夜风。

相思眼前的景象突然一阔，自己立身之处似乎突然换了一个地方。一道刺目的阳光从前方直照而下，让她几乎睁不开眼。

帷幕后边竟然是一处极其巍峨的神殿。

整座神殿都建在山巅之上，透过数十道巨大的石柱，可以看到雪山连绵的峰顶，还有碧蓝如大海一样的天穹。山风吹起她身上缠绕的锦幔，宛如在天边盛开了一朵妖艳的彩莲。

"你……"相思紧紧握着手中的锦幔，欲言又止。帝迦背对着她，没有回头，默默仰视着他面前那座极高的神像。他身后散开的蓝发与衣衫在风中猎猎作响，似乎亘古以来，他就已站在此处，而刚才大殿之中的，只是他无尽化身中的一个。

相思的目光渐渐凝止在那座神像上，再也无法移开。

神像背山而建，足有十数丈高，巍峨的身形直入天幕深处，辉煌的日晕虔诚地衬托在神像身后，使之看上去真有顶天立地之感。常人哪怕只是仰视神像的面容，都会被刺目的阳光耀伤双眼。神像造型极为张扬，几乎及地的长发披散而下，其中一束缠绕毒蛇、骷髅，垂于胸前，其余飞扬于天际。神像四臂张开，正舞于火焰与光环之中；三眼俱睁，分别注视过去、未来、现在。而他脚下踩踏的鬼神正是时光的化身，寓言他的舞蹈能踏尽一切时间与轮回。

这就是孤独、残忍、庄严、公正的神主。

是毁灭、性力、战争、苦行、野兽、舞蹈六种力量的拥有者，湿婆。

　　湿婆拥有宇宙之舞，天地间一切力量都在他狂舞的姿态中诞生——即宇宙进化、持守及终极的消解。这种舞蹈被称作坦达罗舞，本应是人间一切舞蹈、一切艺术的典范。然而湿婆绝少舞蹈，因为当他舞蹈之时，世界就在他的狂舞中毁灭。

　　作为舞神的湿婆，四臂中分持火焰、鼙鼓、三叉戟、长弓。鼓，象征着声音，而声音象征着创造。《往世书》的神话记载，开辟混沌的第一件创造物就是声音。那一圈燃烧的火焰光环则象征着无始无终、循环不已的宇宙。三叉戟则象征伏魔，最上一臂所持巨弓，则凝聚了湿婆无所不摧的毁灭之力。那柄摧毁三连城的巨弓，化为无边光彩，从神手中散出，覆满三界。群魔万兽、芸芸众生匍匐在神的脚下，作永恒的膜拜。

　　两人就这样在湿婆神像前默默静立着，似乎过了千万年的时间。

　　帝迦叹息了一声，道："你可以走了。"

　　相思猛然回过神来，喃喃道："我？"

　　帝迦依旧注视着神像，缓缓道："帕凡提可以为湿婆等候一万年的岁月，重生转世，都是一样。你却已经选择了别人，而且那么执着。所以……"他顿了顿，终于摇头道，"你不是她。"

　　相思沉默了片刻，道："你真的会放我走？"

　　帝迦淡淡道："你既然不是她，我留你有什么意义？"他叹息道，"湿婆大神无所不能，上一次回归本位前，在世间留下了六种伟大的力量，分别是毁灭、战争、性力、兽主、苦行、舞蹈。我作为他在人世间的化身，已经完全觉悟了其后五种。然而，我却始终无法自如运用一件东西……"

　　他突然转过身，注视着相思道："就是这蕴藉着最终毁灭之力的湿婆之弓。"

　　相思这才看清，他手上正持着一张巨大的弯弓。弯弓在碧蓝的天幕下徐徐展开一抹浓黑的色泽，华丽得耀眼，宛如从天孙手中裁下的一段星河。当年阿修罗王横扫三界之时，诸神恐惧，大地之神化为战车，日月之神为车轮，山神为战旗，蛇神为箭矢，凤凰为箭羽，大梵天亲为驭者，到雪山之巅恳请湿婆出战。而湿婆正是用这张弓，一箭洞穿了号称永恒的三连之城。

相思眼中的神光长久停仁在这柄弯弓上。

弓弦已张如满月。

弦上是一支羽箭，万道金光如太阳一样从箭尾耀目而出，宛如来自凤凰最美丽的尾翎，在蓝天下宛如圣火跳跃，熠熠生辉。

她认得这支羽箭。

这支羽箭曾在洞穿三连城的瞬间断裂为四截，深埋地底，历尽无数劫难，才又被锻造成型。

如今，这金色的箭尖已对准了她的胸膛。

相思闭上眼睛，轻轻道："你要杀了我？"

帝迦摇头，缓缓道："不。湿婆之弓摧毁你的肉体，也将拯救你的灵魂。"

相思抬头看着他，他的身影与身后的神像若即若离，他的神情也如神一样高高在上，似乎久已看淡了人间的生老病死、喜怒哀乐，却又偶尔引动怜悯之心。

他不是要你死亡，而是慷慨地赐给选定者永生的权利。

湿婆之弓华光流转，宛如彩虹。任何人看到这样美丽的光华，都会忍不住匍匐膜拜，甘心在它怀中永恒地安眠。

死亡，是他给她的恩赐。

这在多少人眼中都是永世追求的梦想，是三生难得的荣耀。

相思深深吸了口气，突然道："觉悟成神真的那么重要？"

帝迦注视着她，似乎在面对一个极其愚蠢的问题，终于淡淡道："你不会明白的。"

相思道："为什么不肯做一个人呢？"

帝迦没有回答。

相思突然上前一步，双手握在箭尖上。帝迦一皱眉，正要撤箭，却又犹豫了。这时，空气中响起一阵灼烧的声音，相思双手不住颤抖，脸色顿时变得苍白，但她没有放手，反而将箭尖握向胸前，轻轻道："你如果真的以为这样能救我，就放箭吧。"

帝迦注视着她，突然一扬手，弓弦发出一声空响，羽箭已经收回他的手中。相思双手仍然放在胸前，保持着刚才的姿势，滴滴鲜血顺着她洁白的手腕坠落。

帝迦背过身去，淡淡道："乐胜伦宫东面所有的迷阵我都已经撤去，你沿着左边这条小路就能走到山下。西面有人闯入，我必须用心御敌，不能送你了。"

相思怔了怔，明白他真的是要放自己走，脸上掠过一片喜色，突然又有些担心地道："敌人很强吗？你的伤……"

帝迦打断她："走！"

相思又看了他一眼，终于道："保重。"转身向神像左边的小路跑去。

此刻，天边突然传来一声悠扬的梵唱。那声音若有若无，极其高远，宛如诸天花雨突然坠落，天香满路，动人肝胆。

相思不由止住了脚步，抬头仰望冥冥的青天，却不知声音从何而来。

帝迦不知什么时候来到她的身后，道："乐胜伦宫的天音梵唱，据说已经数千年没有重响过了。"

相思讶然道："那为什么今天……"

帝迦微笑道："因为乐胜伦宫在迎接它的主人。"

相思喃喃道："谁？"

帝迦突然扣住她的肩，将她转向自己，道："你。"

相思这才看见，他一手握着刚才那支羽箭，箭头正直对青天。金色的箭尖发出夺目的光芒，而金光的中心，有一缕蜿蜒的血痕不知为何已经变成桃花一般嫣红的颜色，盈盈艳光流转，太阳一般的金光也遮挡不住。

漫天梵唱竟似乎就是从箭头之中发出的。

"你的鲜血染到湿婆之箭上，让乐胜伦宫的梵唱因此而奏响。"帝迦凝视着她，一字一顿道，"也许我最终还是没有找错人。"

相思摇头，退了一步，道："不可能的……"

帝迦打断道："是与不是，已不是你我能看得明白的。"他转身面对神像，将一指放在眉心，结印道："唯有祈求神示。"

　　相思一怔，道："神示？"她抬头仰视神像，喃喃道："问他？"

　　"不是。"帝迦摇头，将目光投向远方，"是神的使者。居住在第五道圣泉之中，曼荼罗教之天魔、西王母在人间唯一的预言师——日曜。"

　　冈仁波齐峰上四道圣泉，每一道都流入一个佛法之国，成为灌溉十方、抚育万众的河流。其中流入印度的发源为恒河，流入中国的成为长江。

　　然而，还有第五道。

　　第五道圣泉居于世界的中心。传说中万年前已在天战中被冰雪封印，除非以湿婆之箭一箭洞穿，否则任何力量都无法打开。

　　而第五道圣泉之中的神使日曜，赫然也是西王母的最后一只青鸟，与月阙、星涟一样，都是拥有着神奇的预言力量却又全身畸形的半神，寄居在常人无法涉足的地方，忍受着巨大的痛苦与折磨，只为了她们的使命——召唤西王母的回归。

　　相思听到这两个字，不禁全身一震。

　　"日、曜。"她紧紧咬住嘴唇，缓缓将这个名字重复了一次。

　　帝迦皱起眉头："你认得她？"

　　相思握住双手，指甲几乎刺入血肉。她当然认得，若不是这个妖怪，吉娜又怎么会死在自己怀中？

　　当年，日曜为了重铸湿婆之箭，多方搜集四天令，定下重重诡计。若不是吉娜舍身相救，相思早已死在了这妖怪手中。她曾立下誓言，一定要亲手将这个妖孽除去，为吉娜报仇，却没想到，这妖怪已寄身乐圣伦宫中，怪不得她多方寻找也不得消息。

　　帝迦看她神色异样，疑道："你和神使有仇？"

　　相思深吸一口气，将恨意压抑下去。帝迦既然称日曜为神使，想来对这个妖怪极为倚重。她想要报仇，必须由帝迦带领，去往其藏身之处的圣泉。如果此刻引起他的警觉，恐怕会影响自己的复仇大计。

　　她掩饰道："我只是觉得这个名字特别怪异罢了。"

　　帝迦微微一笑，反手将箭插入大地，轻轻抬起她的下颌，道："如此，你愿意跟我去第五道圣泉吗？"

那一刻，他的笑容是那么温柔。

相思没有犹豫，点了点头。

帝迦突然一挥手，只听一声轰然巨响，湿婆神像右边的巨石缓缓挪开。幽光闪耀，里边竟然也是一条狭窄的隧道。相思还在惊讶，帝迦已从她身后轻拍她的肩，道："跟我进去吧。"

相思突然想起了什么："那……那闯入宫中的敌人呢？"

帝迦深红的眸子中神光一寒："他已经进入了孔雀之阵。自古以来，还没有人类能从孔雀阵中走出来过。"

卓王孙一踏入隧道，身后的石门就轰然关闭。

隧道极长，似乎没有尽头。两边石壁竟然是半透明的，透过森然蓝光可以隐约看到外边三尺内的水域。而那诡异的蓝光带着纵横交错的无形磁力，一道道透体而过，照得人骨骼筋脉都带上荧荧碧色。两旁石壁似乎承受不起这巨力重压，已扭曲变形。

卓王孙不知道自己在隧道中前行了多长时间。石壁外的游鱼过了一群又一群，有的小如弹珠，带着千万点金光一涌而过，宛如开了一蓬金色的烟花；有的却极其庞大，黑沉沉的身体宛如山岳一般从石壁上方缓缓掠过，鳞爪森然，恐怖怪诞，宛如从禹鼎上脱身而出的上古怪兽。

他眼前突然一阔，一道七彩的光华透空而来。

眼前是一片极为广大的"森林"。只是这森林中并没有树，而是无数高耸的石柱。

第一柱合抱粗细，通体赤红，约有数十尺高，柱上刻画着无数凌乱的图案以及无法辨认的文字。这条石柱后是六根一模一样的石柱，只是颜色各异。而每一根石柱后面又都伸展出六道石柱，密密麻麻地形成一个巨大的石柱之林，直覆入深深的黑暗之中。

石林下半部都没在数尺深的液体中。那液体与其说是水，不如说是水银。一片妖异的银光静如沉璧，照得柱身上的图案闪动不止。

传说秦皇陵在地底以水银为川流湖泊，这一片广大的水银之湖真让人有误入千年古墓之感。七色石林被顶端蓝光、底部银纹交相映衬，更显得光华流转，令人目眩神摇。只可惜如此浩瀚的工程竟不为人所知，被埋藏在这幽幽湖底之中，不知度过了多少岁月。

卓王孙眉头微微皱起。难道这彩石之柱和水银之湖就是传说中无人能破的孔雀之阵？那些凌乱的图案与经文又代表了什么意义？

不管如何，前方除了半没在水中的彩石柱外，已没有路了。

卓王孙突一纵身，已无声无息地落到第一根石柱的顶端。他脚下赫然是一幅血红的湿婆本生图。而前面的六根柱子的顶端，则各绘着湿婆的一种化身——毁灭之神、性力之神、战争之神、苦行之神、舞蹈之神、万兽之主。六色彩绘都镶着一圈夺目的金边，从上看去，真如孔雀之翎，七彩瑰丽。而每一幅彩绘之后又分别再生出这六种化身，如此循环往复，铺陈开去，仿佛一只巨大的孔雀，将层层翎屏盛开在这圣湖之底。

他下一步应该选择湿婆的哪一种化身呢？

卓王孙注视着彩图，突然冷笑道："出来。"

一个人影在湿婆舞蹈之神的彩绘上缓缓显现。

那人全身隐没在一件黑色的大氅中，休说面目，就连身形也难以看清。然而一种散淡温煦的气息还是从他模糊的身影中隔空传来。

卓王孙看了他一眼，淡淡道："你是谁？"

那人注视着他，良久，展颜微笑道："我就是守护孔雀之阵的人。"

第十一章

❧ 池间疏影当风乱 ❧

卓王孙道："孔雀之阵？而你衣角却绣着狮泉河的图案。"

来人微微回头，一头微卷的金色长发从大氅中露了出来。他的笑容宛如暗夜中一抹阳光，让整个地下都为之一暖。他淡淡笑道："不错，我本是狮泉河的守护者桑戈若。孔雀泉的圣兽舍衍蒂死在庄易箭下，使者兰葩却是你杀死的，所以我将代她守护这孔雀之阵。"

卓王孙道："或许还应该杀了我为她复仇。"

"那是自然。"桑戈若的语调仍是那么平和，宛如这是最顺理成章的事，"因此我现在就要引导你进入孔雀之阵。"

"孔雀之阵，每一步都有六种选择，分别是湿婆的六种化身，只要选错一次，就会堕入炼狱。所以，每一步都只有六分之一的机会。如果你能抵达最后一根石柱的话，这孔雀之阵也就解开了。只不过传说自上古以来，还没有人走到过第四步。"

那七彩石柱如枝繁叶茂的老树一样，分支无穷，又有什么可能，每一步都选中这六分之一的机遇？

卓王孙将目光挪回他身上，淡淡道："你既然是此阵的守护者，那么我杀了你，此阵也就自然解开了。"

"不错。"桑戈若微笑着回答道，"只是你未必能杀了我。"

卓王孙道："也许。"

他的身影突然一动，一道沉雄至极的内力瞬间已到了桑戈若眼前。桑戈若并未躲闪，或者说根本来不及躲闪，那道劲气已突然炸开。他脚下的蓝色石柱竟被这爆裂之气生生摧折，半腰以上完全裂为碎块。桑戈若黑色的身影在呼啸而来的气流中猛地一颤，然后也随之碎开，化为万千尘芥，飞扬四散。

石屑崩塌，从高处坠落到地底的水银湖中。那一湖水银之镜突然裂为碎片，溅起满天银光。卓王孙身形还在半空，方要落足在那半段石柱上，却不知为何突然心念一动。他抬手，一道光幕自他手下展开，四溅的水银珠如触屏障，纷纷弹震开去。而他的身形也借力向旁边掠去，无声无息地落到左侧的毁灭之神像上。

就在那一刻，地底的光线似乎被瞬间抽走，暗了一瞬。而后，地心处传来一阵轰然巨响，直震得四壁乱颤，雷霆之音嗡嗡不绝。另外五根石柱以一种不可思议的速度迅速下沉，片刻之间就已没入那一湖水银之中，只剩下湖面银波潋荡，幽艳不可方物。

桑戈若的身影又如由尘芥汇聚一般，渐渐成形，长身站立在第三重石柱的第五根上。

卓王孙冷冷看着他，没有说话。

"你很幸运，选择了正确的柱子。"桑戈若笑道，"曼荼罗教中并非只有曼陀罗一人精通遁法。而且你忘了，这里是轮回之隧，充满了天神留下的秘魔之力，一切事物在此都被拉伸、变形，就连你看到的影像也不例外。所以你虽见我在此，其实我未必在。在你眼中，我只是无形之影，是杀不死的。"

无论人有多强，都没法杀死影子，这个道理似乎谁都明白。

桑戈若缓缓抬起衣袖，道："所以，你能做的，就是跟着我一步步走入这孔雀之阵中。如果你的幸运能帮你到最后一步，你便可以走出此阵。不然，你将永困于此。"

他突然抬头，展颜微笑："现在，你可以选择下一步了。"

彩柱似乎无穷无尽，向夜色深处延伸。而眼前六根石柱上的湿婆化身图栩栩如生，重彩淋漓。神像或舞于烈焰之中，或挽弓重城之下，或喜，或怒，或哀悯众生，或摧毁三界。

这无穷无尽的选择之中，是否有一种冥冥的规律?

　　幸运不可久恃，只有找出石柱的规律，才是这秘魔之阵的唯一解法。

　　卓王孙神色一沉，目光从一排排的石柱上扫过。阵中的每一根彩柱都分出六个分支，这六个分支的排列极其凌乱，似乎毫无相似之处。难道这冥冥的规律就隐藏在这凌乱的排列之下？

　　地道中一片黑暗，阴冷而潮湿，一种腐败的气息扑鼻而来。

　　帝迦一抬袖，挡在相思眼前，道："这条地道可通往第五道圣泉，也是曼荼罗教祭神之圣地，里边陈列着种种祭祀的情景，你看到之前最好有所准备。"

　　相思深吸一口气，轻轻将他的手推开："我能承受。"

　　帝迦一扬手，两旁的石壁上顿时燃起两排熊熊火炬。地道中灯火煌煌，恍如白昼。两旁的石壁已被暗红的藓垢布满，宛如久病之人的肌肤，显得阴沉而肮脏。脚下的石板在光线的照射下透出道道诡异的红光。

　　相思低头看时，发现地面居然是透明的，透过石板，隐约可见自己竟然是立身在一道长长的地下河流之上。河流随隧道一起直通向远方，里面光影阴森，似乎注满了某种神秘的液体。刺鼻的腐败气息混合着某种熏香燃烧的味道，中人欲呕。

　　相思强行忍住，向前迈了一步。她心中突然生起一种古怪的感觉，自己脚下正踏着一团阴影，而这阴影似乎还在缓缓飘浮。相思一惊，忍不住低头去看。

　　幽光粼粼，脚下那汪液体更是绿到发蓝，照得人眉目皆碧。

　　那液体之中赫然沉浮着一具尸体。

　　那是一位极美的婆罗门少女，全身赤裸，宛如新生的婴儿，双手反剪身后，从手腕直到脚踝，全身被极细的红线紧紧捆束着，勒痕如网一般张布在她红晕未退的肌肤上，诡异到极致，也妖媚到极致。

　　更为妖媚的是她那宛如生时的面容。

　　她美目虽然紧闭，但那纤长的睫毛、玫瑰色的双唇让人几乎忘却她已经死亡，似乎只要在她耳畔轻声一唤，她就会慵懒地醒来，迷茫地打量着周围的世界。就连捆缚她的人似也不忍破坏她的美貌，绳索小心地绕开了她的面容。

只是她的胸膛竟已被生生剖开，脏器等都已被剥尽。主刀者似乎极其小心，宛如在雕琢一件工艺品，决不会留下一丝多余的经络，也不会错取走哪怕一小块肌肉。从大开的刀口就能看到她背部平滑的肌肉和薄薄体膜下精致的脊椎。在她空空的胸腔之中，生出几条墨黑色的藤蔓，蜿蜒上升，攀附着石壁，几乎就要穿透那透明的地板，攀越而出。那藤蔓之上还开着几朵蚕豆大的小花，红艳欲滴，仿佛心脏的形态，在诡异波光的映照下，似乎还在随着某种韵律无声无息地搏动着。

这幅画面虽然算不上特别恶心可怖，却极度诡异，让人莫名地感到一阵森寒。

相思止不住倒退了一步，声音有些嘶哑，"这是什么？"

帝迦道："神之祭品。"

相思摇了摇头，突然声音转厉："是你做的？"

帝迦一指轻轻加于眉心，平静地道："是他们自己。"

相思喃喃道："你疯了……"她仰望着他，似乎在看一个陌生人，良久才将目光挪向地下的河流，颤声道，"这里……这里的都是吗？"

帝迦遥望着远处："是。这条冥暗之河是天地之间最深沉、平静之处，千万年来都不会有一点改变。沉睡在这里的祭品将如回归神的怀抱，得到永恒的安眠。"他回头注视着相思，"普通的祭品在祭祀之后都会被火化，只有最盛大、最圣洁的祭品能够保留在冥暗之河中，将肉体和灵魂献给伟大的湿婆。"

他顿了顿，将目光投向远方："这就是凡人的不朽。"

那一刻，他的神情是如此高高在上，充满了神对凡人的悲悯。

相思轻轻摇着头，双拳却越握越紧。这一刻，恐惧和厌恶占据了她的心，她恨不得立刻从这魔王边逃走，再也不要回来。但找到日曜、为吉娜复仇的信念支撑着她，让她无法退避。她咬了咬嘴唇："我自己走！"猛地甩开他，独自向前走去。

前方冥河伴着两排火炬一直向远方延伸着，整个通道都笼罩着一层妖异的红光。帝迦在她身后默默看着她，并不去追。

相思的脚步戛然而止。

她凝望着脚下，似乎看到了天下最不可思议之物，巨大的惊恐让她的双眼都忘记了挪开，直勾勾地盯着那道冥暗之河。不知过了多久，她后退了一步，脚下竟然站立不住，几欲跌倒。

帝迦身形一动，已来到她身后，伸手扶住她，叹息道："你说过你能承受的。"

相思嘶声道："不可能，怎么会？"

帝迦看着冥河中那具尸体。

她静静地浮在碧波中，长发飘扬，脸上带着欣然的笑意。而她的身体却被从当中切开一个十字，那钝重的伤口宛如一条鲜红的彩带缠绕在她曼妙的身体上。

帝迦淡淡道："你想得没错，这就是百年来第一次完成的六支天祭。主持祭祀的人最后不惜以身殉之，为神明献上最隆重的祭祀。她因此得到了神明的奖赏，允许她的肉身长眠此地。"[①]

相思仍然难以置信地摇头，道："这，这难道是兰蓓……"

帝迦道："不仅是她，所有六支天祭的尸体都在此处。这些人你应该认识。"

相思忍不住将目光向前投去，恍惚间，另外几张熟悉的面孔赫然跃入眼帘。她立刻将脸转开，道："可是……可是我亲眼看到，所有的尸体都被海葬了。"

帝迦微笑道："天地万物，无不归属于神。曼荼罗教从海上得到这些尸体，并非难事。"

相思深深吸了口气，注视着长得不见尽头的河流，一字一顿道："我只问你一句，这些人到底为什么而死？"

帝迦的双眸依旧如深潭止水一般平静。

他缓缓道："是我替神赐给他们死亡。"

相思的声音由惧转怒："难道这就是你的修行？这就是你的教义？"

---

① 详见《华音流韶·海之妖》。

帝迦叹息道："你仍不明白。生死在我眼中，只不过是灵魂寄居的两种状态，我为信神者解脱生之苦难，得到死之欢娱，并且永远陪伴着神灵而不朽。"

相思怒道："一派胡言！"

帝迦皱眉道："你能不能明白都无所谓。但是通往日曜所在的路还很长，既然你无力承受，不妨闭上眼睛跟着我走。"

他向她轻轻伸出手来。

相思侧开脸不去看他，退到石壁前，试图闭上眼扶着石壁前进。

然而这石壁实在太肮脏。那层锈藓呈血痂一样的颜色，还散发着恶心的恶臭，她伸出去的手实在无法落到石壁上。

然而帝迦的手呢？那整洁、修长的手指上，是否也沾满了看不见的罪恶和血腥？

她站在石壁前，双眉紧蹙，犹豫不决。

帝迦道："再往前一点，四壁和隧道中央会摆满腐尸。你若执意要自己走，只怕难免撞上去。"

相思一凛，道："为什么会有腐尸？"

帝迦道："在尸体面前静坐，看着它一日日腐烂，这是一种瑜伽观想之法。几乎每一个曼荼罗教徒都要修炼。你若也曾如此修行过，想必就不会像今天这样执着于生死之分。"

相思捂住耳朵，摇头道："不要讲了！"她的声音极其尖厉，如梦魇中的惊叫一般，只希望这刺耳的声音能让自己从魔境中醒来。

良久，她才平静下来，似乎有些无力，轻声道："若我真的不是帕凡提，你会放我走吗？"

"不是。"帝迦缓缓摇了摇头，"你若现在后悔，我还可以放你下山。然而一旦见到日曜，就不同了。"

相思讶然道："为什么？"

帝迦叹息道："因为第五道圣泉是神的禁地，凡人一旦踏足，就必须以死赎罪，所以……"

他凝望着她，伸手捧起她的脸颊，眼中有怜惜却也显得有些森然，"你若不是帕凡提，就只能做我最完美的祭品，永远沉睡在冥河之中。"

相思怔住了，良久无法出声。

眼前这个男子的面容在火光的照耀下显得阴晴不定，若即若离，永难看清。

难道自己还是想错了？这个人终究是深居在神宫深处、杀人无算、嗜血而生的恶魔，是随着末法之世而降临的魔王波旬，是天地众生无可避免的劫难？

帝迦依旧温和地道："你还愿意跟我去吗？"

相思呆呆地仰望着他，不知过了多久，她眼中的惊惧渐渐散去，透出一种安宁来。她长长叹息一声，打破了四周死一般的沉默，道："既然这样，我若去了，你可愿意答应我一件事？"

帝迦道："你说。"

相思犹豫了，千头万绪都在此刻涌上心头。她知道自己的生命很可能就要终止在这冥冥地河之中了，然而，她现在可以提一个要求。

她应该要求什么呢？

她有几次都想脱口而出，让帝迦在祭祀之前允许她和卓王孙见一面，或者仅仅是传几句话给他，然而，她最终还是垂下眸子，轻声说："我始终不能明白你的话。如果在生时已经找不到欢娱，那么死的欢娱又有什么意义？生命是最值得珍惜的，虽然并不永恒，但是属于自己……也许你会觉得我很愚蠢，无法觉悟，但是我还是要求你答应我……"

她的声音如一声叹息，在黑暗的隧道里传开："若我跟你去，你以后、以后都不要再做这样的祭祀了，好不好？"

帝迦注视着她，眼中涌起一种难以言传的神色。终于，他点了点头："若你是，我可以彻底觉悟为神，自然不需要祭祀；若你不是，有你作祭，想必也已足够。"

相思合上双眼，轻轻拉住他的手，道："现在你可以带我去见日曜了。"

第十二章

🎗 壶中春色照眼新 🎗

幽暗的红光摇曳不定。

相思虽然闭着眼睛，仍能感到地道中的光线在急遽地变化。阴影宛如一只只张开了羽翼的巨鸟，无声无息地从甬道上方掠过。她下意识地将双目闭得更紧，不想，也不敢去想这些光影照耀下的地狱变相。

帝迦放慢了脚步，道："我们已经越来越接近圣泉了。"

相思有些讶然。既然圣泉处于万年玄冰的封印之中，为何她感觉不到一丝寒冷，反而还有一种莫名的燥热？

帝迦似乎看透了她的心思，道："这里是生之源泉所在，巨力交错，地脉外泄，地心热力涌出，将圣泉冰封融开一处极薄的凹陷，才让神使能寄身其间，而凹陷的四周仍被无法开启的寒冰包围。"

相思恍然大悟，原来日曜找到了这么隐蔽的所在，难怪她多方寻找都不得日曜的踪迹。

帝迦带着她继续前行，将目光投向四周层层高叠的寒冰，悠然道："第五圣泉已冰封数千年，虽只是一道间隙，也非人力能开。日曜能寄身其中，是因为她找到了开启冰封的方法。"

相思道："湿婆之箭？"

帝迦道："是的。湿婆之箭的其中一支，曾在三连城之战中遗落在人间。神箭裂为四段，被铸为四天令，后经日曜多方搜集，重新凝形为箭，才恢复了神力。"

相思点了点头，这段故事她并不陌生。当初，日曜疯狂地搜集四天令，甚至将她交给阿修罗族后裔、地心之城的主人，才换取到重铸此箭的方法。她突然想到了什么，疑道："据说即便有了神箭，若没有拉开湿婆之弓的力量，这支箭也毫无用处。"

湿婆之箭乃是上古神物，只有用湿婆之弓才能射出。而拉开湿婆之弓所需的力量已几乎接近神力。是以，日曜当初投靠吴越王，一面借他的权势搜集四天令，一面替他寻找这种可开天辟地的力量。只可惜因缘纠葛，这一切最终归于尘土。

帝迦看了她一眼，微笑道："看来，你对神使了解很多。"

相思惊觉失言，脸上微微一红："我……我只是听人说起过。"

帝迦并没有追问，只淡淡道："她虽然得到了神箭，但以湿婆之力开启封印的人，是我。"

西王母重返天庭之前，在世间留下了三只青鸟——日曜、月阙、星涟。其中，日曜继承的神力最为强大。她虽然也只能寄居在凡人难以到达之处，靠天下一百零八处福地洞天中的地脉灵泉滋养生命，却可以离开灵泉一小段时间。只是她每一次行动不过数个时辰，每当凌晨到来，就必须投入下一处灵泉，长眠三日，以补给她衰微的精力。

日曜和月阙、星涟一样，身体极度衰弱，而且带着极为可怕的畸形。她每走一步，都必须忍受常人难以想象的痛苦，还随时可能被人视为妖魔怪物，惨遭杀戮。然而，她又不得不在灵泉之间四处奔波。因为这些灵泉至多能被她吸取十日的灵气，便会渐渐枯萎，要经过一年的休整才能重新流淌。

而那些灵泉相隔的距离实在太远，灵力也太为有限。日曜的力量越来越弱，若不能找到一处能长期安身的所在，她迟早会在某个凌晨倒毙在通往某处深山幽谷的路上，或者成为猎奇者罗网之中的猎物。

后来，她来到了冈仁波齐峰上的四道圣泉之侧。

这四道圣泉位于神山圣湖之畔，灵气比其他灵泉强上百倍，可供给她经年所需，且地处偏僻，终年无人涉足，也不再会有猎人的威胁。

于是，日曜一直在冈仁波齐峰上盘踞了十余年的时间。十余年之后，四道圣泉也开始干涸，天下还能供养她的灵泉就只剩下一处，那就是位于世界的中心、神山圣湖之畔、乐胜伦宫之侧、仅存于传说中的第五道圣泉。若日曜能打开这重重冰雪，容身于神的封印之中，纵然天地变劫，只要第五道圣泉还在，她就能永远地在此潜藏，等候西王母的出世。

这道封印只有早已消失于人间的湿婆之箭才能打开。

于是，日曜动用了自己的预言之力，推算出湿婆之箭的所在。那时神箭已断为四截，被铸造成四天令，流落人间，分别被收藏于无上秘境中。为了重铸神箭，她冒险离开了圣泉，投靠了势焰滔天、野心勃勃的吴越王。[①]

她以天下王命为诱惑，怂恿吴越王搜集四天令。等四天令集齐后，她又寻找到阿修罗王的后裔、地心之城的主人，以当初湿婆之箭洞穿三连城时留下的箭痕为模板，重铸出这支神箭。

同时，她苦心孤诣，为吴越王寻找可以拉开湿婆之弓的力量。她曾替吴越王求取七禅蛊，却功亏一篑，后又设法让他得到三花聚顶的神力，却依旧不足以开启乐圣伦宫。于是她断然离开了吴越王，寻找更接近命运轨迹的新主人——帝迦。

帝迦传说为湿婆在人间的化身，具有不可思议的力量，并早在数年前就已得到了湿婆之弓。日曜本该一开始就去寻找他的，然而，湿婆之弓上的结界竟令日曜无所不能的预言之力失效，无法看清他的所在，只得勉强找来吴越王作为替代。

直到湿婆之箭重铸，她才终于找到了帝迦，带他来到乐胜伦宫前。

千万年来，从没有凡人能看透重重封印，找到乐胜伦宫的所在。何况她手中还持着湿婆之箭。帝迦终于相信了她的话——她就是湿婆大神在人间的使者。随后，他用弓与箭强行开启了乐圣伦宫，并将万古封印的寒冰剖开一线，让日曜容身其间。日曜从此也和寄居在华音阁血池中的人鱼星涟一样，受到曼荼罗教的庇护。

[①] 详见《华音流韶·紫诏天音》《华音流韶·风月连城》。

无论如何，万千因缘最终被日曜掌握在手中。几乎所有的人，甚至连半神都被她利用——或者说，都被既定的命运利用。

如今，这个神使又沉睡在冰雪封印之中，等待主人唤醒。

帝迦则正要带着相思，前往这位神使的沉睡之处。

相思沉默了良久，轻轻道："传说青鸟族的人，每一次陷入长久沉睡，都会改变容貌。不知她现在到底是什么样子？"

帝迦道："她就在你面前，为什么不睁开眼自己看看？"

孔雀阵中。

桑戈若的笑意越来越浓："你为什么还不肯选择？难道你要在这里等上一辈子？"

卓王孙长身立于石柱上，青衫猎猎飞扬，并没有回答他。

桑戈若微笑道："或许我忘了告诉你，这孔雀之阵一旦开启，一个时辰内无解，所有的石柱都会沉入池底，就连这每步六分之一的机遇也会消失。你手中不是白摩交给你的解法？为什么不拿出来看看？"

卓王孙注视着眼前的彩柱，依旧没有答话。光影流转，无数浓墨重彩的神像在暗夜中眼花缭乱地交错着。初看之时，是一堆凌乱的色块，再看下去，却似乎真的藏着某种莫名的规律，而一旦你想找出这些规律，它们又立刻断散开去，宛如乱麻，不可理清。

又或者，你本以为已经找到了，而且你将一百个例子代入其中，都准确得惊人。正当你大喜过望之时，却突然发现，第一百零一个例子得出了与这"规律"完全相反的结论。

难道，所谓规律，不过是一场从开始就已注定的骗局？

不知从何处传来滴答的水声，时间也随着这水声分秒流逝。桑戈若又等了片刻，淡淡笑道："你再不选，只怕就来不及了。"

他话音未落，脚下大地轰然颤动，一平如镜的水银之湖剧烈鼓荡，银色的浪花翻卷而起，直拍上石柱底部，撞碎成万亿尘埃，珠进玉散。

隆隆之声如九皋雷鸣，四下回响不绝。

桑戈若长声笑道："孔雀之阵已经发动，孔雀圣泉倒涌，整个圣湖都会缓缓下沉，生死两道原力交错扭曲，一切都会被压迫变形，最终粉碎。你若再不选择，就永远也没有机会了。"

湖泊上方，黑沉沉的天幕似乎真的在缓缓下降。巨大的压力亦如鬼魅一般，无声无息地附骨而来，似乎无处不是，又似乎无一处是。地脉在巨力震动中被撕裂，一股灼热之气从地心深处卷涌而来，整个地道顿时变得炽热无比，让人周身血脉都欲沸腾。四周热浪鼓荡，银光乱颤，真宛如森罗炼狱一般。

桑戈若止住笑，缓缓道："生死不过是一件很平常的事，堂堂华音阁主，连迈这一步的勇气都没有？"

光影闪耀，天地颤动，四下嗡嗡作响，似乎都是他的回音。地道四壁不断裂开道道深痕，随时都有可能在巨压之下碎裂。

桑戈若眼前一花，卓王孙的身形已凌空而起。

青衫飘拂，缓缓落在一根绯色的石柱之上。

相思睁开双眼，眼中神光一颤，再也挪不开去。

隧道已在身后终结，眼前是一处极高的冰雪之殿。玄冰凝成的穹顶极为高远，几乎看不到尽头，这冰雪之殿竟似以造物之力从内部强行洞穿、掏空整座雪山而成。幽蓝的光泽从巨大的冰岩上倾泻而下，寂静无声，似乎千万年来都封印于此。

大殿当中竖立着一根巨大的冰柱，从地心一直贯穿到高山的顶端。四周巨大的冰岩相对而峙，拱卫奉持着当中的那根冰雪巨柱。冰柱浑然天成，似有十数人合抱粗，柱底与地面的接口处，光线似乎变得异样起来。厚厚的冰封之下，冰柱的下端仿佛正好被地热化开一个倒梨之形。半融的液体在其间微微动荡，反照出幽蓝的光泽。一团浓黑的阴影悬挂在倒梨形的冰柱中，欲沉欲浮，宛如一只倒悬山洞之中的蝙蝠，森然潜伏，随时欲破壁而出。

稍微转开一个角度，诡异的蓝光被弧形的冰壁弯折、扭曲，那团阴影顿时变得巨硕无比。一道蓝光恰好从此穿透而过，照得柱中之物纤毫毕现。

半融的液体幽光浮动，一个双头女子正倒悬其中。她的肩部以下都已萎缩，双臂纠缠在胸前，细如婴儿，双腿盘曲，宛如一对柔软得诡异的触角。而她的两个头颅上的长发却发达异常，仿佛她全身的养分都被这两个怪异的头颅吸走。

这两个头颅孪生双成，容貌毫无分别，一左一右地生长在她的脖颈上。虽然她的形体恐怖至极，但若只看面容，仍可说得上清秀美丽。她双目紧闭，静静沉睡在冰宫中，睫上玫瑰色的阴影覆盖着红润的双颊，使她看起来似乎随时都可能从梦中苏醒。她头上长发结为无数缕，宛如两蓬墨黑的水藻，倒生而上，纵横张布在整个梨形间隙中。远看过去，竟让人产生一种错觉，这根本不是长发，而是无数根脐带，扎入冰柱深处，植根于厚厚的冰壁，不断吸取养分。随着长发的微微浮动，她的身体亦以一种莫名的节奏轻轻颤动着，仿佛她不是依附在这倒悬的冰宫之中，而是寄居在母体深处的怪婴，靠着无尽灵力的滋养，延续自己残缺的生命。

相思的脸色渐渐变得苍白，她喃喃道："这是日曜？不可能的……"

帝迦道："为什么不可能？"

相思心中大为惊骇，一时不能出言。两年之前，日曜的身体虽然羸弱，但仍保持着人的形态，有时还能自由行走。如今，她自肩头以下已几乎退化成了婴儿！羸弱、病态、畸形，宛如一只被强行从母体中取出的妖胎。

她不由得喃喃道："她……她若是这样，怎么可能来到冈仁波齐峰上？"

她现在的样子真如一具被上天做坏了的娃娃，又残忍地放置到不幸的母亲体内。这生命从一开始就注定是个残酷的错误，永远都不能诞生。

帝迦摇头道："她刚来时并非如此。进入第五圣泉后，她一直靠吸取泉水的灵力为生。然而，第五圣泉的灵力来自于神，远非她能驾驭，她一旦涉身其间，便无法挣脱，身体慢慢退化、萎缩，而头发却在疯狂生长，最终成了现在这个样子。如今，她已是永远不能离开这座冰宫了。"

相思默默地望着日曜，久久无语。两年来，相思曾设想过一万种与日曜重逢的场面，也想过一千种杀死她为吉娜报仇的方法，却没有想到她如今竟成了这般模样。

她轻轻叹息，心中刻骨的仇恨渐渐散去，禁不住涌起一丝伤感。这样的日曜，与死去又有什么分别呢？

相思有些怜悯地望着她。

突然，她眉心传来一阵剧烈的刺痛。

这种疼痛尖锐难当，说来就来，毫无征兆，却又熟悉至极。她在初见小晏的时候，也有过这种感觉。她明白，这是星涟注入她体内的九窍神血在面对同类之时，再一次起了不可遏制的感应。她顿时变得脸色苍白，若不是帝迦一直握住她的手，她几乎晕厥过去。

而池中的双头女子不知何时已经醒来。

那人左侧的头颅似乎刚刚苏醒，优雅地侧着头，缓缓打量周围；而右侧的头颅却陡然睁开双眼，两道慑人的凶光从她金色的眸子中直射而出。

冷冷神光如地狱妖火，燃于腐骨之上，又如饕餮之兽，正欲搏人而噬。相思只觉得浑身顿时一寒，不由自主地往后退了一步，帝迦轻轻伸手将她拉在身后。

左侧头颅似乎在微笑："教主大人，得到神的意志后，您比之前更强大了。"

而右侧头颅的神情却狰狞异常，尖声道："怎么会是她？"

左侧头颅狠狠瞪了右侧头颅一眼，止住了她的话——她也不愿让帝迦知道她与相思曾有的纠葛。因为她是神的使者，若有了太多的往事，她的话就会显得不那么公正、可信。

帝迦绝不是一个容易受骗的人，他心中的一点点怀疑都可能对她的计划产生致命的影响。

右侧头颅被她一瞪，似乎明白了什么，赶紧改口道："她是谁？"

帝迦并不理会她自相矛盾的话，而是将相思带到冰柱前，沉声道："你只要告诉我，她到底是不是帕凡提转世。"

左侧头颅笑容更盛："教主既然肯带她来到此处，心中一定认为她是了。然而预言的结果若不是，按照湿婆大神定下的禁忌，教主必须杀了她，作为凡人冒犯圣地的惩罚。不过……"

冰柱中幽光一动，她突然扑上前来，将头颅贴到冰面上，嘻嘻笑道："她是如此美丽，我怕到时候不忍心说出真相。何况——教主也不想听到真相吧？"

右侧头颅却桀桀狞笑道："杀了她！"她话音未落，已张口咬到冰壁之上，似乎要撕开冰壁，直扑相思的颈项。

只见她头颅倒悬，尖利的细齿森然突出，磨得冰面铮铮作响，听上去直让人寒栗暴起。片刻间，她的口齿都被坚固的冰壁碰裂，桃红色的鲜血宛如一道小溪，从幽蓝的冰壁上蜿蜒而下。而她的神情却看不出丝毫痛苦，反而更加贪婪凶残。齿牙大张，她伸出深红的长舌一点点舔舐壁上的血迹，似乎不能吞噬敌人，便用自己的血液聊解饥渴。

相思被眼前这幅景象惊得说不出话来。她没有想到，短短两年，日曜已变得如此嗜血而疯狂。

帝迦冷冷道："这些都不是你分内之事。开始你的占卜。"

第十三章

露电浮尘幻自真

两个头颅渐渐平静下来，似乎陷入了沉睡。

而她的身下涌起一团极细的珠粒。那些珠粒五颜六色，千形万状，开始不过蚕豆大小，而后缓慢上升，旋转速度越来越快，膨胀为乱炸的花雨，向冰宫上端喷涌而来。

珠粒受了宫顶反压，又转折向下，不断破碎，化为万亿尘芥，再返向上涌。如此循环往复，整个冰宫都被大大小小的彩色珠粒充满，围绕着她的身体飞速旋转。

日曦婴儿一般的躯体也在倒梨形的冰宫中飞旋。那些宛如脐带的长发在旋转中扭曲，越绷越紧，不时啪的一声被生生挣断，桃红色的鲜血大股大股地从断口喷出。

瞬间，冰宫就已被这诡异的桃色染红。

筋肉断裂之声噼啪不绝，让人毛骨悚然，而冰宫中的血色也越来越浓。到后来只剩下一汪黏稠的血液缓缓翻涌。

里边的人体几乎都已看不见了。

血光映照，相思眉心刺痛宛如刀割。她双手颤抖，长长的指甲将帝迦的手心刺得鲜血淋漓，他却并不挣开。

不知过了多久，倒梨形的冰宫渐渐平静，那汪血水浓得几乎凝固。寒光隐微，四周一片死灭般的寂静。

突然，空中响起一声碎响，那团黏稠的血块似乎被突然撕裂。两张浴血的脸不知从何处冲出，紧紧贴到冰壁上！

那瘦弱如鸟爪一般的手掌，伸出十支寸余长的指甲在冰壁上疯狂乱抓。冰壁吱嘎作声，直听得人汗毛倒竖。一道道凌乱的血痕在惨白的冰壁上纵横交错。

相思捂住额头，顾不得看她。

帝迦淡淡道："有结果了吗？"

日曜两张脸上都露出诡秘的冷笑，声音变得嘶哑而尖细，宛如锐利的金属划过坚冰，同声道："你要真相？"

帝迦深红的眸子渐渐变得静如止水："讲。"

她左侧的头颅微微转开，笑容讥诮而冷漠，凝视着相思，缓缓道："她不是。"

而她右侧的头颅爆出一阵尖厉的叫喊，刺得整个地底都在震颤："杀了她，杀了她！"

相思扶住额头，忍不住看了她一眼，只见那两张脸一笑一怒，披发浴血，狰狞异常，让人不由得骇然变色。

正在她这一怔之时，一道极细的紫光无声无息地逼近她的胸口。眉心恰好袭来一阵剧痛，鬼使神差地，她突然扶着额头侧了侧身。

一声极轻的碎响，那道紫光从她肩头透体而过，深深没入冰封的岩石里。鲜血从她的伤口喷出，溅上殿中冰柱，宛如雪地中绽开的一枝寒梅。

帝迦轻轻收手，叹息道"本来这样可以让你少受一些痛苦，然而你偏偏躲开了……这就是你的命运，我也帮不了你。"

他一扬手，从上方摘下一支锐利的冰凌，缓慢而准确地抵上她的咽喉。

他俯视着她，深红的双眸中已没有一丝怜惜、犹豫，甚至一点温度。他宛如那跳起坦达罗舞的灭世破坏神，一切在他眼中都已消散为过去的灰烬，那曾经的柔情与怜悯、爱惜与仁慈不过是短暂的幻影。

而这个神灵最终想要的，只是毁灭。

相思望着他，微笑了一下，将目光转开，轻声道："别忘了你答应我的事。"

他眼中冰霜一般的神光似乎也为之一动，然而这种波澜立刻又消失了。他点了点头，手腕一沉，冰剑爆出一片森然寒芒，向她胸口刺去。

孔雀之阵。

地脉震动，银浪翻涌，所有石柱都在巨大的轰鸣声中缓缓下沉。卓王孙站在一根赤红的石柱上，身后的长发在灼人的热浪中蓬然乱舞，而他的身形却宛如渊渟岳峙，一动不动。

桑戈若脸上的微笑却再也挂不住，指着他脚下的石柱沉声道："为什么不进反退？"

他刚才的一步并未向前迈出，而是退回了第一支赤红的石柱上。五色斑斓的巨大石柱如雀屏一样在地底张开，而他就站在这最根本的一支上，俯瞰脚下这幅绚烂夺目、漫无边际的图案。

碎浪横飞，整个石阵都在巨大的轰鸣声中缓缓沉向银湖之底。而那些石柱下沉的速度并非一致。石阵之柱时高时低，无数幅湿婆神像被千万道无形之力撕扯拉伸，透过灼热的空气，呈现出一种奇特的变形。

桑戈若声音转厉："难道是要放弃？你手中不是有此阵的破法吗，为什么不拿出来看看？"

卓王孙也不看他，双眉紧锁，俯视整个石阵。石阵在巨力震荡中上下沉浮，几近崩溃。热浪在湖面盘旋升腾，将整个孔雀之阵化为燃烧着烈焰的炼狱。

在这里，死亡成了一种解脱。

就在整个石阵就要沉入银湖的一刹那，卓王孙的身形突然跃起，宛如长虹贯日，直掠向石阵西面一支毫不起眼的彩柱。

整个地底宛如顿时被抽空，所有的气息都被他聚在手腕，凝结为一道锐不可当的劲气！

这道劲气狂龙一般凌空扫下，围绕在彩柱周围的幽光瞬间碎裂，纷扬陨落。那一瞬间，整个地宫宛如突然被剥去了光影的外衣，显出一种前所未有的景象。

这景象不过稍纵即逝，然而卓王孙的身形宛然已与那道锐不可当的劲力合一，撕开光幕的罅隙，以不可思议的速度向西面的彩柱掠去。

他的身形还在半空之中，突然凌空出掌，向彩柱上方击下。

彩柱上方空空如也，绝无一物。

夜色中，一声碎裂的闷响从柱上传来。

大蓬血花盛开。

一个黑色的身影在扭曲的血色中缓缓凝聚成形，又立刻瘫软下去。

桑戈若。

他伏在彩柱边缘，身体剧烈地抽搐着。鲜血宛如小溪一般从他身下淌出，滴滴落入水银湖。这一刻，整个孔雀之阵都被一道无形的巨力震动，突然往上跃动了一下，似极了垂死之人的最后一声心跳，悲怆而剧烈，而后归于永久的寂静。

湖底水银翻涌，如怒海惊涛，呼啸不止。

然而，无论怎样怒涌的波涛，也终有归于平静的一刻。

卓王孙站在彩柱顶端，冷眼看着正在喘息的桑戈若道："杀死了你就能解开孔雀之阵，看来我的想法没有错。"

桑戈若眼睛死死盯着湖面，剧烈喘息道："不可能……幻影重叠，阵中一切光线、声音都被打乱，你怎么可能找到我的真身所在？"

卓王孙冷冷道："整个孔雀之阵我都已看透，那些幻影，甚至你本身，在别人看来或许纷繁芜杂，在我却不过是有或者无。"

桑戈若摇了摇头："孔雀之阵是湿婆大神亲手布下的，其中的秘密绝不可能为凡人所知晓！"

卓王孙脸上聚起一丝讥诮的微笑："这个秘密，正是你们的神亲自告诉我的。"

桑戈若似乎被激怒，挣扎着回头看他，目光与他一触，却觉如鲠在喉，半个字也说不出来。

卓王孙道："这个阵分支无穷，要想一直走对下去几乎毫无可能。而运气这种东西，我是从不相信的。"

桑戈若嘶声道："你是说你找出了其中的规律？"他语音一顿，似乎想起了什么，"白摩给你的那张纸上到底写了什么？"

话音未落，他头顶上方传来一声哗的轻响，一张带着樟木气息的纸卷从卓王孙袖底展开，直垂到他眼前。

纸上是一片被岁月浸成的深黄色。

桑戈若惊道："他给你的就是这个？"

卓王孙淡淡笑道："正是。"

桑戈若摇头道："可是上边什么都没有！"

卓王孙道："然而他却提醒了我孔雀之阵的关键。"

桑戈若道："什么？"

卓王孙将目光投向整座石林，缓缓道："略其枝节，观其全部。"

桑戈若方要开口，突然猛烈地咳嗽起来，喷出一口鲜血。他低下头，沉吟半晌，才喘息道："你是说，最后的关键并不在于一步步的猜选，而是通观整个孔雀阵？"

卓王孙微笑道："所有石柱加起来，正是一幅曼荼罗图。"

桑戈若一怔，摇头道："不可能，孔雀之阵我曾看过千万遍，每个角度、每个细节！它绝不是一幅曼荼罗图！"

卓王孙看着他，叹息一声，道："你还是不明白……此阵的枢纽本不在细节之中。当战阵发动，所有石柱都震荡下沉，沉到某一刻的时候，这些石柱恰好能组合出一幅特殊的图案。而这个图案就是一张八瓣曼荼罗。你藏身之处，就在八瓣花中。看透了这一点，要透过幻术寻到你的本身也就不难了。"

桑戈若突然握拳，鲜血滴落的速度加快，他宛如一只摔坏了的更漏。他咬牙道："我不相信！既然如此简单，为什么千百年来，没有人能破解孔雀之阵？"

卓王孙看着湖中浓艳的血迹，淡淡道："因为他们太执着于你所谓的引导，真的去猜选那些石柱。选择得越多，踏入孔雀阵就越深，再难看到此阵的全貌。何况每次选择，就算正确，也会有六根石柱下沉，这幅曼荼罗图也会随之被破坏。那些人一旦再多走几步，就算想明白这'观其全部'的道理，曼荼罗图也已七零八落，令人追悔莫及了。"

桑戈若伤势极重，似乎要用尽全力才能保持神志清醒。他顿了良久，缓缓问道："就算你真的看出了这是一幅曼荼罗图，又是怎么明白它的意义的？"

卓王孙又微微一笑，道："我说了，是你们的神亲自告诉我的。"

桑戈若厉声道："亵渎神明，我看你是疯了。"

卓王孙淡淡道："几个月前，我曾经看到过这幅曼荼罗图。"

桑戈若愕然道："在哪里？"

卓王孙将目光投向湖泊深处，动荡的波光幽暗无比："船上。"

三个月以前。

一个风雨交加的暗夜，巨大的海船也如草芥一般在天地间挣扎。冥冥苍穹，彤色的云彩向四面八方飞驰。

突然，密云深处炸开一道雷鸣。

天地震荡，孔雀阵最初的守护者兰葩的脸上突然浮现出一丝嫣红的笑意。她轻轻伸手，将身边的杨逸之推了出去。[1]

巨帆轰然落地的巨响将她最后的叹息掩盖得无影无踪。

万亿尘埃在夜风中渐渐散去，她的身体平躺在甲板上，被切开了一个巨大的十字。雪白的巨帆轻轻覆盖着她残缺的身体。帆上油彩绘制的曼荼罗本已暗淡，如今有了鲜血的浸染，又重新鲜亮起来，和其下那具残缺躯体上的图案渐渐重合。

这幅诡异的曼荼罗图静谧地在甲板上盛开，一如绽开在那位少女光洁的背上，在淡淡的曙色中揭示出光明与黑暗、痛苦与欢乐、记忆与遗忘、毁灭与新生。

——以及，孔雀之阵最深的秘密。

这个秘密如绯色的鲜花，盛开在海天之际。然而大家都被死亡的悲伤笼罩，没有人去注意它，就算注意了，也不会明白它的含义。

---

[1] 详见《华音流韶·海之妖》。

只有卓王孙例外。

对于他而言，旁人的生死就宛如午夜清风，过耳即逝，而这幅诡异的曼荼罗图却是一把能扭转命运的钥匙。

无论这把钥匙的锁在何处，甚至这一生中会不会遇到都无所谓，他仍会把这把钥匙牢牢握在手中。

也只有这样的人，才能超脱出命运的轨迹。

桑戈若眼中的神光渐渐淡下来，长叹了一声，道："或许，这也是神的意旨……"

他转而冷眼看着卓王孙："你赢了，为什么还不走？"

卓王孙淡淡笑道："因为孔雀之阵还在运转。"

桑戈若的身体突然颤了一下，没有回答。

卓王孙道："我说过，既然你是此阵的主持者，只有杀了你，孔雀之阵才会彻底解开。"

他目光缓缓地向四下一扫，淡然笑道："现在，阵中各种力量并没有消失，反而正在无声汇聚。只要我迈出一步，孔雀阵就会立即自毁，届时阵中一切人、物都将碎为尘芥。这才是孔雀之阵的真正力量，我又何必以身试之呢？"

桑戈若默然良久，道："原来你早就看出来了……为什么还不动手？是不是因为要借我的性命，所以才会说那么多，让我死个明白？"

卓王孙轻叹一声，摇头道："也许。不过我也很久没有与人讲话了……"

地底光线突然暗淡下去，卓王孙最后一字出口，石柱上几乎同时溅起一道极高的血花。

宛如暗狱妖莲，瞬间绽放出绝代风华。

池底银光渐渐凝固，七彩石柱半沉半浮，错落在光影之中。头顶，金色的游鱼又隔着碧蓝的殿顶悠闲游过，似乎刚才的一切，只不过是一场幻觉。

卓王孙放手。

桑戈若的身体宛如一块陨石，跌落到湖泊中，瞬间就被水银之海吞没。孔雀之阵的石柱依然艳丽非常，然而缺少了那幽幽神光的笼罩，显出几分颓败来。而阵中那诡异的变化也已凝滞，变成一幅静态的画面。几道柔柔的光线穿插其中，仿佛能看到尘土升腾。千万根未沉的彩柱宛如远古的遗迹，亘古不变地盛开着，宛然一朵巨大的八瓣之花。

卓王孙转身向花瓣的西南面走去。

第十四章

❧ 神驹狂弦动紫辰 ❧

剑还在三寸之外，冰冷的剑气已然透过肌肤直刺入心脏。相思的身体不由自主地往后退去，她脊梁一冷，已然撞上了那道日曜藏身的冰柱。

退无可退。

帝迦手中的剑尖抵上她的胸膛，轻轻挑开她身上围裹的彩幔，在她雪白的肌肤上缓缓转动，似乎不是要洞穿她的身体，而是要一点点将她的心脏剜出。

相思的脸色苍白如纸，垂散的长发被汗水濡湿，紧贴在软玉般的香肩上。那双秋水为神的眸子中，泪光盈盈闪耀，丰润的红唇也因痛苦而显出一抹淡紫的颜色，衬着她褪去了血色的脸，却有一种超脱人间的、诡异的美丽。

她宛如一只受伤的精灵，颤抖着双翅，仰望着冥冥的星光。就算诸天神魔见了她，也会忍不住为她承受的苦难叹息。

然而帝迦的眼神中依旧没有一点温度。

痛苦本是清洁灵魂的一种方式。没有最残忍的苦行，就不能超脱人的愚昧，看到神的恩典。

"她是如此美丽，我怕到时候不忍心说出真相，而你也会不忍心杀死她。"这是日曜在看到她时说出的话。

然而日曜错了。

在帝迦眼中，凡人的美丽只有一种，就是为了对神的信仰而甘愿用人类脆弱的身体去承受最痛苦的祭祀。

所以他的剑很准，很慢，很沉。

他要在第五道圣泉之中完成最伟大的祭祀，祭品和祭祀的过程都要完美得不能有一丝遗憾。

相思闭上眼睛，紧紧咬住双唇，却压抑不住细碎的呻吟声。她无力地靠在巨大的冰柱上，一头乌黑的长发摇散开，如泻了一蓬墨色的瀑布。冷汗淋漓，一滴滴沿着她凝脂般的肌肤滑过胸前的伤口，变成浅浅的粉红色往下滴落。她纤长的指间已是一片鲜红，掌心都被自己的指甲刺破，在身后的冰柱上印出道道绯红的痕迹。

他手中的冰剑依旧没有半点怜惜，一点点刺入她的身体。

剜心之痛，洞彻骨髓。相思终于无法忍受，本能地伸手想推开那柄冰剑。

然而她刚一动，帝迦突然上前，一手扼住她的咽喉，强行将她的整个身体固定在冰柱上。

他注视着她，低声道："你必须承受。"另一只手中的冰剑从平刺变为由上而下剜入，动作减慢，而剧烈的痛苦却更加锐利。相思只觉得呼吸已经困难，眼前一片五色光晕，刺眼无比。她不想挣扎，然而体内求生的本能已经不受控制。她猛地一挣，头却重重地撞在冰柱上，鲜血从额头涌出，顺着腮侧缓缓流下，将她半面都染得绯红。

帝迦的冰霜之色也为之一动，手上似乎微微松开了一线。相思全身脱力般地靠在冰柱上，轻轻仰起头，美丽的眸子此刻却暗淡无光。

她勉强向头顶上看了一眼。

突然，她全身变得僵硬，眼中出现了一幅极其恐怖的画面！

那道直插入殿顶的巨大冰柱的底端已被血色染透。两张血肉模糊的脸正倒悬在冰壁上，伸出细长的舌头舔舐她溅出的血迹。它们在冰壁的折射下变得巨大而扭曲。左边那张脸神情十分悠闲，轻轻摇着头颅，从左到右，品咂壁外的那道血痕。那自得的表情如深宫丽人在初醒的午后细细品尝水晶盘中的荔枝。右边那张脸却凶恶如饕餮，露出两排洁白的牙齿，疯狂地啃咬着冰壁，似乎想咬穿厚厚的坚冰，吞噬柱外的鲜血。

两个头颅沉沉倒悬在距她不到三尺的地方，浓浓血光之下，是无比诡异的笑意和磨牙刻骨般的撕咬冰柱的声音。

相思大惊，一瞬之间几乎忘了自己的心脉就要被帝迦手中的冰剑洞穿。

"住手！"

两个头颅几乎同时发出一声尖厉的喊叫，整个大殿都被刺得颤抖。

帝迦手上一顿，眉间隐隐有了怒意，沉声道："什么？"

左边那个头颅微笑着转动，似乎这通望梅止渴的舐舐已让她心满意足。她笑道："你不能杀她。"

右边那头颅依旧啃咬着冰壁，眼中透出凶戾的妖光，却又极力克制着，喉咙间发出沉沉的喘息。她的语音嘶哑而缓慢，宛如生锈的钝刀一点点划过人的耳膜，道："对，不能杀她……但我好想要她的血……"

帝迦转身逼视着柱中的日曜，深邃的眸子中升起一种异样的妖红："为什么？"

左边头颅望着他，轻轻笑道："你若杀了她，就永远寻不到帕凡提的转世了。"

帝迦一拂袖，将相思推开，对日曜一字一顿道："你告诉我她不是。"

左侧的头颅也为他眼中的杀意一怔，一时说不出话来。

相思双手护在胸前，指间鲜血点点滴落，将半个身体都染红了。她没有想到，日曜已经化为了如此模样，却还如恶魔般操控人心。她想杀了日曜，却无能为力，那巨大的冰柱是第五圣泉的冰封，只有湿婆之箭才能开启，绝不是她可以洞穿的。她默默望着帝迦，一种倦意涌上心头，这一刻，她只想沉沉睡去，实在是什么也不愿意想了。

右边的头颅突然尖声痛哭起来："我要她死，可是不行，不行……"她的声音极其尖厉，在空旷的大殿中回响不绝，直让人毛骨悚然。

帝迦断喝道："闭嘴！"转而对左侧头颅沉声道："我现在只想听一个答案——是或不是？"

他深红的眸子宛如两团跃动的妖莲，反照在冰柱上。冰冷的神光凛然垂照着整个世界，那是只有灭世的神魔才能拥有的威严。

日曜不敢与他对视，缓缓合上了眼睛："现在不是，然而她却是唯一注定能成为帕凡提的人。"

她此话一出，大殿中良久没有声音。

突然，水声一响，日曜鸟爪般的双手拢到胸前，结出一个奇特的手印。她仰望着冰柱，缓缓道："伟大的湿婆大神，天地间一切光荣皆属于您。请您不惜动用凡尘中最盛大的祭典，让帕凡提女神在您的怀中苏醒！"

而另一个头颅不住发出咝咝的喘息声，断断续续地念着一些古怪的字。

这些字正是：圣马之祭。

天地高远。

冰柱之殿外，竟然是一片空旷的草原。阳光极盛，照得相思几乎睁不开眼睛。前方不远处有两座极高的山峰，对峙左右。山上冰封雪锁，寒云缭绕，似乎亘古以来就没有生命繁衍的痕迹，更不要说人类踏足了。而眼前这块草坪仍在地热的影响下盛开着一地春光。

清风拂过，蓝天也如大海一般轻轻皱面，无数朵白云的影子落到茵茵青草上，宛如一朵朵流动的暗花。

相思再也支持不住，跪坐在草地上。

伤口的血都已止住，然而她心头仍感到一阵深深的疲倦。

帝迦停了下来，默默注视着她，却没有扶她起来。

相思将脸深埋入臂弯之中，轻声道："我累了，不想走了。"

帝迦俯下身去，轻轻拭去她脸上的血迹，道："我可以等。"

相思侧头避开他，道："为什么，为什么还不放了我？"

帝迦道："我要将你变成帕凡提。"

相思的手指深深插入长发中，指节都因用力而苍白："不可能的，我不是……我不是！"

帝迦一把握住她的手腕，道："看着我。"

相思无力地道："你到底要我干什么？"

帝迦缓缓道："傍晚，我将为你举行圣马之祭，这是你觉悟的最后机会。"

相思低头轻声啜泣道："我不要，我不要。"

帝迦脸色一沉，将她的手摔开，遥望草原道："在这个世界上，无论人还是神，都可以通过自身的苦行与献祭，向大神祈求恩典。而人能够献上的最隆重的祭祀，就是圣马之祭。它能让一切执迷消散，反悟本真。其完成的难度和获取的力量都远在六支天祭之上。因此，你体内沉睡的帕凡提的灵魂一定能在祭祀中苏醒，你以前在凡尘中的一切迷惑都将烟消云散。"

相思抬起头，泪光盈盈的双眸中，神光暗淡："若我真的不能，你会放了我吗？"

帝迦看着她，摇头道："不。若真的不能，我只有毁灭你的肉体，让你的灵魂重新转世。"

相思默然片刻，抬头诘问道："你为什么不现在就杀了我？"

"我不想。"他的语气中似有怒意，终又忍住了，"然而，如果肉身已成为你灵魂觉悟的障碍，我也不得不这么做……不过你放心，我会尽力为你把握轮回的轨迹，让你拥有一具和今世同样完美的肉身，然后在你出生之日，将你带回乐胜伦宫。"

他俯身分开她的双手，感到她无力的挣扎，但最终还是捧起她的脸，让她注视着自己。那张苍白的脸上还有隐隐的血迹，下颌更是消瘦得可以触骨。

帝迦眼中的神光一动，似乎也隐隐有些不忍："然后，我会等你十六年。"

相思转头避开他的目光，声音有些冷漠："不过是为了'合体双修'？那你还不如现在杀了我，再……"

帝迦怒然打断她："住口，我说过强迫你毫无意义！"

相思抬头望着他，泣声道："你现在何尝不是在强迫我？"

帝迦一怔，不再回答，良久才起身道："你不会明白的。"

他将目光挪向远方，不去看她。远天之际，一朵淡紫色的彩云渐渐遮住了太阳。太阳的周边形成一圈辉煌的日晕，正好落在两座雪峰的正中，呈现出一幅奇伟而壮丽的画面。

帝迦道："日升月恒，是马神泉开启的时候。"

他将负在身后的巨弓取下，缓缓搭箭上弦。

突然间，天地间的光华似乎暗淡了下来，轻灵的风仿佛吹动着无形的笛悠扬作响。金色的箭尖在他手中缓缓上举，渐渐和那山间日晕持平。那轮日晕此刻变成艳丽的红色，如蓝天中一抹妖异的血迹，悬挂在两座雪峰之间。

万道金光煌煌垂照在两人身上，也不知是初生的日色还是湿婆神箭上的耀眼风华。

弦声一震，神箭划破穹庐，在长空中拖出一道金色的影子，倏然没入天际云影之中。

四周的空气似乎在这一瞬震动了一下，又似乎什么都没有发生。

相思遥望着前方的地平线，脸上突然掠过一丝惊讶。

她站了起来。

嗒……嗒……远方传来几声极轻微的响动，似乎是马蹄轻轻踏在芳草上的声音。片刻之后，这声音宛如草原上蔓延的藤蔓，越来越多，越来越近，到后来竟似隐隐晴雷、隆隆战鼓，从地平线的下方震天动地而来。

一线云脚似的白色铺满了整个天际。仿佛天上的云朵，突然坠落到了绵延起伏的绿丘上。又过了片刻，一线白云变成好大一片，宛如海浪一般，伴随着隆隆的蹄声、飞扬的轻尘一起向这边涌来。

好大一群白马！

真可谓成千上万，漫山遍野都是。每一匹马均矫健非常，鬃鬣披拂，通体一色，不带一根杂毛。白驹马蹄高扬，宛如受了无形的驱赶，齐齐向这边奔来。

蹄声更盛，相思怔住了，难道圣马泉开启后，真的会从地底涌现出数以千计的神驹来？而这些白马，到底是真实存在的还是只是幻觉呢？

正在这时，马群向两边分开。一匹白马一骑当先，向帝迦飞奔而来。

白马瞬间已到眼前。只见这匹马极其高大骏健，浑身银色，在阳光下，真如白银铸成的一般。而它的马鬃是血红的，鬃毛极长，随意披拂在背上，如夕阳凝成的一匹锦缎披拂在耀眼的星空上。

马背上坐着一个红衣马童。他眉目极其精致，却又不带血色，仿佛不是天生，而是能工巧匠精心镌刻而成。也正因为这样，他的神情显得有些生硬，似乎他只是个美丽的偶人，在某种秘法的役使下才有了活动的能力。

他荷袖退到手肘处，露出一段粉雕玉琢的手腕，掌中赫然握着刚才帝迦射出的那枚金箭。当白马来到帝迦面前的时候，这个马童突然勒马，从马背上跳了下来，深深跪伏于帝迦脚下。

他双手高高擎起，将金箭举过头顶。

帝迦轻轻接过羽箭，将箭尖抵在马童的眉心上。马童仰望着帝迦，嘴角牵出一个生硬的笑容，细声道："圣马泉守护者沙罗·檀华。"

檀华，是他的名字，亦是那匹白马之名。

帝迦点了点头，手腕一沉，金色的箭头缓缓从马童的眉心划下，穿过鼻梁、下颌，直到咽喉。

相思几乎惊呼出声。

马童那张精致而苍白的脸被从正中划开，一条深深的伤口纵贯他整张脸。鲜血顺着他圆润的下巴滴滴坠落到泥土里，宛如在帝迦脚下开了一朵绯色红莲。

创口是如此之深，可能永远都会在他脸上留下痕迹，然而他脸上的笑容没有丝毫的改变。

帝迦扬手将羽箭抛开。

马童虔诚地俯下身去，等着自己的血染红大地，而后小心地将沾血的泥土捧起，递到帝迦面前。

帝迦伸出手，用指尖在泥土上轻轻一蘸，转而对相思道："过来。"

相思讶然："我？"

帝迦不再说话，拉她靠近自己，将血迹点在她眉心之间。相思一怔，发现马童侧头望着她，脸上的笑容有些诡异。

马童道："你就是这次祭祀要唤醒的人？"他的声音极其尖细，仿佛是一些人造的丝弦在音箱中共振。

相思摇了摇头："我不知道。"

马童眼角往下一耷，似乎想表示悲伤，却极其不自然，加上那道血口的牵扯，整张脸最后只皱出个极其诡异的表情："可是因为你，我养的一万匹白马都会被杀死……"他突然张开嘴，将刚才的笑容更推进了一步，"我也会。"

相思觉得全身一寒，喃喃道："为什么？"

马童将脸转了转，脖子上的关节发出咯咯的微响。他看着相思，嘻嘻笑道："因为我们的生命就是为了这场祭祀准备的。"

他扶着地面站起来，身体有些摇晃。他上前一步，正面相思，缓缓道："傍晚，我会为你舞蹈，然后我和我的马都会死。而你，可能会觉悟，可能不会。"

相思退了一步，摇头道："不，我不要这样的祭祀。"

马童伸手抓住她的手腕。他的手看上去如莲藕一般细腻白皙，实际却坚硬得像一柄精致的铁钳，一旦握住就再难挣脱。

他用童音尖声道："按照教主大人的意旨，我现在要带你回圣湖。"他吹了声口哨，那匹银马立即伏跪在两人面前。马童纵身一跃，已将她带上马背。相思想要挣扎，却被他死死抓住。想不到他看上去和七八岁的孩子一般，力量却大得惊人。

马童又吹了一声哨子，银马扬蹄嘶鸣，就要向天边飞奔而去。

相思突然道："等等！"

她回头去看帝迦。只见他背负着双手，仰视着两座雪峰之间的太阳。云色在他身后涌动，辉煌的日色在他飞扬的蓝发上镀上一层耀眼的光晕。

那一刻，天地间最初与最后的光芒都仿佛因他而生。

相思为这种场景一怔。

马童突然附在她耳边尖声道："别看了，教主大人在和天神对话，是不会理你的。"

他突然诡秘一笑："你为什么不看看这里的阳光呢？或许以后再也看不到了。"

第十五章

璇玑欲碎转轮破

圣湖之畔，胎藏曼荼罗阵。

凌厉的雪暴在冰原上腾卷，宛如吹裂一切的地狱炎风，要将这雪原连根拔起、毁灭。索南迦措脸色谨严，双手交错，结出一连串的法印来。金刚伏魔印、摩利支天火焰印、大日如来印……光芒从他的掌缘上乍显，层层聚结在法器上。顿时，一连串蓬勃的光从法器上怒发，向三生影像罩下。

光，从八件法器上一齐交错而出，立即在雪原上盛开一朵硕大的八瓣之花，带着湛湛华彩，刹那间便将三生影像的身形吞没。

三生影像如受重击，骇然变色。他们意念中与帝迦的神秘维系竟然在胎藏曼荼罗阵结成的一瞬间，被硬生生切断。同时，一股庞大到足以令天地改易的力量从八件法器上汹涌喷发，悍然地向他们猛劈而下。

他们的身影禁不住一阵凌乱！

胎藏曼荼罗阵与当年姬云裳所主持的金刚曼荼罗阵同根双生，共同承继了宇宙中最神秘庄严的力量，一旦施展，又岂是人力所能抗衡？

然而，胎藏曼荼罗阵威力虽然巨大，这八人却是第一次联手，力量尚不能环环相扣，运转圆熟——此阵一旦开启，便要与天地星辰运行相连，又岂能轻易掌控？

就在结阵的瞬间，帝迦的意志已在三生影像的脑海中烙下了破阵之法！

三生影像眼中精神顿时一涨，手上法印突然一变，身形迅速地向中靠拢。一声厉响，青紫赤三道光环打开，将三人围裹其内。光怪陆离，照得三人眉发尽皆变色，面容异常狞厉。三人六臂大开，各结密印，望之真如魔神行法，修罗秉怒。只听噼啪碎响不断，三道光晕如烟花乱溅，瞬时汇为一个巨大的光圈。光圈中，三人肩背相依，各面一方，成鼎足之势。当中一人双手结印胸前，一团流转的血影在他手心成形。

众人只觉脚下的大地猛地一颤，而后便没了声息。狂风呼啸而起，似乎连空气都被一种无形巨力吸引，不断往那人手心的血影中汇聚。本已落地的雪花从大地上拔起，纷扬盘旋，向那人手中光圈上一撞，就被吸入其中。三人身形交错，分而又合，手中法印不住变幻，越来越快，看上去真如千手千眼一般。

索南迦措心中一沉。

三生影像大法，即将一人力量复制为三，凌厉非常。而传说中，三人还有一招合体之技，一旦使出，威力平添三倍不止。他们勉强运转的胎藏曼荼罗阵是否能挡得住这复制三倍的力量？

四周光线微微一暗，一瞬间，整个雪原的空气都仿佛被抽空。胎藏曼荼罗阵的核心透出八道金光，同时向三生影像手中的血影压下。砰然一声巨响，落雪狂龙般乱舞，茫茫青天、万里雪原都在这剧烈的震颤中发出痛苦的哀鸣。一时间天地混沌，再也分不出三生影像、诸位大德、胎藏曼荼罗阵……只见无数赤红的雪花凌空乱舞，几乎将整个雪原充满！

也不知过了多久，狂舞的落雪渐渐散开。

主持胎藏曼荼罗阵东南、东北、西南、西北四个方向的大德，都被这狂猛的反挫之力击伤，跌倒在赤红的雪花中。白摩、索南迦措、丹真、俺达汗虽未受伤，却也禁不住微微喘息。

三生影像并肩站立在胎藏曼荼罗阵中，脸上带着讥诮的冷笑。

索南迦措几人的心沉了下去——刚才的撞击不仅没有在他们身上造成一丝伤痕，甚至没有留下一点倦意！

难道他们真的不是血肉之身，而只是神魔元神分化，所以永不知疲倦吗？

难道传说中威力足以改天换日的胎藏曼荼罗阵，竟只能逼出他们合体一击吗？

众位大德全身的热血似乎都已冰冷。

为首的灰衣人似乎看出了他们的心思，冷笑道："胎藏曼荼罗阵，需要八件法器、八位有缘之人。所谓有缘，就是其人的武功或者福泽要足以运转手中的法器。哪怕一人稍弱，胎藏曼荼罗阵都不能真正运转。而你们起码有四个人不能与法器配合，这些乌合之众，除了抵消曼荼罗阵的威力外，毫无用处。"

索南迦措、白衣女子、白摩大师一时都默然。这些话他们何尝不知，然而一时之间，又到哪里去找另外四个能运用法器之人？

另一位灰衣人看着他们，鄙夷地道："这点微末的道行，也敢擅自主持曼荼罗阵，也敢对抗教主大人？"

另一人的目光从诸位大德脸上扫过，嘴角浮起一条森然的笑纹："不如让我们给他们看看胎藏曼荼罗阵真正的力量。"

话音甫落，他们的身形瞬间暴射而出！

他们扑向的是其中三件法器。

的确，如三生影像所言，索南迦措、白衣女子、白摩大师、俺达汗四人算得上有缘之人，却也只能勉力控制住四件主要的法器，而另外四件法器的防范之力就要弱得多。

三生影像所取的正是这四件法器之三。只要法器在手，就可以以胎藏曼荼罗阵对胎藏曼荼罗阵，至少可以保持不败。这便是帝迦授意的破法。

而这也是唯一的破法！

索南迦措虽明白他们的意图，却也毫无办法，只能强行催动法器，让曼荼罗阵第二次运转，却已慢了片刻。就见三生影像身形暴涨，三只灰色的手掌已然按在了三件法器之上。曼荼罗阵刚刚成形的光芒顿时为之一暗，竟在三生影像邪恶的狂笑声中硬生生分裂成两半，随着三生影像枯手挥动，受制于他们的三道光芒裂空而出，向索南迦措四人轰然卷了过去。

这一击深沉浩大，无疑是致命的一击。

这一击，索南迦措、白衣女子、俺达汗、白摩大师都看在眼里，但他们的劲力已全都纠缠在了四件法器上，绝无一丝剩余的力量，只能眼睁睁地看着光芒刺落而无能为力。

索南迦措仿佛听到自己身体撕裂的声音。

忽然，一股清冷而浑融的力量从虚空中升起，将两股正激烈厮杀纠缠的光芒隔了开来。

索南迦措猛然睁开眼睛，就见茫茫雪光中，一个淡紫色的身影虚空悬在曼荼罗阵的边缘。垂地的广袖在寒风中翻飞，宛如巨大的蝶。秋月般的光影从他身上徐徐透出，将曼荼罗阵分裂而成的两道光芒控在了掌中。透过缤纷的紫影和他飞扬的衣带，众人恍惚能看到来人的容貌。

他看上去还非常年轻，容貌也极其美秀，美秀得不似凡尘中人。然而没有人敢因此忽略他的力量与庄严。

只因为他脸上的笑容。

世间再没有如此温和、悲悯、深邃、广博无涯的笑容了。一瞬之间，索南迦措猛然生起了一种圣洁的信仰。

——他仿佛看到了佛。

这笑容，就仿若佛陀忽然显身在广阔的雪域上，来拯救他最虔诚的信徒。

索南迦措不禁生起一股膜拜的冲动。

三生影像发出一阵尖锐而短促的啸音，倾尽全部力量向紫衣少年攻了过来。

他们已敏锐地发现，这个紫衣少年乃是他们平生未见过的劲敌。因此他们立即发出了最猛烈的一击！

三道灰影迅速舞动着，在刹那间合而为一。灰影更重，宛如垂天之翼，向紫衣少年卷了过来。

"少主人！"一位跟随在紫衣少年身后的女子惊叫起来，想要冲过去抵挡，但紫衣少年的袍袖轻轻舞出，将她挡了回去。

这两人正是小晏与紫石。

历经重重劫难，他们终于还是来到了这座雪域神山之上。

入藏之时，小晏就与杨逸之分手，携着紫石在茫茫雪原上寻找乐胜伦宫所在。他本想找到另一只青鸟，解开身上的魔咒，然而，他刚刚得到乐胜伦宫的消息，就无意中踏入了胎藏曼荼罗阵。

他抬起头，脸上带着一丝无奈的笑意。

世间为什么有这么多的杀戮？而他为什么每次都要置身其中？

他叹息一声，衣袖缓召，一群紫蝶仿佛受了无形的号召，蹁跹而出，化为一团紫云，将最后一件法器层层包裹，虔诚地捧持到他面前。

那是一枚金刚铃，带着淡淡的青光，在虚空中微微颤抖着，仿佛神佛为众生淌下的一滴眼泪。

小晏接过法铃，向那道灰影迎了过去。

紫色的光芒大盛，化作一条长虹，卷天而出。同时，索南迦措四人心中灵犀同动，不约而同地手拈法印，将手中四件法器向三生影像掷了过去。

有小晏之助，这实在是杀三人的最好时机。

仿佛是有着神圣的天意一般，恍惚之中，这八件法器竟同时交击在一起。幽冥岛绝学、三生秘术、藏边法印，所有的力量都在这交击的一点上迸发，形成一道巨大的冲击，轰然而出！

小晏、三生影像、白摩大师等人都是脸上变色，不约而同地想要放手，但他们骇然发现，他们的手死死地粘在了法器上，再也不能挪动分毫。他们的内力竟不受控制，迅速地向法器上狂涌而去。

那迸发的光芒越来越强，化作一个巨大的光圈，将八人笼罩住。而后炫目的光芒徐徐绽开，化作八瓣舒展的曼陀罗花，越生越壮，越展越大，在圣湖之边徐徐绽开。

八位足以操持法器的高手最终在无心中完全齐聚。这神秘的胎藏曼荼罗阵亦终于在巨力的撞击下，隐然成形！

　　一种足以撼动天地的恐怖力量随之生成，宛如毒龙般轰然震响，盘天而起，然后化作满天浩瀚的威压，将八人吞没。每一瓣光芒上都腾起一簇厉芒，瞬息已聚合为一，化为降魔杵状，向八人啸刺而下。

　　这是灭世的一击。

　　就连三生影像如此悍厉的狂人都忍不住骇然变色，惊恐地尖叫起来。紫影一闪，小晏腾空而起，满天蝶影纷飞，向那降魔杵上迎了过去。

　　他的慈悲，让他不忍见任何人承受杀戮。

　　就在他接触到降魔杵的一瞬间，那光芒忽然爆开，将他紫色的身影吞没。记忆的残瓣在岁月的轻拂下静静绽放，小晏忽然发觉自己宛如一个时光的过客，心绪如圣湖般徐徐漾开，承载了宿世的一切记忆。

　　胎藏曼荼罗阵，主内，主轮回，是须弥芥子之地，蕴涵了千生万世的时光。传说，此阵能让阵中之人入三世轮回，入阵者一旦被轮回幻境迷惑，就将神形俱灭，永难解脱。

　　日之圣湖在落日余晖的映照下，熔金泻紫，连阵阵浮起水面的云脚也被染上一层氤氲的七彩之华。青色的天然石桥从岸边一直向湖心延伸出去。石桥并不很宽，最多能容二马并行，然而长得惊人，宛如一条微隆的彩虹，横贯了半个湖面。

　　石桥的尽头是一根合抱粗的铁柱，上面毫无装饰，孤独地向天空耸立着，高足十丈有余。

　　相思静静地倚柱而立。她换了一身及地的白裙，长发披散到腰间。她的发际、裙间都缀满了白色的鲜花，在晚照中被染成金色。晚风拂过，裙袂微动，圣洁不可方物。

　　然而，她的身体被一条极粗的铁索牢牢捆缚在铁柱上。那条铁索通体赤红，如一条红蟒缠绕着她纤细的躯体，极不和谐中却又隐隐透出一种残忍的美丽。

　　相思双目凝视着湖泊，来时的恐惧已在暮色中散去，脸上只剩下夕阳淡淡的影子。不远处落霞奔涌，湖面上神峰的倒影在清风中微微颤动。隔着石桥，与铁柱遥遥相对的湖岸上，不知什么时候已用彩石垒起一座巨硕的高台。

马童一身红衣，伏跪在高台的正中。他一手持鼓，一手持铃，双手交叉胸前，带着肃穆而敬畏的神色，抬头仰望着太阳。哗的一声轻响，一阵微风拂过草际，帝迦牵着那匹银色的檀华马，缓缓向岸边走来。

他换了一身白色长袍，蓝发临风飞扬，身后背负的巨弓华光流转，透出一股肃穆的杀意。四周正在降临的沉沉夜色也为之惶然退避。或者，他就是世间光华的本源，所到之处，连天地万物都要雌伏于其脚下。

他牵着马，缓缓来到草原的中心。

此刻，最后一缕日色也暗淡了下去，四周一片寂静，连草虫、青鹭都没有了声息，似乎连最微小的生命都被慑服，静静等候着他的命令。

檀华马突然向着东方发出一声嘶鸣。

雷鸣一般的马蹄声再次响起，瞬时，无数白马从南北西三面的地平线处涌出，潮水一般地向草原中心汇聚。蹄声雷鸣，大地宛如受了惊吓，颤抖不止。而草地上的青鹭飞鸟尽皆惊起，扑簌声中，满是落霞的天幕中盛开了一蓬蓬五色的花。

帝迦依旧站在原处，脸上淡淡的，似乎一切早在他掌握之中。他身边的檀华马嘶声鸣叫着，召唤着万千同类。高台上的马童依旧瞑目伏跪着，低声念诵着神秘的咒语。他的声音尖锐而苍老，带着莫名的诡异，让人产生一种感觉：这咒语的每一个字，都在召唤着暗夜的来临。

无数马匹汇聚成三股白色的洪流，瞬间便将青青草原掩盖。就在那三股奔马之流即将到达帝迦立足处的瞬间，他纵身一跃，跨到檀华马背上，挥手摘下背上的长弓，搭箭控弦。

那一刻，夕阳也有些暗淡。

唰——

一声极轻的响动，似乎是在云霞深处响起，又似乎是从地心传来。曾一箭洞穿阿修罗王三连城的湿婆之箭化作傍晚的第一道流星，从弓弦上飞了出去。金箭在马群头顶划出一道高高的弧，一直没入远天，再也不见落地，宛如已融入了这沉沉暮色。

然后是第二箭、第三箭。

南北西三面的群马突然齐声长啸，转身向相反的方向奔去，真如大江回流，奔涌不息。一时飞尘满天，蹄声动地，声势极为骇人。

相思虽然身在远处，也不由得微微变色。

然而，只一瞬间，这一万匹神马就已消失在来时的云雾中，再无半点踪迹。身后扬起的尘土也在慢慢平息。斜照迟迟，似乎刚才的一切不过是一种幻象。

大地重归于寂静。

雪峰寂寞，圣湖无言，连飞尘落地的声音都清晰可闻。

帝迦手持巨弓，端坐在檀华马上，身后拖出巨大的影子，似乎笼盖了整个大地。天幕似乎都向此倾斜，星辰也在此汇聚，让人不由得去想，世界的中心不在他的脚下，却又在何处？

一声极其尖细的歌声从地下直抛入天际。

那声音说不上动听，却细得不能再细、高得不能再高，仿佛刀尖划过瓷器，让人闻之心惊。随即，一阵鼗鼓之声响起，相思讶然回望，高高的彩石台上，红衣马童已缓缓站起身来。

他左手拿着鼗鼓，右手捧着金铃，向天一拜，向地一拜，而后转向帝迦，轻声道："伟大的神明，请允许我代您跳起坦达罗舞。"

坦达罗舞，也就是湿婆的灭世之舞，是一切美与艺术的源泉，而世间却从未有人一睹真颜。因为湿婆一旦舞蹈，就意味着世界即将毁灭。

如今，跳起这个舞蹈的人不是灭世之神，而是那神似机关造就的马童。因此，这个舞蹈的意义，不在于毁灭整个世界，而仅仅是毁灭一个人心中的魔障与执念。

这个人就是相思。

相思的心中突然涌起一种莫名的恐惧，她挣扎起来，赤红的锁链在铁柱上碰撞出清脆的响声，"住手！"

帝迦看了相思一眼，没有理会她，对马童道："开始。"

马童深深跪拜下去，然后小心翼翼地咬开了两只手腕。

鲜血涌出的一刹那，马童的身体突然飞快地旋转起来。

火红的大袖飞扬回转，直让人晕眩，似乎一切色彩与变化都被他穷尽在袖中。他脚步沉沉，每一步都仿佛踏着天地间至美的拍子，每一次都让世界上所有的生命深深震颤。

相思瞬时安静下来。这乐声和舞姿的确有种神秘的力量，让人放弃一切俗世的纷扰，在这雪山圣湖之中作永恒的安眠。

铃声悠扬，鼓声激越。马童不知道旋舞了多少圈，似乎他从天地开辟以来就是永不停息的舞者。他手腕上的鲜血在飞旋中绽开了一道艳丽的彩虹，纷纷扬扬，洒出两蓬极其妖艳的血花。他一直旋舞着，似乎要舞到鲜血都化为泥土，才会踏着终止的音符跌倒在祭台之上。

他瘦小的身躯看上去只是个孩童，却因为这舞蹈变得如天神一般神圣傲岸，不容谛视。似乎正是他的舞蹈，舞出了日月运行，舞出了四时更替，乃至天地变化、人世兴衰……

相思怔怔注视着他，一时间，似乎心中所有的记忆都被开启，纷至沓来，却又毫无头绪。

马童的舞蹈渐渐减慢，变得妖异而诱惑，他的腰肢极大幅度地弯折，艳丽的红衣在他洁白的身体上颤动着。他的舞姿刚柔并济，缠绵宛转，似乎每一举手、一投足，都在暗示她前世的因缘。

千万年前，帕凡提与湿婆的新婚之夜。

她躺在冰原之上，透过眼前飞扬的散发，能看到他身后耸峙的巍峨雪峰。或许帕凡提并没有想到，这个离群索居在雪峰之中思索宇宙运行、人类哀苦的伟大智者；这曾流浪在人世间最贫苦、脏乱之处的孤独神祇，如今真的接受了她的爱情，和她一起沉沦在俗世的欢乐之中。

他是真正永恒不灭的神祇，诸天法界都在他的垂顾下运行。

修情缘而不修出世，也许这只是他永恒修行中的一段，然而对于帕凡提而言，这已经足够。

她也没有想到，在她的新婚之夜，这执掌性力的神，竟然给了她整整一年的狂欢。

他本是这种俗世狂欢的赐予者，千万年来，在雪峰之巅，独自看着世间的小儿女为此痴狂颠倒。终于有这么一天，他也放纵自己的肉体和所爱的女子一起沉沦。

整整一年。

所有的姿态、所有的变化她都已不记得，剩下的只是快乐。

让神也为之颠倒炫目的快乐。

他的温存、体贴，他的暴虐、恣肆，一切都成为快乐的源泉。

鼓声隐隐。

消失在远方的白马似乎又受了神舞的召唤，缓缓向草原聚集。这一次，它们的目的地不是草原的中心，而是那如落日一般浑圆的圣湖——与死之圣湖日月双成的生之圣湖。

雪白的马蹄优雅地扬起，又轻轻落下，似乎连地上的一株小草也不忍践踏。万匹白马汇成巨流，无声无息地向圣湖涌去。天地间只有鼓声铃响和马童踏舞的节拍，其他的声音仿佛被无形的魔力过滤去了，一切都在敬畏地屏住呼吸，连大地的悠悠震颤仿佛也是寂静的。

那些白马宛如受了魔力的蛊惑，安然踏着残雪，排队走向湖边。波光动荡，一匹匹白马矫健的身体从湖岸跃起，碰碎一湖清光，而后洁白的鬃毛在湖面分拂开来，宛如一朵朵白莲，开放的瞬间已没入湖底。

万朵白莲不停地开谢着，仿佛要填满这生之圣湖。

坦达罗舞的节奏越来越快，鼙鼓和金铃都已嘶哑，马童手腕上的血花却越开越盛。

他苍白的脸上泛起两团病态的嫣红，血花在空中牵出两道彩练，护持着他摇摇欲坠的身体。

他决不会停止，要将生命的最后一分能量都绽放出来，在音节最高的一刻，折断在舞台之上。

眼前的景色无比诡奇，宛然不似人间。然而相思只低头凝视着湖泊，似乎还没有从对帕凡提的回忆中醒来。

一道金光从遥远的地方透过，照在她的脸上，她宛如从梦中惊醒，下意识地向金光来处看过去。

帝迦骑在檀华马上，缓缓向湖岸走来。弓弦从他白色的袖底张开一道青色的弧，弧的正中，一支金色的箭头正对着她的咽喉。

湖泊里的万朵莲花已经谢了。

波心荡漾，夕阳无声，万匹飞扬的奔马终于将自己埋葬在圣湖之底。

舞者突然停止了他飞旋的脚步，摔倒在舞台上。

天地间的一切似乎都失去了声音。

唯有檀华马轻轻的蹄声，却仿佛不是踏着地上的秋草，而是踏着半空的云朵。

帝迦宛如远古的神祇，白马白袍，眉宇间是对芸芸众生的怜悯，手中的长弓却凝聚着神魔的威严。

他向她行来。

"帕凡提，你觉悟吗？"

第十六章

❀ 璎珞垂彩入梦频 ❀

相思注视着他，眼中的神光和身畔的湖泊一样，清澈而茫然。

万物无声，似乎都在等待着她的回答。

千万年的岁月，这莹莹雪峰、万千神马、半神的祭祀，还有马童流干的血……为的，不过是抵偿她在俗尘间十九年的记忆。

想到这些，她就忍不住要流泪。

然而，她终于固执地摇了摇头。

帝迦似乎轻轻叹息了一声，又似乎没有。

他控弦的手缓缓松开，第四支金箭终于向着东方呼啸而去。

相思轻轻合上了双眼。葬身在这神山圣湖之畔、宏大的祭典之中，还有湿婆亲挽的长弓之下，这是否也是凡人难得的福缘？

然而她所坚持的，是否真的有牺牲生命的意义？

这个疑问，她不是没有去想，而是想不通。想不通，那就坚持自己最初的看法。

这就是她的固执。

然而，就在弓弦轻响、金箭飞出的一瞬间，檀华马突然发出一声极其凄厉的哀鸣。那一瞬间，不知是他催动了檀华马，还是檀华马带动了他。檀华载着他，和离弦的金箭一前一后，向石桥上飞驰而来。

箭越来越逼近她的咽喉，檀华和箭的距离也越来越短。眼看箭就要到铁柱面前，突然，檀华纵蹄一跃，高高飞起，马首和箭尖几乎同时跃到相思面前。

金箭带着不可思议的力道，将周围的空气都烧得灼热，相思不由得微微侧开了脸。箭尖几乎触上她的肌肤。

相思感到喉间一阵刺痛，金箭倏然停顿在半空中。

相思骇然睁眼，却见那火红的箭尾已被帝迦握在手中。她还来不及思考，周身捆缚的巨大锁链已被挫断，她手腕一紧，整个身体已然飞了起来。晕眩中，她感到自己被他抱到了马背上。

檀华马却不愿收蹄，径直跃出了石桥的尽头，向湖心飞落而去。紫色的天穹被落日的最后一点余晖染得斑驳陆离，而脚下的湖泊却是那么蓝。

宛如天空，宛如大海。

他紧紧地抱着她，似乎怕她会失足落到湖泊中。虽然，片刻之后，他们终究要一起落水的。

帝迦静静地看着她。他知道他们正在飞速地向湖心坠去，但他第一次没有用自己的力量去改变境遇。这一刻，他感觉自己就像一个普通人。而他更不明白的是，自己为什么会在最后一刻破坏这个精心准备的祭典。

他为什么要拯救她的肉身？

难道，作为神之化身的他竟也会有自己看不透的迷惑？

难道，他毕生追求的不是觉悟为湿婆、继承湿婆所有的荣耀——包括他的妻子帕凡提，却是怀中这个执迷不悟的凡间女子？

帕凡提和她，到底谁才是他真正想要的？

哗的一声，水花激起数丈高，似乎都要沾上了低垂的天幕。檀华载着他们落入了水中。幽蓝湖泊分开一朵巨大的白花，又迅速地合上了。

斜晖照着彩云最后的倒影，在渐渐平静的湖面刺绣上华丽的花纹。天地仿佛初生时那样安宁而寂寞，似乎从来没有人来过这里。

万千传奇难道最终只是历史上的一瞬梦幻？或者说，是传奇中的人，在某个因缘的瞬间，突然撕开了时间的重重迷障，回归了传说之中？

卓王孙在冥暗的隧道中穿行，生、死两道原力彼此交错，牵掣扭曲，让他也渐渐感到吃力。隧道依旧向黑暗中延伸着，似乎永无尽头。不知过了多久，一阵浓郁的香气飘至鼻端。香气算不上清幽，也算不上俗艳，却有一股靡丽暧昧的味道，宛如少女身上淡淡的乳香，又混合了欢爱后的气息，说不出地妖娆、诱惑。

卓王孙一皱眉，暗中运转呼吸，却发现香气中似乎并无迷药的成分。而不远处，隔空透来淡淡的红光在一片幽香中显得格外耀眼。

香气越来越浓，几乎让人沉醉。

红光的深处是一扇门。门上描金绘紫，画着无数合欢之图，连门上的扶手都是一座玉雕的美人裸像，圆润光滑，栩栩如生。

卓王孙一拂袖，推开了门。

门内是一座地底的宫殿。宫殿说不上特别巍峨，却华丽得惊人。每一寸地方都铺满了锦绣和异兽的皮毛，绘着整幅春宫行乐图的波斯地毯软得能一直陷到人的脚踝。宫殿的一边立着一座与屋顶同高的水晶柜，里边琥珀光、玛瑙光、宝石光绚烂夺目，细看上去，竟然都是各式精致的酒杯。酒柜背后列着十数个巨大的水晶桶，里边储着各色美酒，七彩斑斓。

水晶桶的间隙里，堆着翡翠珊瑚制成的花树，每一株都足有数尺高，枝叶扶疏，光彩耀眼。烛台、窗帘、桌椅、镜子，每一处最微小的细节都被最精致的雕花填满，珠光耀眼，穷尽奢靡，让人不得不感叹，或许，这就是人间繁华的极致。

华音阁号称富甲天下，在卓王孙眼中，任何奢华都不足为奇。然而这里有一种与众不同的气质——整个大殿华丽的阴霾下却有一种深沉的糜烂之气。四周暧昧的水汽和着浓香欲沉欲浮，让身处其间的人不由得感到一种想要沉沦的慵倦。

或许这个时候，最该出现的是一张极度宽大的床。床头应该有半樽美酒，床上应该铺着松软华丽的被褥，躺着一个全身赤裸的美人。

然而，这殿内什么都有，唯独没有的就是床。

在大殿的中央，铺着一堆巨大的褥子，似乎是兽皮制成，又似乎不是，看上去宛如一座白色的小山。而那团馥郁的暖香正从其中散出。

那堆皮褥旁边的地毯上居然还有人。

而且还是一对情人。

那两人相对而坐，紧紧拥抱着彼此的身体，耳鬓厮磨，丝毫不顾闯入他们居所的陌生人，仿佛千万年的岁月也倾泻不尽他们火热的情爱。

卓王孙也不理会他们，缓缓在殿中逡巡了一周。

四周金壁高耸，满目雕绘，每一寸都毫无间隙。而脚下的地面，卓王孙也已暗中试过，绝无机关地道存在的可能。莫非这条轮回之隧到了这座合欢之殿就是终结，再无出路？

卓王孙将目光挪向两人身边那堆古怪的皮褥，突然道："大殿的出口在哪里？"

那两人转过头。那男子皮肤黧黑，浓眉大眼，满脸络须，似乎并非中土人氏。他眉头皱起，似乎不满来客打断自己与情人的亲热。

他的情人是典型的藏边少女，肤色微黑，眉目细长，虽然在地底宫殿待了那么长的时间，两腮上仍然没有褪去红晕。算不上绝顶美人，却有一种别致的媚态，大不同于普通女子。

卓王孙又问了一次："出口在哪里？"

女子对他微微一笑道："出口？这里没有出口。"

卓王孙淡淡道："那就请让开，我自己来找。"

女子轻笑一声，用手抚摸着身下的皮褥，纤手上透出万种柔情，仿佛正在抚摸着情人的身体一般："你是说出口在这里？"

卓王孙没有说话，却是默认。

女子娇嗔地"呀"了一声，道："这里可不能让开了，因为……"她盈盈回眸，望着自己的情人，眼中满是柔情蜜意，似乎在要他替自己回答。

男子皱眉对卓王孙道："这下边是第三道圣泉。"

卓王孙道："象泉？"

女子娇笑道："是。你眼前这堆白肉不正是象泉的守护神兽吗？"

卓王孙眉头一皱。她手上所指，赫然正是那堆白色的皮褥。这堆皮褥看上去极其柔软，摊在地上，宛如铺开一座小山丘一般。山丘上面散发着一种熏人的暖香，虽然并非春香迷药，却极能撩动人的情欲。

然而，浓香也掩饰不住一股淡淡的怪味，似乎是脂肪蒸发的气息，十分腻人。此刻想起来，却正是这头白象的体香。

女子殷勤地对卓王孙招手道："你若换一个角度，就能看得清楚些。这是象神的牙，这是头，这是眼睛……"她手上拨弄着那摊松软的白肉，似乎非要从中整理出巨象的五官来。

卓王孙感到一阵恶心，淡淡道："够了。"

女子摊了摊双手，叹息道："传说这头巨象是上古神兽，有着不可思议的力量。然而我们来这里的时候，它就已经这样，不要说战斗，连爬起来的力气都没有了。十年前，它还偶尔动一动，现在，几乎连心跳都听不见了。"

她俯下身去，将耳朵附在身下的一片白肉上，似乎真要从那里听出心跳来，然后又抬起头，对卓王孙笑道："可是你知道为什么我们认为它还活着吗？"她脸上透出兴奋的笑意，似乎太久没有跟别的人说话，看到一个陌生人，也忍不住将他当作可倾谈的好友一般，"那是因为它的肉每年都在长，越来越多……"

卓王孙眸子渐渐收缩，道："你是说，象泉就在它身下？"

女子道："是啊。不然它靠什么活下去，又靠什么长得这么痴肥呢？象泉是天下最甘美、最滋养的泉水，传说只要得到其一点灵气，就能三年不食。何况这头巨象将全身都投了进去……本来，它是浸在圣泉中的，没想到越长越大，渐渐将圣泉充满，而现在，只能看到一堆死肉，圣泉已完全隐没在它体下了。"女子脸上的笑容慢慢暗淡下来，她轻声道："这座宫殿是欲望的天堂。神能满足你所有的愿望，但代价就是沉沦。说不定什么时候，我们也会像它一样……"

卓王孙一时无言。

这华丽的宫殿难道不是另一种地狱？

欲望的炼狱，没有刀山火海，只让人心甘情愿地沉沦。

卓王孙道："你们的事我不想去管，只请你们让开象泉的出口，我自会把这团死肉拖开。"

那女子吃惊地道："这出口可不是能随便打开的，一旦打开我们就会死。"

卓王孙冷冷道："到底谁是象泉的守护使者？"

女子笑道："我们都是。"她脸上突然充满了柔情，"我和他是同心异体的，他就是我，我就是他。"

卓王孙道："很好，那两位就请一起出手。"

那女子叹息道："为什么到了这里还要打打杀杀的？你满身风尘，应该也很累了，这里是人间的仙境，为何不肯停下来，在这里休息呢？"

卓王孙道："不必，亦不能。"

女子抬眼望着他，道："非要杀了我们？"

卓王孙道："是。"

女子长长叹息了一声，突又笑道："既然如此，为何不坐下来喝杯酒再说？无论如何，你也是十年来我们的第一个客人。"

卓王孙皱着眉，一时没有回答。女子盈盈从巨象身上站起来，宛如一道清风般旋身到酒柜边，取下三只酒盏握在手中，另一手扶柜而立。她笑靥中盛满了温柔的笑意，比身后的十桶美酒还要醉人。她的容貌虽然不是绝美，然而身形婀娜柔曼，宛如天人。

更动人的却是她单纯而热情的笑。

这次，卓王孙没有拒绝。

想来任何客人遇到了这样的女主人，都是不忍心拒绝的。

酒汁红如血，酒味宛如甘霖。

卓王孙自从追踪曼陀罗以来,千里风霜,数场恶战,累的不仅是身体,更是心。这里是欲望的宫殿,一切贪念都能得到满足。白象要的是食物,于是它浸身于甘泉之中,让比一切美食都要甘美的琼汁时时填满它肥满的肚肠;那对男女要的是爱情,于是他们可以在最华美、最靡丽的绣褥上日夜欢愉。

而他,要的是休息。于是这里有樽中的美酒,有柔软的地毯,有温柔好客的女主人,可为一切劳碌世事者洗净风尘。

他何尝不想在这座欲望的宫殿中沉醉?

然而他不能,还有太多的事情不得不去解决。

虽然如此,在沉醉的暖香中,他还是喝了不少的酒。只是,别的酒喝得越多,忘记的事情也越多,而这一次不同,越喝,想起的事情却越多。

女子一直带着盈盈微笑,为桌旁的三人斟酒。这时,她突然住手,望着卓王孙道:"这酒好喝吗?"

卓王孙叹道:"琼汁玉露不过如是。"

他说的是真话,那女子却叹息一声,轻轻道:"是吗?"她微微苦笑道,"其实,我们很久都不知道这酒的滋味了——只因为我们喝了它整整十年。"

十年,就算真的是仙丹玉露,也会慢慢变得味同嚼蜡。

女子轻轻摇头,道:"有时候,我看着这些酒就想吐。其实,我很想喝一口普通的清水,哪怕一口。但是这里没有。"

卓王孙道:"既然那头白象身下就是第三圣泉,你们为何不将它拖开?"

女子的笑容有点凄然:"我们何尝不想……但是不能。"她抬头望着卓王孙,"你听说过忘川吗?它就在这里。"

传说,幽冥中有这样一条河流,当困倦了人事的亡灵们走到这里,掬起一捧碧水,润湿干裂的口唇,前世的一切烦恼、忧伤、希冀、爱情、理想、仇恨,都会随之逝去。一切都忘怀了,也就不再痛苦。于是,所有嘶叫着、挣扎着的灵魂都安宁下来,平静地走入新一次轮回。

难道这第三圣泉就是忘川？

女子双手握在胸前，纤长的十指痛苦地交结着："我很怕，怕我们一旦喝了这里的水，就会把彼此忘却。"

她又回头看了一眼地上的白象，轻轻道："也许它也是忘了以前的一切，才会长成这个样子……"

的确，只有忘却了牵挂，才能安然地沉沦在欲望中，放任自己的身体被岁月扭曲得不成样子。作为神兽的它，或许也和人类一样，曾有过太多的记忆，所以宁愿选择沉沦。

卓王孙缓缓道："你们有什么是放不下的吗？"

女子幽幽笑道："放下什么？我们现在除了彼此，什么都没有了。"

卓王孙淡淡道："既然你们当初甘愿为情缘放弃俗世的一切，那如今又为什么痛苦？既然痛苦，为何不索性放弃情缘？"

女子眼中的光芒剧烈颤抖了一下，喃喃道："你说得对，但是你可知道，有一种境遇叫作进退两难？"

卓王孙摇头道："这只能说明，在你们心中，俗世的一切都不够重要。"他顿了顿，注视酒盏，一字一顿道："情缘也不够。"

"胡言乱语！"一直默坐在旁边的男子突然愤怒了，高声道，"你懂得什么是情缘？"

卓王孙道："我未必懂。"仰头将杯中酒饮尽。

"我也不需要懂。"

女子将一杯盛满的酒递到那男子唇边，示意他不必动怒。她站在男子身后，轻轻抚着他的肩，向卓王孙微笑道："我想告诉你一个俗不可耐的故事。"

卓王孙淡淡道："所有的情缘都俗不可耐。"

女子一笑，道："十年前，他信奉着真主，而我却是湿婆大神的奴隶。他年轻、英俊而熟读经典，三天后就要继任一座大寺的伊玛目。而我的父亲却是湿婆教派的领袖。在我们的家乡，两派因为争夺信徒、土地而违背神的仁慈，彼此杀戮的事情每天都会发生。两派已经争斗了数百年，鲜血都染红了恒河水。可笑的是，我们却彼此相爱了。为了坚持我们的爱情，我们不得不四处躲避那些曾是亲人、师长的人的追杀。我们藏身在深山野岭、莽苍森林、乱岗荒坟之中。我们曾经很多次重伤濒死。对于我们而言，只要一个人受伤，另一个人也会痛苦得几乎死去，这样的折磨把我们的心都要弄碎了。然而我们最终还是活了下来，并越过了重重雪山，来到了这里，然后在这宫殿中，一住就是十年。"

她缓缓旋转着酒杯，往事的思绪正蜂拥而来，无法理清。她长叹了一声，道："教主许诺让我们得到想要的一切——其实我们想要的不过是一个安身之处，让我们能平静地相爱，而他却给了太多，多得令我们在这情缘里越陷越深……"

"不过，这不正是我们所要的吗，我们现在又在痛苦什么？"她双眸中神光闪耀，似乎沉浸在自己的回忆中了。

暖香浮动，大殿中良久没有声音。

突然，桌上一声轻响，卓王孙放下了手中的酒盏："故事我已听过，现在两位可以动手和我一战了吗？"

女子秀眉微皱："你手中的酒难道还是化不了你心中的剑？"

卓王孙道："普天之下，只怕已没有东西能化得了。"

啪的一声脆响，女子手中的琥珀盏突然碎裂，酒汁沿着手腕滴落下来。她冷冷道："既然如此，出你的剑。"

第十七章

问君何事沉吟久

"出你的剑！"

她已经说到第三次，卓王孙还是没有动。她的眸子渐渐收缩："难道我们不配做你的敌人？"

卓王孙摇了摇头。

女子突然笑了笑，道："华音阁阁主果然好大的架子。"

卓王孙淡淡道："你知道我是谁？"

"神无所不知。"女子双手放在胸前，默礼片刻，道，"两年前，神使日曜就告诉我们你会来这里。而且我还知道，在此之前，你从没有败过。不过……"

她顿了顿，睁开双眼，对卓王孙道："这次你一定会输。"

卓王孙的笑容中有微微的嘲讽："这也是神使告诉你的？"

女子摇了摇头，道："这是我说的。"

卓王孙笑道："那为什么还不出手？"

女子也一笑，轻轻把身子往旁边的金柱上一靠，舒了舒腰肢，道："你要是急着要我出手的话，我反而不急了。"她注视着卓王孙，"合欢杯前，迷尘香中，就连神也会沉醉，我不相信你会例外。"

卓王孙淡淡道："香和酒里有毒？"

女子摇摇头，道："天下奇毒虽多，但是对某些人是没有什么作用的。就算有，也难免不被事先看出来。但有一种东西不一样。"她对他嫣然一笑，"它随着人类一

141

起诞生、生长，植根人的心灵深处，永远难以排遣，你越想摆脱它，就陷得越深——那就是欲望。

"欲望是一种很奇怪的东西。比如春药，可以勾动人的情欲，服下之后，只能依仗自己本身的意志克制，和修为内力无关。在这种诱惑下，绝顶高手和普通人并无太大的区别。因此，每一代总是有一些表面上很正义、地位也很崇高的人经不住色欲的诱惑，败坏了一世英名。"

她的笑容里透出几分讥诮："感情是一种更隐秘、更有效的毒药，也许为情而铸成大错的人比单纯迷恋美色的人更让人同情、尊重，然而实际上，欲望就是欲望，错了也就是错了。"

她抬头仰望着碧蓝的穹顶，道："这座殿堂是欲望的宫殿，每一处富丽堂皇都是一面镜子，能洞悉人所有的欲望——最基础的和最深沉的。白象身上的体香并不是一种春药，它比春药要奇妙得多。春药只能引动人的情欲，而它能引动一切欲望。你心中想要什么，它就让这种想念变得越来越强、越来越重，直到让你无法思考别的事情。而你，现在最大的欲望就是安眠……"

"你一路追踪到此，已经很累了，不是吗？那为什么还不沉睡？这里有最温暖的被褥、最柔和的夜风。"她微微闭眼，似乎在轻嗅这暖腻的香味，温柔的声音似乎在引导他的睡意。

然而，卓王孙脸上的神色并没有改变。

良久，女子长叹了一声，道："你为什么要强迫自己清醒呢？清醒是一件很痛苦的事。"

卓王孙淡淡道："我怕我睡着之后会更痛苦。"

女子嫣然道："你不想睡，就陪我再聊聊也好。"她将目光转向屋角的酒柜，"这十坛合欢之酒是一个朋友用记忆之泉为我们酿造的。"

卓王孙道："记忆之泉？"

女子秀眉微挑，似乎有一些伤感："天下万物莫不相生相克，四道圣泉中，象泉为忘却之泉,狮泉则为记忆之泉。通过忘却之泉才能到达第五圣泉,那是永生之泉……"

提到永生之泉,她的心中似乎有所触动,默然片刻,继续道:"酿酒给我们的那个朋友曾笑着对我们说:'你们不是怕把对方忘了吗?喝过狮泉河酿成的酒,就永远都忘不了了。'

"那个朋友叫作桑戈若。我知道他已经死了,是你杀了他。他要是没有死,你就不会来到这里。所以,一切都自有缘法,非人力可以改变……

"我们喝了这酒十年,我们之间的每一刻都记得清清楚楚,没有人能比我们更幸福了。但是我们还是不敢去喝象泉的水,因为我们不知道这能记起一切的狮泉和能忘记一切的象泉,到底哪一个的力量更大……"

她摇了摇头,似乎陷入了回忆之中,良久才道:"你也喝了这记忆之酒,是不是现在已经想起了很多事?又想沉睡,又不断地记起一些痛苦的事,这种感觉应该很奇妙吧?"她眸子中盈盈含笑,注视着他。

"这种感觉会奇妙到让人发疯,所以劝你还是睡了的好。"她又叹息道,"我们在这里住了十年,之所以还没有疯,是因为我们的欲望很单纯,而且我们选择顺从情欲。你不同,你的欲望太多太复杂,还要强迫自己与之对抗,折磨自己,这是一种愚蠢的行为。你如此聪明,何不看得透一点?"

卓王孙依旧没有动。然而他感到自己的心意已经乱了。无数纷繁芜杂的琐事宛如沉渣泛起般涌上心头,让他的心渐渐不堪重负。他有生以来第一次感到疲惫竟是如此强大,强大到他已无法集中半点精力,甚至连控制周身气脉的运行这种最自然的事都变得困难无比。

"当一个人的意念已经无法凝聚的时候,他的内力、剑术都无法再运转,变成空中楼阁。想必这个道理阁主一定明白,然而自身亲历还是头一次吧?"

她的笑意越来越浓,宛如和情人低语,哪里有半点敌对的征兆?然而她的长袖微微垂下,一柄绯红的弯刀已悄然握在手中。

突然,她的情人怒道:"你到底要和他说到什么时候?"

那女子皱起眉，回头看着他，道："我在等他体内的记忆之酒发作，怎么，你等不及了？"

那男子重重冷哼一声："从他进来，你就絮絮叨叨到现在，你到底是想杀他还是想找个人聊天？"

那女子一拂袖，弯刀赫然在掌。她冷冷笑道："杀了他？他的武功实在你我之上，你难道不明白？我刚才本可趁他心烦意乱之时出手，却被你打断，你到底是什么意思？"

男子道："要出手你何必等到现在？难道是舍不得？"

那女子柳眉一挑，顿时满脸怒意："你说什么？十几年和你朝夕相对，你居然怀疑我？你莫不是在这地底闷疯了？"

那男子冷笑道："既然你早就计划好了，现在时机也正成熟，你又在等什么？"

那女子转身，上前了两步又突然止住，回头道："你那么急着想我动手？"她冷哼了几声，"我看你是等不及，想借他的手杀了我，然后就可以独自进入永生之河了。"

那男子也怒道："我为什么要杀你？"

女子轻笑道："谁知道……"她声音突然转厉，"谁知道这十年你和我朝夕相对，为的是陪我，还是等待第五圣泉——永生之河的开启！"

那男子道："永生！你时时刻刻不忘永生，永生到底有什么意义？"

女子冷笑道："没意义？我看你是觉得和我一起永生没意义，想借此机会干脆杀了我吧？"

男子喝道："胡言乱语！"

女子道："这十年来你早就厌倦我了！你一次次地说，如果我们回到外边会怎样，我就知道，你早就厌倦了！"

那男子一时无语，突然咬牙道："果然没有一种情缘能天长地久，我们也不例外。你既然觉得如此，那不如我先出手！"

他的身体陡然跃起，当空划过一道凌厉的光芒，双拳向卓王孙袭来。拳风雄浑，尚未沾身，已激得卓王孙的青衫猎猎作响。

卓王孙心中烦乱，几乎是随手出掌迎击。而他全身的真气运转到了胸口之时，心神突然一散，真气也随之一滞，再也提不起来。

对方那凌厉至极的劲气已悍然攻至胸前。

卓王孙脑中纷乱如麻，宛如有千万种想法在彼此牵制、撕扯、叫嚣，一时竟无法应对。

砰然一声巨响。他护体的真气本能反弹，和那人的拳风生生撞在一起。四周的帷幔、垂花都被撕得粉碎。卓王孙胸前一滞，剧烈的疼痛终于让他清醒了一点。对方的劲力还在源源不断地袭来，他借力往后一跃，将力道化开。这一跃足有两丈，凌空飘下，尘埃不起，丝毫不觉狼狈。

只有他自己知道，这简单的一击虽未能让他受伤，却已让他心力交瘁。

对方武功虽然很高，而且还带着难以言传的诡异，但比起自己平生所遇对手而言，还是差了不少。只是自己体内内息明明远强于对手，却偏偏不能聚力。

他倚着身后的柱子，不再强求集中念力，而是任凭多年修习形成的本能缓缓调整内息。

那人追了几步，欺身而上，双拳并出。

卓王孙一皱眉，身形往旁边一闪，那人一拳击在金柱上，顿时满天金粉飞扬。柱子质地极为坚硬，那人手掌也被震破，鲜血滴答而下。然而他毫不在意，又扑了上来。

卓王孙只避不攻，渐渐往后退去。大殿中浓香越来越盛，他的身法渐渐慢了下来，那人却步步进逼，双拳虎虎生风，虽未必有多少赏心悦目的变化，却简单实用，每一招都取向对手要害。

卓王孙还在后退。他心中烦乱至极，实在想将此人一招立毙，身上的真气却无论如何也聚不起来。他尽力克制着自己的怒意，因为此时，情绪越多，中毒也就越深。

突然，一道微红的光从他身后无声无息地袭来。

他心念一动，微一侧身，绯红的弯刀如一段饮涧彩虹一般从他身侧滑过，衣角顿时被割开一道长长的口子。

那女子持刀，微笑地看着他道："你还能躲多久呢？为了你，我们十年的夫妻居然失和，所以，你还是死了的好。不过我一定会很轻的，轻到你连死都不会感到痛。"

话音未落，两人突然夹击出手。

刀光弯出一轮红月，渐渐拖长、变软，宛如天魔女手中的彩练，向他咽喉之处卷舞而来。而另一侧，拳风猎猎，声势如开天辟地一般，笼罩他周身。这一刚一柔两种武功，配合无间，威力提高了不止一倍。看来他们在地底十年，并不仅仅是沉沦于情欲。

两道力量纠缠交错，向卓王孙袭来。

同时袭来的还有潮水一般的倦意。卓王孙不愿硬接，再向后退去。好在他只是不能聚集真气，并非丧失真气，这一跃勉强发挥出了一成功力，轻轻掠开数尺。

卓王孙落在酒柜旁边，手心中也有了冷汗。他身后的追击之力来不及回撤，砰的一声巨响，全数击在一坛水晶酒坛上。

那酒坛造型浑圆，能将巨力均匀分散开去，加上水晶质地极硬，一时竟然没有碎裂，而是晃了几晃，向后倒去。这一下竟然造成连带反应，十坛水晶酒坛一个靠着一个，纷纷倾倒而下。哗的一声脆响，十坛美酒尽数倾出。浓香扑鼻，十股颜色不同的溪流缓缓汇合，然后汇成一股说不清色泽的巨流，向大殿中心淌去，瞬时濡满整个地毯。

殿中寂静无声，酒香和白象的体香突然浓烈了许多，沉沉扑面而来。众人心中都隐隐生起一丝不安。

突然，一声诡异的律动透空传来。

这种律动一声接着一声，开始很慢、很微弱，而后渐渐变快、变强，在空寂的大殿中听来极其刺耳。

那男子喃喃道："什么？"他脸上掠过一丝惊恐，似乎已经预感到危险的来临。

众人一时无语。

那女子突然颤声道："这……这是那白象的心跳……它……它就要苏醒了！"

男子愕然道："不可能！它至少沉睡了十年，它把什么都忘了！"

那女子痛苦地合上双目，摇头道："它记起来了，你没看见满地都是记忆之酒吗？摩诃迦耶曾是天帝因陀罗的坐骑、伟大的战象，它的力量足以毁灭整个地宫……"

那男子抓着她的肩膀，截断道："胡说！就算它醒了，可是我们是象泉的守护者，这里有大神亲自结下的封印，摩诃迦耶不会伤害我们的，只会杀了陌生的入侵者！"

那女子摇头苦笑道："你忘了，当初的封印是什么？"

男子一怔。

女子笑了两声就再也笑不出来，望着殿顶自言自语道："我们之所以要求守护象泉，是有一点私心的。象泉是忘川，忘川的后边接着第五圣泉，那是永生之泉。只要将身体浸入其中，就能永生不老。我们当初约定，守在象泉边等候机缘巧合，神象复苏，忘川开启，而后我们一起进入其中寻找永生之泉。这样，我们就能永远永远地在一起……

"十年来，我们多次想挪开神象，打开圣泉入口，然而我们不敢。我们怕忘川的力量太大，会让我们在找到永生之泉之前把一切都忘了。为此，我们喝了十年的记忆之酒，但是我们还是不敢。因为记忆和忘却的力量到底谁更大，谁也不知道。"

男子用力摇了摇她的肩头："你到底在说什么？"

女子并不理他，继续道："大神知道我们的目的，他说，要守卫永生之泉必须用永恒的东西向神献祭。可是我们本是凡人，哪里有什么永恒的东西？后来，我们对神说，我们之间的情缘是永恒的，一千年、一万年也不会改变，有没有永生之泉都一样……后来，神接受了祭祀，结下了封印，让我们守护在神象的身边。如果我们的献祭是虚假的，那么这个封印也会消失，我们将死在我们守护的神兽的蹄下……

"十年，仅仅过了十年，你告诉我，我们的情缘还是永恒的吗？世上真的有永恒的情缘吗？"

她望着他，眸子异常地亮，亮得让人心中一阵刺痛。

那男子一时答不出话来。

大地突然颤动了一下，两人几乎站立不住。

那堆肉白色的山岳竟然真的蠕动了起来。

第十八章

🙷 重忆江湖樽中酒 🙶

那堆肉山缓缓站起，它的五官都被埋没在了肉中，唯有一对长得离奇的象牙能让人分辨出它的首尾。

然而它起身的时候，身下的忘川并没有喷涌。

难道白象沉睡的这漫长岁月，已经将圣泉之水吸尽？

然而，大家已经来不及去想。白象突然仰天巨啸，整个大殿都在瑟瑟颤抖。它耸身甩动，那团巨大的肉山乱颤不止，满天水滴如暴雨一般击下。

那女子突然抓住男子的手腕，大叫道："它会毁掉整个大殿的，快走，进入忘川！"

她话音未落，那白象已然嗅到了生人的气息，发出一声厉啸。白象似有犹豫，两只前蹄在身前乱踏，似乎在考虑先向三人中哪一个攻击。终于，它一甩头，向卓王孙冲去。

它全身极重，每动一步都震得大地隆隆乱颤，一双足有丈余的巨齿闪着妖异的银光。突然，它一扬长鼻，一股粗如殿中石柱的水流向卓王孙喷去。

若是平时，卓王孙袍袖轻拂，便可将水柱击回，此刻他却只能闪身向旁边躲开。这一躲牵动真力，心中立时又是一阵紊乱。

卓王孙深吸一口气，不再强行凝聚真气，只借着殿中肆虐的气流，如花中巨蝶般随风而起，向水柱上方飘坠。

那白象力量虽然极大，终究过于痴肥，收势稍缓。那道水柱直喷到卓王孙身后的石柱上，石柱轰然折断，合抱粗的残骸将地面砸出数个深坑。水流去势犹不止，喷涌向后边的殿壁上。只听一声巨响，整块金刚岩熔铸的殿壁竟然裂开一个大洞，碎屑纷飞。那面宏伟的石壁在水流的冲击下顿时摇摇欲坠。

大殿西北角少了一根石柱的支撑，殿壁也受了重创，穹顶向一侧倾斜而去，只听噼啪裂响不断，大殿的其他墙壁上都出现了数道深深的裂痕。

"这里快塌了，快走！"女子拉起男子向忘川跑去。

卓王孙的身形轻轻绕过水柱，突然伸出手在水柱的外壁上一弹。他此刻中毒已深，全身真气不能凝结，要强行发力自是万不可能，然而这一弹是借白象自身的力道反跃而上，掠向白象头顶。

白象厉声长啸，正要扬起利齿向来人刺去，卓王孙已如鬼魅一般附体而上，一手紧紧握住了象牙的尖端。

白象勃然大怒，耸身乱跳，想将敌人摔下踏死，然而卓王孙的身形如落叶、浮尘，轻轻附在象牙上，无论它如何施力都无法摆脱。白象巨啸不止，大殿石屑乱落如雨，随时都要崩塌。

突然，白象将头颅向左一摆，将自己的长牙连同敌人一起，向旁边的石柱上猛撞而去。这一撞力量岂同小可，不要说人，就算金刚之体也会粉碎！

眼见卓王孙就要撞上石柱，他突然略一松手，身体往下一滑，已到了象牙根处，接着集中全力往白象牙根处猛地一扣。白象收势不及，丈余长的巨齿生生撞上了石柱。飞尘满天，石柱顿时被击塌了三分之二。然而象牙上受力也非同小可，牙根处顿时裂出一道浅痕。卓王孙借势一扣，全部力道都被引导到这只小儿臂粗的象牙上。白象象齿虽然坚硬，质地却很脆，加之生长过长，重击之下如何能当？

只听白象发出一声凄然惨啸，右侧巨齿已被卓王孙折下，握于掌中。

白象巨痛，双目赤红，狂啸不止。卓王孙全然不为所动，将手中象齿猛地一转，还不待白象缓过劲来，那利如刀剑的巨齿已经抵在了白象左眼之上，只要他微微用力，这象齿便能透过白象眼珠，直入大脑。

四周瞬时寂静下来。

白象怒目如火，喘息连连，却不敢再妄动分毫。

不过平静瞬时又被打破，四周轰然乱响，落石如雨，大殿似乎随时可能塌陷。

那女子和她的情人已来到了忘川边。两人对视一眼，似乎还在犹豫是否要进入忘川，寻找永生之泉。

那女子突然笑道："湿婆大神为证，我们不会忘了彼此的。"

男子点了点头："希望如你所愿，我们皆能得到永生。"

两人携起手，投身泉中。泉水开谢如花，两人瞬间就已不见。

泉眼中白浪汩汩而上，水下一扇青色的大门正缓缓合上。巨石纷纷落下，泉眼也缓缓关闭。

卓王孙突然将手中巨齿直刺而下，自己则借这一刺之力向忘川中坠去。

象齿刺向的并不是眼睛，而是额头，刺入也并不太深。白象惨啸间，本能地扬起长鼻，将大半尚在肌肤之外的象齿打落。就这一瞬之间，卓王孙已经进入了忘川。

随着一声巨响，大殿彻底坍塌。

传说中能让凡人忘记一切的忘川竟是如此温暖柔和。天神仿佛将幸福聚成了实体，轻轻包裹在人的身体之上，让每一寸肌体都因深沉的快乐而震颤。

这种幸福甚至让人连窒息的痛苦都忘却了，宁愿在这极乐之泉中永远待下去，直到死亡。

泉水好像永无尽头。

卓王孙屏气凝神，让自己尽力在水中多坚持一些时间。如果说前方未知的出路是神设下的陷阱，那么不言放弃就是人的力量所在。

水声微动，前方似乎有光线传来。卓王孙一拂水，已浮上了水面。

这里是一个天然的地下溶洞，石笋高撑，玉露低垂。地上有两个数丈见方的水池，一池淡蓝，一池天红。卓王孙方才就是通过那方天红的水池来到此处的。

而那淡蓝的呢？是否就是两人口中那道永生之泉的入口？

卓王孙略略环顾周围，那两个象泉守护者竟也在躺在池边，似乎已经昏迷。

女子轻轻咳嗽几声，先醒了过来。她目光散乱，疑惑地看着四周。

她突然看到了卓王孙，惊惧地道："你是谁？我又是谁？我为什么会在这里？"

卓王孙没有回答她。

她的问题，神已经给出了答案。

——忘却的力量真的比记忆更强大，也比情缘更强大。

她的情人也缓缓苏醒，两人相视无言，都惶然地看着四周。

卓王孙不再看他们，两人也不再问他。在陌生而艰难的环境中，他们已经明白，只有彼此是可以依靠的。渐渐地，两人克服了初识的羞涩，彼此搀扶，寻找出路所在。

出路或许并不遥远，溶洞的一侧隐隐有光线透出。两人相视一眼，似乎觉得对方有一种莫名的亲切，于是鼓起勇气，相互扶持着向光源处去了。

情缘其实是这么脆弱，经不起时间的考验，但是能一遍一遍地轮回，加起来也是天长地久。

所以，时间破碎了情缘，也成就了情缘。

然而，天下本没有永生之河，忘川后边是另一道忘川。

只是卓王孙什么也没有忘记。他的心情也不再烦躁，反而宁静下来，久久注视着眼前这汪淡蓝的湖泊。

他知道，那是他要去的地方。

身后突然水声涌动，从另一池湖泊的倒影中，他似乎看到了一头庞然大物满面浴血，正跌跌撞撞地从红池中起身，向自己追来。

他没有理会，纵身投入蓝色池水。

或许，他已经没有时间了。

圣湖寂寂，雪峰无语，夕阳的落晖将大地点染得一片辉煌。

马祭已竟。

万匹白马长眠圣湖之底，成为神永恒的祭品。而马童静静仰卧夕阳下，全身鲜血都已舞尽，坦达罗舞的余韵似乎还弥散在幽幽晚风之中。

檀华马也已跃入湖底。湖面如镜，连一丝水纹都不曾泛起。夕阳还未落尽，新月已然升起，一时双璧沉影，如诗如画。

倒影突然破碎，水面发出一声极轻的脆响。

檀华马浮出碧波。

马背上，相思长发尽湿，发间还残留着细碎的白色花瓣，而一身白衣已经薄如蝉翼，轻轻贴在她冰冷的肌肤上。

帝迦一手温柔而坚决地将她的长发挽在手中，强迫她抬起头，另一手却轻轻放在她唇上，不让她出声。

此刻，他眼中的神情变幻不定，似乎已不再是那高高在上的灭世神祇——就算是神，也是甘愿沉沦于俗世情爱的堕落之神。

而相思嫣红的脸上还残留着迷离的神情，似乎前生的梦魇已将她完全掳获，而现实中正在发生的一切，她都无力感知。在浮出水面的一刹那，她本能地想呼吸，帝迦却已深深吻了下去。

她的身体冰凉而柔软，没有反抗，也没有迎合。

天穹旋转，雪峰拱卫，湖泊悠然托起檀华马洁白的身躯，那缕血红的马鬃在碧波中盛开着。

檀华马划破碧波，向对岸游去。它的动作是如此之轻，怕细碎的水声惊扰到马背上的主人。

圣湖的对岸，一片绿草如茵。

一种不知名的藤蔓开到荼蘼，极柔极韧的枝蔓上点缀着星星点点的碎花，宛如一张巨大的锦绣。

檀华马游到岸边，轻轻跪下。

第十九章

❀ 水中月满千山外 ❀

小晏静静地站在胎藏曼荼罗阵中。

兵火、战争、纷乱、杀戮，一切都仿佛是在他脑海中闪烁的吉光片羽，带着金戈铁马轰然卷来，几乎踏碎了他的意识。在浑茫的乱世中，他忽然看到一束光，于是所有的纷乱定格下来，照在眼前这个人身上。

莫名地，小晏觉得这个人好熟悉，就仿佛是他自己一般。

难道这就是他的前世？

小晏瞩目于这个人，这人却浑然不觉。那是一个苦行者，正疲惫地走过荒原，去寻找那渺不可触的天意。他希图用自己的虔诚为自己带来解脱的智慧。他赤足走着，肌肤在炽热的日光下干裂。痛苦烧灼着他的心，但他的心一丝都不动，因为这本就是他所求的。

所求为苦，只因天下众生皆苦。

他的眼前突然显现两株树。这两株树极为高大，参天而起，仿佛覆盖着整个大地的神祇在天地间舒展开自己的肢体。尤其奇异的是，这两株树一枯一荣，枯者片叶不生，荣者遮天蔽地。苦行者若有所悟，向那两株树走去。

从此，他就端坐在两株树的中间，思索着这个世间、这个宇宙。

花为何要开？生命为何要死去？这世间为何滋生穷苦？每个清晨，他踏着露水来到这双树间，端坐思索；夜晚，他踏着星光，来到他栖身的岩洞，依旧沉吟。

这是片荒原，人迹罕至，没有什么可以打断苦行者的思索。

直至有一日，一个牧羊女出现在他面前。

苦行者并没有停止他的思索，牧羊女呆呆地看着他，不明白他在做什么。他华丽的衣衫早已褴褛百结，他英俊的容颜早已被烈日尘土掩盖，然而他的眼睛，依旧如星辰大海一样深沉。

牧羊女望着他，任由羊儿自行寻觅草食，就这么静静地陪伴着苦行者。

在那个国度里，有着供奉苦行者的习俗。贫穷的牧羊女没有钱财、食物供奉，因此，每天早晨，当苦行者从岩洞走出时，牧羊女就送上一碗清水。

她跟苦行者从未交过一语，因为苦行者的思绪全都沉浸在冥思中。树枯树荣、万世轮回，都在他的思索中寂静。

牧羊女静静地坐在一边，默默看着他，就这样度过了整整一年。

终于，牧羊女第一次对苦行者说话。她清脆的声音中有虔诚，有好奇，也有少女特有的顽皮，"上师，我也可以修行吗？"

牧羊女的这句问话让他想到了苍生。

"你每天到这里来，供奉我一碗水，这便是修行。"

牧羊女沉默了，羊在欢快地跑着，牧羊女的眼睛却再也没有落在它们身上。

是的，每天到这里来，供奉一碗水，这就是我的修行。

从此，两人就再也没有交谈，只消受着这一碗水的供奉。

直到有一年大旱。

就连那株繁茂的树也只剩下了很少一点枝叶。大地龟裂了，苦行者却依旧端坐在双树下，心中甚至有些欢喜，因为将这苦难当成是上天的成全。

牧羊女的脸上却有着忧愁，因为她连供奉的一碗水都拿不出来了。她每日还在默默仰视着苦行者，心中却充满了愁苦，因为她没有了供奉之物。

一夜，她抚摸着自己的手腕，忽然有了感悟。她用齿咬开自己的手腕，接了满满一碗鲜血。她欣喜地冲到了双树下，献上了她的供奉。

"上师，这是我的供奉，也是我的修行。"她抬起头，盈盈的双眸中充满企盼与虔诚。

苦行者却皱起了眉头，鲜血的气息让他心烦意乱。

他走开了。

牧羊女满心惶惑，不知道为何鲜血的供奉仍不够虔诚，竟不能让苦行者接受。她苦苦思索着。

百姓谣传着，百里外的甘泉仍在喷水。她想也没有想，就托着钵盂赶去了。

一百里，每一步都是坎坷的路程，她蹒跚着，去了又来。她的脸上写满了风霜，终于，她托着半钵清水，走回了双树下。

但苦行者已走了，双树下再也没有苦思的身影。

钵盂打翻在地，浸入干涸的地面，瞬间就已不在。牧羊女跪坐着，苦苦思索。

你每天到这里来，供奉我一碗水，这便是你的修行。

——为何却不再让我修行下去？

她的心与身都痛了起来。她久久跪坐在沙罗双树下，再也没有起来。一天又一天，直到她的心化成了石头，她的身体化为了灰尘。

在生命的最后，她说出了自己的心愿："为何你的脸上满是愁苦？为何你不肯微笑？我想看着你对我笑啊！"

这个心愿让诸神都为之哭泣。他们收束了牧羊女所化成的灰尘，将它铸炼成一块大石，落在了苦行者的身边。他们遵从牧羊女的心意，让她生生世世看着苦行者，看着他的笑容。

苦行者继续苦行，终于获得了大智慧。连诸神都为之赞叹，赋予了他一个新的名字：佛。

佛将他的智慧衍化成三千经卷，日日向众生开讲。他没有注意到，最虔心聆听的，是他身边这块顽石。

顽石认真地听着佛宣讲的每一个字。这些字宛如一道道温暖的泉，淋浇在它的心上，渐渐地，它有了灵觉。

它为看到了佛而欢喜。

　　佛每天都在微笑，但他是为众生而笑，并不是为它。但顽石已满足了，因为它已看到了佛的笑容。

　　佛的信徒越来越多，他讲经的时间也越来越长，坐在顽石身边的时间也越来越少，但顽石仍旧很满足。只要能遥遥望见佛的笑容，它的心就莫名地清净起来。

　　但国王恨着佛，因为佛抢走了他的子民。终于有一天，灭佛运动开始，国王带着十万兵甲将佛围住，支起柴火，要焚烧佛。

　　佛很从容，他静静地道："让我再讲最后一次法。"

　　"朕答允你。"国王表现的是他作为一个王者的宽容。

　　佛升上了高台，开始讲法。这是他在双树下苦思所得的智慧，这是他所妙悟明解的一切，这是善，是菩提。

　　顽石看着火焰，看着佛，眼泪忍不住落了下来，它轻轻点着头，想分解一点佛的苦。

　　"顽石点头了！顽石点头了！"惊恐的众生在喊着。

　　"顽石点头了！顽石点头了！"惊恐的国王也在喊着。他们放下了兵器，跪在佛的身前，祈求他的慈悲。佛并没有为难他们，将他们全都收为了信徒。

　　佛法，也成了这个国家的国法。

　　众生的簇拥让佛的目光没能停留在顽石的身上。然而顽石心满意足，因为它已为佛尽力了。它知道，受到众生供奉的佛一定会有欢愉的笑容，虽然这笑容并未落在它身上。

　　但它已满足。

　　然后它又在静静地等待，等待着佛出现。

　　但佛并没有出现。工匠来了，将顽石雕成了佛的像，矗立在宫殿中，日日拜祭。刀斧一寸寸砍凿着它的肌肤、它的肉。痛苦刻骨铭心，但它的心是欣喜的，因为它有了跟佛一样的容颜。

　　它日日盼着佛来，因为它已有了眼睛，可以凝视佛；它有了耳，可以聆听佛；它有了手，可以供奉佛；它有了足，可以跪拜佛。香火缭绕，它的灵性越来越深，但佛一直没有来。

　　有的信徒说佛去了东土，有的说佛去了给孤独园，总之，佛不会来了。顽石很伤心，因为它并没有看到佛的笑容，一个真正为它而发的笑容，这是它的大遗憾。它只能用佛的躯体来消受众生的供奉。

　　第二次灭佛运动开始了，所有的佛像都被拉倒、敲碎，顽石也没有幸免。雕琢它的工匠，成了毁灭它的刽子手。它并不恨他们，它只是痛惜自己再也不能见到佛了。

　　工匠一锤锤敲碎了和佛一样的容颜，痛彻肺腑，刻骨铭心。

　　终于，铁锤凿开了顽石。忽然，大片的血从顽石的体内涌出，那是它的灵性，是它从佛的讲经中得来的。

　　现在全都化成了它的供奉，奉还给佛。

　　生生世世，它注定要用自己的血供奉佛。

　　工匠们呆住了，手忙脚乱地想将佛像复原，但只听一声脆响，佛像裂成了十数片，大片鲜血从中涌出，淹没了整个寺院。

　　浑茫的生命，繁乱的轮回，顽石一直在苦苦行走着。

　　又一世，它化身为鲜花，被佛拈在手里，向僧徒说法。佛拈花微笑，但花知道，他的微笑不是为自己，所以花再度凋谢。

　　它化身为天女，在佛讲经时，将曼陀罗花撒在佛的身上，装点他的庄严。但佛的笑为众生而绽，忽略了这身前的天女。他更不知道，这美丽妖娆的花正是她那点点鲜血所化。

　　生生世世，它用自己的心、用自己的血供奉着佛——因为这是它的修行。

　　终于，佛成就了自己的正果，在香花馥郁中，即将破空而去，端坐在三千世界之上。但在他临飞升时，回首人世，在苍茫的众生中看到了顽石那静静的眼眸。

　　参悟破苦、行满善智的佛欠它一个笑容。

　　佛的心中忽然有了一丝惆怅，这惆怅竟让他飞升的脚步迟缓，心中有了障。

　　那是什么障？勘破一切的佛，也不禁迷茫了。

这迷茫历尽三生百世，也垂照在小晏的身上。他手执胎藏法器静静而立，这迷惘深深咬啮着他的心。

生生世世，她用血供奉着自己，只为寻觅那属于她的微笑。

慈悲众生的佛却恰恰吝了这一笑。

是欠她的吗？小晏苦笑了笑。这一笑让他的意识突然清醒。为什么，为什么自己竟会看到这种幻影？难道这就是胎藏曼荼罗阵的威力？他霍然睁开双眸，却发现就在他沉迷幻象的片刻里，胎藏曼荼罗阵已扩出了一倍。

小晏骇然四顾，竟看到三生影像跟索南迦措四人都静静地立于曼荼罗阵，似乎毫无知觉。曼荼罗阵的光华笼罩在他们身上，仿佛正从他们的梦境中吸收着养分，渐渐茁壮。

胎藏曼荼罗阵！

小晏心底处的记忆被猛然唤醒。

胎藏曼荼罗阵与金刚曼荼罗阵本是双生双成。当胎藏曼荼罗阵完全发动后，就会慢慢扩展，最终演变为另一个金刚曼荼罗阵，将整个雪域都席卷进去。而阵中的人、物、山川峰峦，都将化为曼荼罗阵的一部分，永沉轮回，再难解脱！

这才是帝迦借诸大德之手布下胎藏曼荼罗阵的真正目的——重建金刚曼荼罗阵，将一切席卷掩盖。

如不及时阻挡，这个新的曼荼罗阵将浩大无比，横扫整个雪域，而后再慢慢扩展，最终将天地万物完全纳入其间——这也是湿婆灭世的真正含义。

如今，这光芒卷过的地方都塌陷成深不见底的幽洞，将所有的东西吞没，只余光。这阵势却唯独对小晏八人施恩，不但没有伤害他们，反而用光翼护着他们的身体。

小晏深吸一口气，双手叠在一起，内力倏然爆发。劲力才吐，他的心却猛然一震，因为他已觉察到，就在他沉睡的时候，这曼荼罗阵竟然已与他的心灵契合，牢不可分！一道若隐若现的光线从曼荼罗阵的光瓣中卷绕而出，分成八线，分别植入他们八人的身体。

原来，他们也如姬云裳一般，即将与这阵结为一体，休戚与共。一旦让八瓣之花成形，天下便已再无任何力量可将他们与这阵切割开——除非死亡。

这是胎藏曼荼罗阵的威严，生杀予夺，不可抗拒。

若要死，就只让我来承受。

小晏脸上泛起一丝苦笑，一招手，万千冥蝶飞舞而出，竟然将那七根光线硬生生从七人的身体中拔出。曼荼罗的光华立时一阵颤动，隐隐传来震怒的霹雳声，七根光线完全刺入了小晏的体内。他的目光落在八件法器上，每件法器上都刻着一个法印，这是封印曼荼罗阵的真正的方法。小晏强行压制着体内八道光线的冲击，将这些印一个个结了出来。

胎藏曼荼罗阵那狂放的力量从天地之间转移到了他的体内，暴怒地肆虐着，割骨穿心，带来寸寸破碎般的痛苦。但小晏脸上始终带着微笑，将这些印结完。

一瓣即是一苦，八苦便是世界之苦。三千世界的苦难集于他一人之身，一如寂静地坐在枯荣双树下的佛。

八瓣之花缓缓聚拢于他身上，一如当年的花雨沾身。曼荼罗阵那浩瀚的力量终于在形成浩劫之前，被从雪域上完全抹去。它成了一个诅咒、一个烙印，深深刻在了小晏的体内。从此，他将独自承受曼荼罗阵猛烈的反扑——用他那已被血咒折磨了十几年的身躯。

小晏伸手拭去脸上的血迹，那是曼荼罗阵所造成的第一步伤害。他看了看依旧沉睡于阵中的七人，心头突然涌起一股特殊的感觉。

他抬起头来。

他看到了紫石那惊恐的目光。这目光仿佛穿越了天地的威严、万世的轮回，带着无限的仰望与崇敬，默视着他。

小晏心中微微一震，难道这胎藏曼荼罗阵也将幻象加于她身上了吗？

恭谨地，紫石缓缓跪了下去。

你每天到这里来，供奉我一碗水，这便是修行。

前生今世恍惚之间重叠于眼前的这个影像，重叠于小晏的心中。他禁不住伸出手扶住了她。

这就是那个生生世世供奉着他的牧羊女。

而他却欠了她一个笑容。

他知道，这是他一定要还的，因为那亦是诸天诸神的许愿。但现在还不能，因为他背负的东西太重太重。他抬起头，望着雪峰之顶。冈仁波齐峰那秀雅庄严的身姿，在夕阳的垂照下，苍茫而寥廓。

他扶起跪在地上的紫石，向雪峰深处走去。

也不知过了多久，胎藏曼荼罗阵中的诸人才苏醒过来。

大地依旧一片空明，仿佛什么都没有发生过。而那八件煌煌的法器却暗淡下来，再不复当初的光泽。

索南迦措有些愕然。雪地上的八瓣之花已经消融大半，胎藏曼荼罗阵已被完全破坏，回归虚无。

是谁把这个上古法阵化为虚无的呢？

刚才那个拯救大家于危难的紫衣少年又去了哪里？

难道真的是佛祖不忍看到生灵涂炭，亲自化身来到世间，将胎藏曼荼罗阵收回天界？

正在他百思不得其解之时，听到一声狂笑传来："胎藏曼荼罗阵已经破了，看你们还有什么办法！"

众人愕然抬头，却是那三个灰衣人踏着残损的法阵向这边走来。

众人的心顿时如遍地积雪一样冰冷。

对方的大笑震得诸人耳膜一阵生痛。他们看上去神完气足，然而这些大德已经筋疲力尽，再也没有了丝毫抵抗的力气。难道今天真的要死在此处吗？

三生影像从诸位大德面前穿了过去，将他们视若无物，而是在白衣女子面前停住脚步，讥诮的目光从她脸上扫过。白衣女子默然立于雪中，手中的菩提枝显得有些枯败，但她的神色依旧镇定而安详。洁白的轻纱在她身后扬开，仿佛雪域深处迎风盛开的白色优昙。

索南迦措心中不禁一怔。连场大战之下，她竟还能这样气定神闲。难道这一切早在她意料之中？又或许，她的实力远不止大家目前所见？

当中的灰衣人冷笑道："你还不出恒河大手印，只怕就永远没有机会了。"

另一人笑道："我三人一直没有痛下杀手，不过想看看传说中的恒河大手印到底威力如何，你却一直不肯使出，难道是真的不会吗？"

又一人似乎有些不耐烦："少废话，杀光他们回去复命。"伸手一指那白衣女子，"就从你开始。"言罢十指张开，就要向白衣女子抓去。

白衣女子脸上却浮出了一个微笑。

这个微笑却让那灰衣人一怔，忍不住收手道："死到临头，你笑什么？"

白衣女子笑道："我笑你们已经死了，却还不知道。"

三生影像一怔，脸上的惊讶终于渐渐转化为怒容："胡言乱语！我们是湿婆大神的化身，又怎么会死？"

白衣女子笑道："在你们与主人的灵魂同化的那一刻，属于你们自己的肉身就已经死亡。你们是将自己的灵魂寄存在主人前世、今生、未来的三生影像中，才能行走于世。而胎藏曼荼罗阵的力量正在于能化解数世轮回，正是三生影像大法的克星。因此，刚才胎藏曼荼罗阵中，你们受轮回之力，已经神形俱灭，化为尘埃了。"

她声音不高，却极其清越，震得诸人心头都是一惊。她又微笑了一下，轻声叹道："可笑的是你们自己还浑然不觉。"

灰衣人怔了半晌，其中一个怒极反笑："我们已经神形俱灭？"他回头看了看另外两人，忍不住大笑道："你们看，这女人莫非已经被胎藏曼荼罗阵弄疯了？"

另一个讥诮地道："或许她是想用这些鬼话来拖延时间。"

第三个灰衣人冷冷道："我看也不用和她废话，一掌下去，就明白到底是谁死谁活了。"

三人对视一下，突然同时出手。

一团硕大的血影顿时膨胀开去，如日月轮转，伴着尖锐的啸声向白衣女子恶扑而下。

索南迦措等诸位大德不禁失色——这股力量看上去并没有丝毫减弱，更不要说已经灰飞烟灭了。难道这位白衣女子所说的话真的只是虚张声势吗？

然而白衣女子不避不惧，正面血影而立。她目光所落并非血影，而是血影后的人。她凝视着当中那位灰衣人，一手缓缓抬到眉心处，手腕一沉，五指如妖菊绽放。

这个法印，骇然正和星涟、日曜所结一模一样。

灰衣人蓄势欲发，然而双目被她眼中神光所慑，一时间竟然怔住了。血影运转，似乎急欲搏人而噬，主人却神游物外。那光团嗞嗞乱响，跃动不已，却终究无法从那人掌心中脱出。

她的声音宛如来自天际："魔劫天成，众生轮回。一切有缘，皆受此法……"

砰的一声巨响，满天红影爆散。

第二十章

❧ 镜里花开永劫后 ❧

日之圣湖对岸。

白马在满天晚霞中跪下。

帝迦抱起相思冰冷的身体，轻轻放在柔软的藤蔓上。他俯下身去，拂开她脸上的乱发，反手从背后抽出金箭，深深插入她头顶上方的土地中。长箭反照出夺目的光芒，照亮了暗色沉沉的大地，也照亮了她的容颜。

相思的眼神迷离不定，似乎陷入前世的回忆太深，还无法醒来。

帝迦脸上看不出一丝表情。他缓缓拉过一枝盛开的藤蔓，将相思的双手捆缚在金箭之上。

长发秋云般在地上铺陈开去，她苍白的脸上也不知不觉被点染上一抹嫣红——或许是霞光的反照，或许是她沉沦的梦境。她全身的衣衫已经湿透，紧紧贴在身体上。天地间最后一缕霞光在她身上绽开朵朵祥云，将这种人间至美点缀得惊心动魄。在冰雪圣泉中为爱情苦行的女神，想来也无非如此。

帝迦解开她凌乱的衣衫。

她的身体宛如在秋风中横陈的莲华，莹洁如玉，纤尘不染。

帝迦抬起她苍白的下颌，恣意亲吻她柔软的双唇。然而，让他惊讶的是，此刻心中最强烈的不是即将功行圆满、彻底觉悟为神的喜悦，而是情欲。

狂乱的情欲。

他为自己的念头一惊，深红的眸子中神光跃动，动作却迟疑了。这时，相思突然侧开脸，轻咳一声，从梦魇中醒来。

她骇然望着帝迦，一时还不明白自己的处境。

帝迦也默然望着她。

夜风微寒，两人就这样对峙良久。

相思剧烈挣扎起来，嘶声道："放开我……"挣扎之下，捆缚着她手腕的藤蔓越来越紧，勒出一道深红。湖水未干，脉脉波光在她软玉一般的肌肤上流走，显出极其残忍而妖异的诱惑。

帝迦的眼中却渐渐聚起深红的怒意。

没有想到，为她而献上人世间最伟大的马祭，让天地为之动容、诸神为之叹息后，她说的第一句话，仍然只是"放开我"。

相思的手腕已被藤蔓刺破，鲜血顺着她的双臂蜿蜒而下。而她的脸上没有痛苦，只有愤怒："放开我！"

帝迦的脸色渐渐变得冷漠而阴沉。他一挥手，猛地将她按倒在草地上。藤蔓上面那层厚厚的花叶虽然柔软，但花叶下边是带着芒刺的粗糙根茎。相思的身体重重一颤，白皙的肌肤顿时被划出道道浅痕。她秀眉紧蹙，脸上那抹红晕也瞬时褪去，湿润的长发贴上她苍白如纸的双颊，凌乱而无力。

她嘶声道："你说过，强迫我毫无意义……"她的话凝噎在喉头，因为她发现眼前这个人的神色是如此陌生。他深红的眸子变得妖异无比，宛如地狱红莲，突然挣脱了诸神的封印。

他突然伸手，重重地卡住她的脖子，让她再也无法出声。一阵窒息的痛苦涌上心头，相思本能地想要挣脱，但身体已被他牢牢控住。

从他眼中，她已丝毫看不到对神性的执着，只有欲望——破坏与凌虐的欲望。

突然，他的动作一滞，一瞬间，眼中仿佛掠过巨大的痛苦，但瞬时就已消失。他似在自言自语："三生影像，我竟然忘记他们了……没想到，天下还有人能突破胎藏曼荼罗阵，我的计划还是落空了……转轮圣王，我当真小觑了他……"

相思不知他在说什么，但帝迦这略微的分神给了她出手的时机。刚才，她已悄然将腕上的手镯褪下。冰凉的环在她手心绽开一朵生满芒刺的花。她并不喜欢珠玉，身上唯有的几件装饰都是防身的利器。

突然，幽蓝的清光从她指间跃起。

帝迦一侧脸，蓝光从他额头急擦而过。一蓬淡淡的血雾在夜风中绽放，又无声落下，滴滴溅落到相思赤裸的胸前。

四周寂寂无声，只有猩红的液体轻轻滴落。

相思一怔，她也没想到这样浅的一个伤口会流出这样多的血。她讶然抬头，只见帝迦蓝发散开，额头上一块半月形的印记已被鲜血染得殷红。他眸子中仅存的温度也在消失，浓郁的杀意随着淡淡的血腥之气一点点充塞在四周，连无尽的夜色似乎都要瑟缩退却。

她猛然想起，当初重伤的雪狮正是慑服于他额上这块印记之下。

这块印记到底封印了什么？是象征了湿婆的兽主之力，还是封印了湿婆毁灭宇宙的暴虐？

帝迦突然一扬手，白色长袖随风而起。凌厉的杀气如万亿寒芒刺痛了她的肌肤。相思自知再无生机，轻轻合上了眼睛。

啪的一声碎响，那支插在地上的金箭已被他折断。他手握半段羽箭，金色的箭尖光芒闪耀，相思虽然闭着双眼，仍能感到眼中刺痛难当。

锋利的箭尖正从他手中缓缓降下，抵上她的眉心。

此刻，这个人再也没有丝毫怜悯与情爱。

他要的，只是杀戮与毁灭。

突然，他身后静如明镜的湖水卷起数丈高的巨浪。水面荡起巨大的涟漪，向四周振荡着扩展开去，每一次振荡都伴着嗡嗡的沉响，似乎连空气都被一种无形巨力搅碎而又向四方抛去。

帝迦脸色一沉，放开相思，转身注视着湖泊。

一声高厉的兽啸从水底传来。

天地震动，夕阳瞬间没去了最后的影子。刺骨的寒风呼啸而起，湖畔残雪被卷飞起来，暗夜降临。湖水高速旋转着，突然向中间凹陷下去，沉沉夜色中，一个人影仿佛站在一座巨大莲台上，缓缓从水下升起。

莲台通体洁白，在水面层层铺开，仔细看去，却并非无根自生的雪域莲花，而是一头洁白的巨象，沉浮于碧波之中。

白象眼中的凶暴似乎已在圣湖的浸润下平静下去，如今只有虔诚与敬畏。它徐徐驮着身上这个人，向湖岸游来。夜风吹散水雾，明月微微透出半面，象背上的人影也渐渐清晰。

来人虽和夜色一起降临，然而全身笼罩着一层淡淡的华光，虽然出自湖底，衣衫上却见不到丝毫水迹。淡淡青衫随风飘扬，来人虽只是随便静立白象之上，却如渊渟岳峙，让人不敢谛视。

帝迦眸中的夭红色陡然燃烧起来。

他从未见过这个人，但已猜出是谁。

本来，那汪幽蓝的池水连接着日月双生之湖、五道圣泉，地下水道漫长，若想从中找到出路，只怕要数日的时间。而没有人能在水下待过两个时辰，就算有天下最强的龟息之术也不能。

不过卓王孙得到了日曜的指引。因为日曜决不能让相思在此时死在帝迦手下，否则三只青鸟的血便永远不能汇聚。所以不到半个时辰，他就寻到了此处。

两人遥遥相望，竟宛如神像在日月圣湖中的两个倒影。他们透过了千万年的时空，终于穿透万千因缘而相遇，却只能彼此遥看，作无尽的对峙。

相思突然失声道："先生！"极力挣脱手上的藤蔓。

帝迦并没有回头看她，只轻一挥手，一道劲气从她眉间贯入，相思无声无息地昏倒在草地上。

淡淡月光下，卓王孙的脸色阴晴不定，道："放了她。"

帝迦眼中的红色越来越深，透出一种奇异的残忍与暴虐，他笑道："想救她，那么打败我。"

力强者胜，无论对于人还是神，这都是永恒的规则。

卓王孙看了他片刻，淡淡道："出手。"

帝迦抬起右手，五指突地一拢，一道水光嗖地脱离了湖面的束缚，向他掌心飞来。他注视着指间的水滴，森然笑道："你到乐胜伦宫来，圣湖之水不能沾上人类的鲜血。"

卓王孙不语，突然一扬手。一股排山倒海的巨浪从他身下旋转而上，挟着无边劲气攀卷翻涌，宛如龙神行雨，越转越大，待到了岸边，已化作一条狂龙，带起一阵轰轰巨声，向帝迦飞腾而去。

帝迦不闪不避。那道狂龙卷起满天风浪，将整个岸边笼罩其下，宛如在空气中旋立着一个巨大旋涡。飞溅的水花中，只见帝迦将相思抱起，一瞬间，两人的身影就已模糊，消失在水光夜色之中。那股巨浪依旧向岸边卷涌而去，一阵剧烈的颤动后，天地间嗡嗡乱响，雷霆不绝。

岸上空无一人。

这种遁法，在曼荼罗教中，卓王孙已经见过多次。只是这一次更快、更强，不需借助任何外力。岸边的土地被方才的巨浪撕裂出一条长长的裂痕，然而四周寂寂无声，月色清浅，哪里才是通往乐胜伦宫之路？

卓王孙注视着岸边一方毫不起眼的土地。那上边爬满了藤蔓，似乎和周围的土地毫无区别。但他心中有一种冥冥之感：乐胜伦宫的通道就在此处。

他突然反手一掌向地面击去。隆隆巨响中，大地也禁不住震颤。碎屑翻飞，一方土地塌陷下去，露出数丈见方的巨大入口。一阵呛人的尘土气息传来，坑中积满淤泥碎石，看不清出路之所在。这条地道似乎已经废弃了近百年。

卓王孙正要进去，那头白象不知何时已经上了岸，抢先一步，摇摇晃晃地冲向坑中。它巨大的身体在地上踏出两行深坑，到了洞前，埋下头去，鼻挑足踏，仅存的一只长牙不住挑开封锁通道的巨石,片刻间,已将积满秽物的通道清理出一线来。

白象见通道四壁堆积的尘土已经松动,便全身拱了进去。它身形巨硕,力大无穷,竟将封闭的地道又生生挤开,一路低声吼啸着向前而去。

这地道本就极为宽大,四壁为金刚岩垒成,白象挤开泥尘之后,正能勉强通过。然而,数十年的沉醉让它的身体肥重了数倍,先还容易,后来全身肥肉被牢牢挤住,粗厚的皮肤也被石壁磨得鲜血淋漓。白象虽为神兽,但在这种痛苦的折磨下也忍不住哀哀呻吟。然而它依旧往前快速地挪动着,时不时止住动作,回望卓王孙,低眉俯首,呜咽有声,似在等待,又似在献媚。

任何人也想不到,这头巨象居然会对这个仇人如此恭顺,片刻之前,它还欲撕碎之而后快。

卓王孙径直走了进去。

白象继续在前边开路。它虽然疼痛难当,仍小心地用流血的身体将地面及四壁压平,生怕污泥会沾到卓王孙身上。

白象并没有疯,相反,地宫里那痴蠢的目光早已消失,它的双眼变得灵澈无比,充满了由衷的敬畏与欢喜,似乎它面对的这个人是神佛的化身,是千万年一直苦苦等候的主人。为了这个主人,粉身碎骨也无所惧,何况区区断齿之恨、剥肤之痛?

隧道漫漫,延伸向远方,似乎永无尽头。也不知走了多久,白象突然止步,呼啸了一声,两只前蹄颤抖着跪下,头颅伏地,喉中隆隆不止。

卓王孙点燃了火折子。

眼前是一张巨大的湿婆神像。

湿婆威严而悲悯地抱着萨蒂的尸体,在宇宙中悲哀地旋舞着。神的面容在日月的同时辉映下煌煌耀眼,让人无法看清。而坦达罗舞飞扬的节奏几乎要从图像中破空而出。

故事早已读过多次,然而,这幅图中湿婆的法像不同于以往。那张悲伤而冷漠的脸脱离神魔怪诞张扬的姿态后,看上去更像一个人。

这个人或许更像帝迦，或许更像他自己。

卓王孙已不再去想。

白象伏地震颤着，久久不敢前进。

卓王孙看了一会儿，突然出手。

那幅神像在他无形的掌风中化为片片暗黄的碎屑，纷扬落下。神像背后，有幽光传来，看来，那里就是通道的尽头。

第二十一章

长弓掣影天河碧

卓王孙推开地道顶端的巨石，一道蓝光顿时投照下来。地道外边的乐胜伦宫已是月色未央，无尽夜色仿佛从天地初开时就盘踞于此，从来不曾散去。

他立身所在正是大殿正中的浅池。四周帷幔低垂，池中温泉汩汩涌出，青烟袅袅，在大殿穹顶月色的衬托下，显得缥缈而空灵。

殿中四处彩幔飘飞，唯独没有人影。

如今，乐胜伦宫的主人又在何处？

突然，大殿穹顶下，巨大的彩幔颤动着向两边分开。一道月光透过帷幕的间隙将整个大殿照亮。

帝迦横抱着相思，缓缓从天阶上走下。

最亮的一抹月色化作点点微光，默默垂照在相思身上。她双目紧闭，似乎还没从昏迷中苏醒。黑发在帝迦手臂上散开，向地面垂去，上面的隐隐水迹泛出晶莹的光泽，宛如披了一块长长的银纱。祭袍凌乱不堪，徒劳地遮掩着她半裸的身体。衣袖不知何时已碎如璎珞，被夜风撩起，露出一截玉臂。

湖水和着冰凉的月光，从她纤细而无力的指间滴落。

卓王孙站在大殿的另一端，一动不动。

月色无声无息地随着帝迦的身影向大殿正中移动。他到了天阶的底端，将相思轻轻放在莲花祭台上。他看了她一眼，缓缓站直了身体，一挥手，大殿中龙吟不绝，茫茫夜色顿时被一道金光凌空撕裂。

金色的湿婆之箭已搭在弦上！

氤氲流转的光晕在箭尖散开，宛如夜幕中升起的一轮朝日，让人目眩神摇。沉寂的夜空也被这光华打破，仿佛清晨的第一道阳光唤醒了大地的脉搏，天地万物、芸芸众生都不得不战栗在这沉沉杀意之下。

磅礴的毁灭之力正在急速汇聚。乐胜伦宫似乎都无法承受这天地改易、星辰灭绝的威力，无声地震颤着。

帝迦引弓搭箭，隔着遥遥夜空，与卓王孙对峙着。

他深红的眸子如炼狱妖莲，缓缓绽放。

突然，两人间起了一阵风，盘旋着升向穹顶。一道道彩幔被风吹落，露出藏在穹顶最深处的壁画。

千万年前，梵天在雪山之巅独坐修行，等他睁开双眼的时候，突然发现了在雪山修行的帕凡提女神。梵天并不知道她是湿婆的妻子，只被她的美丽打动，于是生出五个头颅，以从不同角度欣赏女神的美。湿婆被梵天无礼的举动激怒，不由分说挥剑斩掉了他的一个头颅。梵天十分羞愧，并未和湿婆交战，就回到了雪山上隐居。

但两位大神心中从此结下芥蒂。

直到诸神战败了魔族阿修罗。臣服的阿修罗王决心将自己的灵魂交给天界最强大的神灵，这却在诸神中引起了一场争论。创生与毁灭的力量到底谁更伟大？湿婆和梵天彼此相对，各不相让。两人在冈仁波齐峰上交战，只第一招，便几乎摧毁了整个山脉。梵天明白，如果两人以神的身份对决，创生与毁灭两种终极力量碰撞，很可能摧毁天地，祸及苍生。最终，两人想出了一个折中的方法。

雪山深处有一座巨大的轮回盘，乃是佛陀悟道后所造，拥有通达六道的力量。进入轮回的神将转世来到人间，同时将失去记忆以及作为神的力量，直到他找到轮回盘散布在他身边的条条因缘，重新觉悟到自己的神性。

湿婆与梵天的赌约，就是两人转世到人间，看谁能更早觉醒，获取前世全部力量。之后，两人重上冈仁波齐峰，以凡人之体控御神的力量，一战以定胜负。

　　两位大神进入轮回盘前，将自己的大部分力量化为一团火焰，燃烧在天界的石柱上。这团火焰能在他们离开后支撑这个世界二十二年。他们本以为，二十二年的时间已经足够了。

　　就在两位大神进入轮回盘的时候，帕凡提知道了这个消息，大惊之下，立即赶去阻止两人。因为她在雪山苦行之时，曾亲眼看到佛陀制造了这个轮回盘。她知道这个轮回盘中藏着重重危险——一旦不能找齐散乱的因缘，转世的神明就可能永远滞留在人间，再也无法为神。而湿婆和梵天留在石柱上的力量一旦耗尽，世界的平衡就会被打破。失去了支撑的鼎足之二，世界会随时坍塌。

　　帕凡提决心要阻止两人。

　　然而当她赶到时，湿婆和梵天已经进入了轮回盘，轮回盘开始转动。帕凡提无奈之下，只有化身为近难母，准备用武力强行将轮回盘的转动停止。可惜，她低估了轮回盘的力量。一阵巨响过后，她自己也被卷入轮回盘中，而轮回盘出现了巨大的缺口。在巨大的爆炸下，湿婆为了保护帕凡提，手腕受伤，滴出鲜血。这些鲜血在轮回中被化为他的另一个化身。湿婆的力量被再次分散。

　　更为严重的是，轮回盘布下的因缘已被全部打断，如凌乱的线头一般，飘浮在茫茫尘世上。湿婆、梵天觉悟的机会变得极其渺茫。

　　帝迦并没有抬头看壁画。

　　画上的一切早在他获得神的意志时就已经了然。他知道，眸中映出的这个人就是自己获取毁灭之力的最后障碍。

　　也许是神开了一个玩笑，这个轮回中意外产生的血之化身，竟和自己一样得到了神赐的容貌和足以睥睨众生的力量，甚至在自己之前，让帕凡提爱上了他。

　　他不怪她迷失本心，只怪因缘巧合，她竟出生在他的身边。然而，也不是没有机会。如果他真能痛下杀手，再以灵魂转世之术让帕凡提重新投身人间，将她留在身边，朝夕相处十几年的时光，那么一切都会回到正轨。

只不过，他直到最后也未能出手。

因为神魔有情，才定下了这跨越轮回的誓约：无论他转世多少次，无论分成多少化身，都必须得到她的认可，才能拿起毁灭之力。却也因为神魔有情，他不忍对她出手，才导致在回归之路上功亏一篑。

莫非这一切也是宿命？

渐渐地，他嘴角的冷笑有些嘲讽。

此时，微风穿过绘满壁画的穹顶，将一段神启带到他耳边。

这神启让他惕然而惊。

"如果不肯杀死帕凡提的话，那还有一个办法。

"杀死眼前这个人，用他的鲜血洗尽帕凡提心中的迷惑。

"他若死了，帕凡提之前的'错爱'就没有了意义，你仍能取回全部的毁灭之力，成为万神之主。

"这是唯一的解决之法。"

风，微微拨动着他掌心的弓弦，似乎在催促。

如今，梵天已经在曼荼罗阵中证道，而毁灭之力却因化身的干扰无法彻底回归。如此，不仅赌约无法进行，他也将永远徘徊在人神分界上，备受煎熬。

帝迦注视着卓王孙，杀戮的怒焰在双眸中燃烧。

即便没有神启，他也要杀死对方。在他眼中，卓王孙僭越凡人的命运、冒犯与亵渎女神的罪责，岂止万死莫赎！

他手中的弓弦渐渐张如满月。

卓王孙亦没有抬头，只注视着那张弓。

传说中能一箭洞穿三连城的神弓。在它的威严之下，没有人能不战栗、敬畏。他曾经见过这张弓的形状。一年前，在丹真的帮助下，他曾用上古流传下来的图纸仿造出湿婆之弓与三支羽箭。虽然是仿制之物，却依旧带着天地威严。三箭齐发，将阿修罗族后裔重建的三连城化为飞灰。①

如今，在他眼前张开的，却是自上古流传至今、传说曾被湿婆亲手握于掌中的真品。

那是只为毁灭世界而存在的法器，千万年以来还从来没有为凡人而张开过。

四周寂静无声。

相思手中的水滴透过指缝落下，宛如一盏来自天外的更漏，在为这场惊天动地的大战计时。

水珠在紫色水晶莲台上碎为尘芥。就在这一瞬，帝迦手中的羽箭已破空而出！

瞬时，那本来只有一点的金光不住旋转、扩张，宛如天河流沙，纷扬卷涌，似乎要将一切冲开，一直奔流到宇宙尽头。而那张无形的光之网也随之被抛入夜幕深处，越来越远，却在极高之处陡然一盛，以不可思议的速度反压而下。

一时间，大殿内流转的光影无处不在，这支小小的羽箭竟然化身千亿，撼天动地而来！

大殿轰然一震，仿佛天雷爆裂，嗡嗡之声回响不绝，空中万亿流光由金转赤，噼啪声中不断爆散，宛如下了满天血红的暴雨。

卓王孙站在满天烟花的中心，身上青衫被狂风扬起，猎猎作响。他脸色凝重，这一箭之力，真可以说能与天地抗衡，如传说中末世之魔劫，带着不可抗拒的威严，要将一切灭度。而山川、河流、天地、星辰都战栗着、尖叫着，争相退避。随时会在这一击中裂为齑粉。

卓王孙缓缓抬起手。

他淡青的袍袖突然凌风绽开，一道狂龙般的劲气排山倒海而出。殿中空气顿时为之一滞，一切力量都被凝聚在这道坚如磐石的劲气之中，交汇翻滚，向满天箭影径直迎了上去。

这样强悍的两股力道若是碰在一起，只怕整个乐胜伦宫都要坍塌！

---

① 详见《华音流韶·彼岸天都》。

　　帝迦的怒意已不可遏止，出手便是将一切灭尽的杀气。这一箭何其强悍，没有人能从漫天箭影下躲开，卓王孙也不能。唯一的办法就是全力硬接，至于后果如何，到底能将彼此，乃至乐胜伦宫，乃至整个雪峰毁灭到什么地步，已不是他们自己能够控制的了。

　　突然，两人之间光影一暗，仿佛有什么东西横插了进来。

　　巨大的轰鸣声中，那头白象不知从何处飞身跃出，用巨硕的身体，向金箭迎了上去。大殿突然沉寂下来，片刻之后，空气中传出一声空洞之音，宛如垂死者最后一声心跳，沉重而悲哀。

　　大团的鲜血宛如飞泉一样，从白象的体腔中喷涌而出。血腥之气杂糅着令人迷醉的暖香，在空中散开。

　　白象长嘶一声，重如山岳的身体极力翻动，似乎想扭转金箭飞出的方向。它巨大的头颅极力仰起，看着卓王孙，也看着帝迦。它从两人的躯体里看到了一样的神性光芒。它不能理解，这本是一体的两个人为什么会彼此相斗。

　　他们是它的主人，曾给它无尽的尊崇与荣耀。它眷恋他们，就如湖泊眷恋着高山的巍峨；它仰望他们，就如大地仰望着天空的威严。

　　白象凄声长啸，用尽力量想要挡住这支羽箭。然而仅仅片刻，它就已无法承受这一箭之力，和金箭一起向后急速飞去。

　　箭尖微微偏开。

　　大殿中月色陡然一盛，照耀出一幅诡异的画面：耀眼的金光承负着一朵巨大的白莲，在夜空中斜斜划开一条平平的裂口，撞向大殿一侧的高墙。一瞬间，血花宛如拉开了一道夭红的彩练，又纷扬落地，顿时变成垩灰的色泽。

　　而那面雕绘着湿婆本生图的墙壁，在白象的撞击下轰然坍塌。

　　四周空气一震，阳光流水一般倾泻而下。乐胜伦宫外已是曙阳初升，辉煌的日晕之侧，层层云霞变幻不定。

　　一尊湿婆神像仁立在两人眼前。

神像高十数丈，宛如山岳，此刻被朝阳披上一袭七彩战袍，四臂舒张，正舞于火焰与光环之中。神像三眼张开，分别注视过去、未来、现在。青石雕就的长发在身后的云霞中猎猎飞扬，栩栩如生。

没想到，这尊湿婆巨像就建在与乐胜伦宫一墙之隔的地方，已在这雪山环拱之中舞蹈了千万年。神像最上方的一双手臂里，一执弓，一握箭。弓箭皆为石制，泛着淡青的光泽，箭尖高高扬起，似乎要刺破这绚丽彩霞。阳光正从弓弦张开的弧度中透出，化为无边光彩，覆满三界。群魔万兽、芸芸众生就匍匐在神的脚下，永恒膜拜。

帝迦谛视神像良久，缓缓合上双目。另一支金箭在他手中的弓弦上徐徐张开。

晨曦透过坍塌的宫墙，将乐胜伦宫内照得纤毫毕现。料峭的晨风将两人的长发扬起，两人的面孔同时沐浴在天地最初的光辉中，都隐隐带上了神性的光泽，泯灭了俗世的印记，变得毫无分别。

七色尘埃被清风卷起，在两人身旁飞速地旋转着，似乎错乱了时空。突然，气流在一瞬间极其轻微地颤动了一下。卓王孙的身形向上跃起数丈，在神像上两度借力，如飘絮飞尘一般，轻轻落到湿婆神像的肩上。

大殿中划过一道耀眼的金光，第二箭带着灭绝三界的威严和力量，向大殿的另一头卷袭而来！

气流变得灼热无比，似乎一切都在这炼狱般的温度下撕裂变形。连云霞包裹中的赤色朝阳都为这神箭之华而退去了光辉。

满天流光中，卓王孙伸手将湿婆手中的弓、箭摘下。他的神色是如此从容，宛如这神像高举了无尽岁月的神弓，本在等候他的采摘。

此刻，他身后那道金色的箭光正呼啸着划破清晨的寒风，向他急袭而来。

卓王孙没有回头。他注视着手中的石弓，扬起石箭，在弓身上轻轻一扣。大殿中传来一声极尖锐的龙吟。弓箭之上突然现出无数道细痕，瞬间蔓延开去。卓王孙袍袖一拂，石弓、石箭沿着裂痕碎开，化为万亿淡青的尘埃，从十数丈高的神像上方纷纭撒落。

一道乌黑的流光被他握在掌中，与青苍的晨曦辉映出万道光芒。

石弓石箭里边竟然裹藏着另一副乌弓金箭，经他这轻轻一拂，褪去了千年的尘封，又一次绽放出绝世风华。

那支金箭已到了神像面前！

卓王孙猛然回头，手中长弓满挽，一箭洞出。两条金色狂龙发出刺目的华彩，挟着撼天动地之力，向神像下冲撞而去。

大殿剧烈一颤，穹顶摇摇欲坠，似乎不堪承受这毁天灭地的一击。

金箭已然交会。

就见两道金光宛如互相蚕食一般，迅速向中心聚拢，直到同时碎裂。只听殿中轰鸣不绝，金色流光不住旋转，两支可以洞穿山岳的神箭竟箭首相对，寸寸撞为灰尘。

数尺长的金箭瞬息就只剩下了尾翼。两点金光陡然一盛，爆发出绝大的力量，彼此恶扑而去。轰然一声巨响，一团七彩的光华在半空中爆散，空气几乎被灼烧得通红，卷起一道巨大的暗红涟漪，以不可思议的速度向外扩展而去，直到消失在天尽头。

乐胜伦宫中的一木一石，莫不被这道无形涟漪透体穿过，瞬时现出无数微小的裂纹。空中流火乱坠，万物的伤口也被这声巨响再度撕开，发出尖厉而痛苦的嘶鸣，震得整个大地颤抖不已。

卓王孙站在神像之上，和帝迦隔着深广的大殿漠然对峙着。

他们两人的神色没有丝毫异样，似乎方才那强大到不可思议的爆裂根本不曾发生。只有地上凌乱的残垣断壁还带着昔日华丽的雕饰，痛苦地躺在阳光下，似乎在向殿外的神像诉说这毁灭之力的残忍与暴虐。

神像依旧踏着坦达罗舞至美的节拍，以张扬而悲悯的目光看着眼下的一切。

卓王孙和帝迦彼此注视着，他们已隐隐感知到对方的真气有所凝滞。

有所凝滞的意思，就是对手已经受伤。

就连他们也无法在如此强烈的撞击中全身而退。

帝迦缓缓掣出了第三支箭。

这也是他手中的最后一支。

卓王孙手中却已没有箭了。他叹息一声，将手中长弓挂上神像手臂，缓缓从所立之处跃下。

帝迦幽蓝的长发在身后飞扬不止，双眸中的红色越来越浓。他缓缓拉开长弓。

朝阳不知何时已没入云霞深处，沉沉的阴霾又笼罩在乐胜伦宫的上空。天地寂寂无声，唯有弓弦上万道神光游走不息，似乎随时都要唤出满天龙吟。这最后一箭虽还未离弦，却已带上了令天地震动、神鬼号哭的威严。

然而，此刻的卓王孙还能否应对？

帝迦手腕微微一沉，金箭华光陡盛，带着欢欣鼓舞的光芒，就要离开弓弦，向对手发出最后一击。

突然，他的动作停滞了——他面前的水晶祭台上，相思似受了刚才那一击的震动，竟已缓缓苏醒。她一手支撑着身体坐了起来，一手放在额上，挡住刺目的阳光，纤眉紧皱，似乎还未能从痛苦的梦魇中完全清醒。

帝迦眸中神光一动，天红之色渐渐隐去，他轻声道："你醒了？"

相思惶然抬头，看了他一眼，将目光转开，在殿中茫然游移着。她苍白的脸上掠过一片嫣红，道："先生？"

卓王孙淡淡一笑，向她伸出手，示意她过来。

相思看了帝迦一眼，跃下祭台，向他飞身奔去。

帝迦道："站住！"

相思止步，却没有回头。

帝迦一字一顿道："帕凡提，难道你还是执迷不悟吗？"

相思虽然看不见他的神色，却能感觉到身后那冰川一般的沉沉寒意。她抬起眸子，望着四周。阳光激起一片金色的尘土，殿中垣壁残破。这座被称为"湿婆之天堂"的华严圣殿宛如刚刚经历过一场末世浩劫，再也不复昔日的荣耀。

她终于明白两人之间发生了什么、将要发生什么。

她缓缓回头，帝迦手中的箭芒在她脸上投下一道金色的痕迹。晨风料峭，朝阳日影时盛时灭，天地万物似乎都在两人杀意的冲撞中瑟缩颤抖。

相思回望着他，眼中的神光盈盈而动，却不知如何开口。

帝迦道："回来。"

相思突然道："不！"

她的声音极尖厉，连她自己也吓了一跳。她顿了顿，又轻声道："放下箭。"

帝迦注视着她，缓缓道："他是你心中最大的魔障，我一定要为你而除去。"他的眸子褪去了邪异的光泽，变得坚定而温和。

相思为他的目光所慑，一时说不出话，只得回头去看卓王孙："先生，那你……"

卓王孙道："我曾许诺，一定要将此人赶出乐胜伦宫。"

相思无可奈何，眸子中尽是哀恳之意："可是你们……你们何苦非要拼个你死我活？"

卓王孙轻轻挥手："这件事与你无关，也非你能改变，你先避开吧。"

帝迦手中金箭一扬，在阳光下爆出夺目的光华，他沉声道："帕凡提，回我身边来，这是你的命运。"

两人之间的空气宛如绷紧了的弓弦，微微一触，必定是另一场惊天动地的爆裂。这煌煌神宫以及其中蕴藏的无尽岁月、辉煌传说，必定会在这惊世的对决中灰飞烟灭。

相思站在中间，似乎不胜其压力，双手加额，喃喃道："为什么会这样……"

两人同时一皱眉，暗中运力，就要将她从中间推开。

相思突然道："都住手！"

她声音不高，在空寂的神殿中传开，却如夜荷上的风露，无处不在。

帝迦和卓王孙都不由得一怔。

晨风微微吹动相思的衣衫，褴褛的裙裾在阳光下如璎珞般飞舞。她苍白的脸上笼罩着一层淡淡的霞光，显出几分坚定。

她转身向帝迦走去。

第二十二章
✿ 天中新莲谁持去 ✿

她向帝迦走了两步，又止步在大殿中央："你真的想我觉悟吗？"

帝迦看了她片刻，道："这是神的旨意。"

相思凄然一笑，道："如果你说的是真的，马祭能让所有人恢复轮回前的记忆，那么你想让我回忆的东西，我已经都想起来了。"

帝迦道："那你记起了什么？"

相思道："你真的想知道？"她轻轻摇头，"我本来不想说。"

帝迦道："等我觉悟后，就会拥有这些记忆，但是我还是要你亲口告诉我。"

相思叹息了一声，突然抬头直视着帝迦，一字一顿道："你并非湿婆的真正化身，而只是他在轮回中的一个投影。命中注定能觉悟为湿婆的人，是他！"

纤手所指，赫然正是卓王孙。

此言一出，整个乐胜伦宫似乎都被震惊。

而帝迦的脸上却看不出一丝惊讶。他将目光移开，看的不是相思，也不是卓王孙，而是大殿另一端的湿婆像。

神像寂寂无语，平等地垂视着殿中的每一个人。

帝迦注视着神像金色的面孔，神情阴晴不定，良久才轻轻冷笑道："是吗？"

相思垂下眸子道："是……或许你也想到了。四圣兽之一的白象摩诃迦耶为什么会追随一个陌生人，他又为什么能摘下湿婆神像手中的石弓……你曾经告诉过我，你作为湿婆大神在人世间的化身，已经完全觉悟了神的五种力量，却始终无法自如运用一件东西——就是蕴藏着最终毁灭之力的湿婆之弓。我当时并不明白，然而你自己知道，你想要的其实是这一张。"她抬起头，遥望着那尊青郁的石像。

神像舞姿张扬，脸上带着狂纵而又悲悯的笑容，俯瞰俗世的一切。

她在神像阴影下，平静地说出了这段神话那不为人知的真相。

轮回盘破碎，神血溅出后，湿婆的确产生了两个不同的化身，却并没有谁真谁假、谁主谁副的区别。他们平等地转劫于世间，成为神的投影。他们各有因缘，或许能得到神的力量，或许能有觉悟的机缘，但是，在觉悟之前仅仅是凡人，可能为俗世的悲欢哀乐迷惑而放弃觉悟的机会。关键就在神事先定下的枢纽上，只有得到了，才能获得神的认可。从此，其他的投影再也没有觉悟的机会。

如果世上真的有不可知的神明，在最高远的地方掌控着天地间最终的力量，悲悯地看着芸芸众生的苦难，那么，神和人的分野就是如此不可跨越。哪怕是神亲自选定的化身们，也要历经千万劫难，才能回归天界的香花梵音之中。

觉悟为湿婆的枢纽，就在于帕凡提的认可。

相思望着他，微笑的脸颊上有了泪痕："如果我真的是帕凡提，那么我只能告诉你，你已经永远、永远没有觉悟的机会了……"她顿了顿，泪水突然夺眶而出，但眼神依旧如此温柔而坚定，悲伤中带着不容商议的决断。

帝迦缓缓合上眼睛，道："为什么？"

相思带泪微笑道："因为我已经选择了他。"她顿了顿，又轻声道："这就是帕凡提最终的选择——如果我真的是帕凡提的话。"

她转过身，决然向大殿的另一端走去。

帝迦突然睁眼，道："你站住。"

相思没有回头，只深吸了口气，平静地道："我已经说过了，应该觉悟为湿婆的，是他而不是你。如果你相信命运，那么就放下手中的箭，接受命运的选择。"

帝迦没有回答。为了让帕凡提觉悟，他穷尽了人世间一切方法，甚至不惜让自己沉溺于俗世情缘，最后却是这样的结局。

这难道就是神的作弄？

四周沉寂良久，帝迦嘴角渐渐聚起一个揶揄的笑容，缓缓道："我不会接受。"

相思不禁回头，讶然道："你不相信我的话？"

帝迦眸中红光渐渐流动起来，越来越浓："相信又如何，不相信又如何？"

相思蹙眉道："你亲眼看到他拿起了湿婆手中的神弓……"

"够了！"帝迦打断她，遥望神像，冷笑道，"如果你说的是真的，湿婆的神意最终选择了他作为人间的化身，那么我只能说——"他神光一凛，转而逼视着相思道："他选错了！"

相思一怔，喃喃道："难道……你要对抗湿婆的选择？"

帝迦冷冷一笑，不过这笑意也是稍纵即逝。阴郁的空气中，金箭的光华陡然一盛，映得他眼中的幽红也无比森然。他一字一顿道："我就是湿婆，不需要听从任何选择。只是你，已经自由了。"

相思讶然，似乎还未明白他这句话的意思。

帝迦叹息一声，轻轻合上了双眸。他垂地的广袖似乎动了一动，久违的弓弦在清冷的晨风里一颤。

破空之声似乎被无形的结界过滤而去，四周仿如天地初开时那般寂静，只有淡淡的箭华，破开一弯青虹。

相思厉声道："住手！"

然而已经来不及了。

流光如雨。

那金色的箭华在空中飞速旋转着，无声无息地袭来，每一次颤动都仿佛应和着坦达罗舞至美的节拍。箭气无坚不摧，却又宛如恒河之沙，飘忽不定。金光初始之时似乎极为缓慢，连箭光的每一寸颤动都历历在目，然而过了数丈，突然散作满天花雨，以不可思议的速度向大殿另一端袭来。

相思的眸子顿时为这耀眼的金光占满。她猝然合眼，飞身向华光最盛之处迎了过去。

一瞬间，窒息般的痛苦穿透了每一寸肌肤，她整个人都将在这巨力撕扯下化为尘芥！

她紧紧闭着双眼，所有的记忆涌上心头——

情缘既然是苦，此刻何尝不是一种解脱？

突然，她感到身边的空气剧烈一震，身上的压力顿时一轻，而另一股巨大的力量从一旁斜插而下。她还没有明白过来，卓王孙已强行将箭光劈开一隙，将她抱在怀中。相思只觉得他的袍袖将自己完全包裹起来，隐隐能感到周围的真气宛如云海沸腾，卷起无数道惊涛骇浪，向四周鼓涌而去。相思脸上不禁骇然变色。她在他身边那么长的时间，竟也不知道他的内力已强到了如此匪夷所思的地步！

那团金光与他的真气悍然相撞，发出一声轰然巨响。大地剧烈起伏，苍天宛如坼裂一般摇撼不止。相思在他的护卫之下仍觉得心神撼荡，几乎为这一撞的余力震昏过去。

那道金光虽然凌厉，受了如此强大的阻挡，也不由得稍稍一滞。然而，不过片刻，就如怒兽反扑一般，以数倍于方才的威力卷土重来。

也许这才是真正的毁灭之力。

那是一种不容反抗的威严。杀就杀了，灭就灭了！

到了毁灭来临的那一刻，芸芸众生、三界神佛，也不过与尘埃毫无分别。生杀予夺只在湿婆一人手下。哪怕最微小的阻拦，也只会激起毁灭之神更大的愤怒，用滔天的烈焰将这充满罪恶的世界焚为灰烬。

卓王孙紧紧抱住相思，护体真气陡然一盛，立时结出数朵青苍之花，越开越大。突然，卓王孙暴喝一声，身边青光爆散，束发金环也被震碎，满头长发流水一般披散而下，瞬时又被狂风鼓涌而起，宛如魔龙夜舞，在狂风中猎猎飘扬。

金光受了青光的侵袭，只微微颤抖了一下，便将青光吞没。

然而就在这一颤之间，卓王孙已抱起相思，脱离了金光的束缚，落到一旁的石阶上。虽然只避开了数尺的距离，但那金光已脱离了原来的轨迹，在半空几次旋转后，汇合出更为不可思议的力量，向后殿扑去。

大殿后，山岳一般巍峨的湿婆神像依旧在世间孤独狂舞。

砰的一声巨响，金箭竟已直透石像而过。

巨响隆隆不绝。湿婆神像却并没有动，大地也没有，甚至连一丝空气都未曾震动。

朝阳隐去，阴霾宛如一双张开的羽翼，盘旋在乐胜伦宫的上空。这异常的寂静宛如冰川一般，沉重而阴冷。突然，不知从何处传来沉沉的一声闷响。这声音不大，却在所有人的鼓膜上重重一击，惊心动魄，刺耳至极。

这不像是破裂的声音，反而像是石像怆然搏动的心跳。

相思愕然抬头，恍惚间看到湿婆巨像的脸孔突然变得青郁而狰狞，六臂高高扬起，向她厉扑而来。相思一声惊叫还未来得及出口，那十数丈高的湿婆神像竟然从腰间断裂，向大殿穹顶沉沉压下。大殿穹顶轰然碎裂，那块浑圆的墨玉宛如在末世的浩劫中，被烈焰与寒冰交替包裹、融化，又凝聚，再融化，再凝聚，直到化成恒河流沙，飞散到天地尽头。

整个乐胜伦宫发出一声凄厉的哀鸣，裂为万千碎片，溃然轰塌。

相思紧紧依偎在卓王孙怀中，颤抖不止。刹那间，耳边似乎有无数声尖厉的嘶鸣盘旋汇聚，全身每一寸肌体都被一种非人间的力量贯透。短短的一瞬中，竟有茫然不知身在何处的错觉。

等她清醒过来，四周已是一片黑暗。黑暗浓得宛如实质，沉沉压在她的心头。她似乎在不知不觉中落入了一个无底深渊，从来没有一丝阳光曾投照在这里；又仿佛陷身一个完全封闭的暗狱，四周没有一丝光泽、一点希望。绚烂的朝阳、宏伟壮丽的乐胜伦宫、庄严扬厉的湿婆神像，还有持着黄金箭的神之投影……都已无影无踪。一切的一切，似乎从来没有存在过，一梦醒来，只剩下沉沉的黑暗。

然而，此刻卓王孙正将她抱在怀中，全心守护着她。

她靠着他的肩，在黑暗中感觉着这唯一的温暖。他散开的长发拂在她的脸上，几乎遮住她的眼睛。她索性闭上双眼，不去看身边的一切。她将头埋入他的衣袖，却嗅到淡淡的血腥之气。刚才的一战，他还是受伤了。

黑暗中传来滴答声，可以想见，鲜血正顺着他的手腕，点点滴落在洁白的石阶上。

她突然想到，这是她第一次见他受伤，理由却是为了她。如今，至少在这沉沉黑暗中，他身边只有她，无论曾经过多少的风云变化，她最终还是留在了他身边，这不正是她想要的吗？

相思眼中蕴起泪水，身边的危险与恐惧都渐渐淡漠了，她甚至暗中希望出路不要那么快找到，就让这一刻过得越久越好。

卓王孙却放开了手。

相思讶然道："先生？"

卓王孙抬头望着上方浓密的夜色，道："我们必须找到出路。"

相思似乎想起了什么，道："我们是在乐胜伦宫的废墟里吗？"

卓王孙摇了摇头，没有回答。他定下心神，将周身气息探出，在全场逡巡片刻，道："不是废墟，而是乐胜伦宫最后的战阵。"

相思愕然道："战阵？"

卓王孙向前走了几步，似乎在探察周围的情况："倒塌的湿婆神像就是机关发动的枢纽。"

相思惶然间，心中涌起一丝忧虑："那么我们会……"她猝然住口，因为她也已经感觉到周围的空气渐渐变得灼热。她突然明白了答案——他们如今被困在一个密室之中，而密室外边，竟有火焰在燃烧。

相思喃喃道："我们还能出去吗？"

卓王孙一皱眉，没有回答。

这个机关是乐胜伦宫毁灭前最后的力量，以湿婆神像的断裂为引发的契机，一旦发动，殿内的一切都将玉石俱焚。这也正是这座毁灭殿堂的真正寓意所在——冒犯神灵者，将在烈焰中永受折磨。

由于这个战阵动用了禁忌之力，必将以湿婆神像作为枢纽，所以千万年来从未开启过，甚至连帝迦本人都不知道。只是机缘巧合，那无心射向湿婆的一箭，却让他和她成了第一个试法者。

卓王孙仔细在四周搜索了一遍，心渐渐沉了下去。不出所料，这个暗室通体由精钢熔铸，每一面都足有九寸来厚。这已是人类的力量无法破坏的。更何况，这里没有留下任何出路，连一丝一缕的空气都被隔绝，能传递的只有那烧灼一般的热度。

他站在原地，心中渐渐生起一阵怒意。他本已胜了，这所谓的命运却将他无故地推到一个黑暗的密室之中，令他无法脱身。若这就是神意，若天地间真的有神，那这神意也是荒谬无比，是非不辨；这神也是无耳无目，昏聩不堪！

他的怒火在黑暗中冲击回荡着，将本已炙热的空气烤灼得几欲沸腾。若此刻湿婆神亲自显身来到他面前，他也一样要撕开坦达罗舞的节奏，将神的通体金光击得粉碎！

相思觉得全身血液似乎都要在这热力中沸腾，她的心中却异常平静。她虽然无力判断自己的境遇，却能读懂卓王孙的心意。她犹豫了一下，还是上前去拉他的手。他青色的衣袖已经被鲜血浸湿，透出点点微凉。

卓王孙没有拂袖避开，只仰视穹顶，似乎在思索着什么。

相思双颊绯红，轻轻从身后抱着他，柔声道："如果事情不可以改变，那就算了，现在这样不是也很好吗？"

卓王孙没有回头，注视着前方，淡淡道："在我眼中没有任何事情是不可改变的。我若还在你身边，你就不必说这样的话。"

相思依偎着他，心不在焉地点了点头。精钢之壁在烈焰的烘烤下透出微微的色泽，浓黑的暗室里也有了微弱的光明。只是这光明并非生的希望，而是死的邀帖，华丽而诡异。

他突地挥手将她推到一旁，一手微抬，缓缓在胸前画了个弧。而这个弧刚画到一半，他手腕上的伤口已然震裂。淡淡的血腥气在黑暗中飘散开来，血滴如更漏一般，点滴坠落到地上，只发出嗤的一声轻响，就已被烤得无影无踪。

卓王孙脸上毫无表情，动作却越来越缓。在他双手之间，竟隐隐有妖异的华光在盈盈流动。

相思一怔，这个手势是如此熟悉。她曾经在华音阁青鸟岛的西王母石像上看到过。之后，星涟、日曜都曾在她面前结出过相似的法印。然而，极度的相似中又贯穿了某种异样的变化。

她心中一动，一个可怕的记忆慢慢开启。

不知何年何月开始，流传着一个神奇的传说。昆仑山巅，西王母曾参悟出一招剑法，这一剑是天地间大美的极致。然而，凡人是无法承受这种美丽的。人若有幸见到此招，双目就会在那光华刚刚绽放之时，永远地破碎。所以凡尘间的人永远都不会有关于此招的记忆，就算记得的，也只是一个起手势而已。

这个起手势也已经带上了人世间不可想象的光辉。

传说三只青鸟曾因侍奉西王母练剑而看到了这招起手势，顿时眩惑不能自已，暗中传习了下来。她们的身体是西王母的鲜血所化，血液中沉淀着西王母的部分力量，于是便借助本身的血液，引发出此招的无尽潜力，以最大幅度提高自己的能力——这也是青鸟族最后的杀招。

这一招本和魔教天魔解体大法有着相似之处，却更加精妙、强大，而付出的代价也就更为惨重。一旦击出，无论中与不中，都会引起双倍的反噬。也就是说，无论你本身修为如何，都相当于遭到两个功力相若者的夹击。这个代价几乎已与死亡同义。因此，不到玉石俱焚、同归于尽的地步，没有人肯轻出此招。这本是青鸟族的不传之秘，直到百年前，星涟一支投靠华音阁，才将这个秘密告诉了当时的华音阁阁主，作为答谢。后来，这一招也就成为了华音阁的秘技之一。

相思突然明白过来，他是要用这禁忌之招去强行打开这座人类本无法突破的暗室！

她忍不住颤声道："住手，住手！"

卓王孙似乎根本不曾听见，手中的光弧缓缓变亮。

他绝不想求死，只是不相信有注定的东西。如果非要说有注定的命运，那么也当从他自己手中注定。至于那些所谓必死的规则，本不是为他而设。

　　炽热的黑暗中，那团光晕越来越盛，流转不定，似乎整个宇宙都被他聚于手中。相思挣扎着想扑过去阻止他，但这小小斗室中，已然充盈着无处不在的劲气，让她无法挪动分毫。

　　此招一出，败了，后果自然不堪设想；但若胜了，她一个人走出这暗室又有何意义？若结局一定是死亡，为什么非要选择对抗，而不是平静面对，同生共死？

　　这些，她或许永远都不会明白。

第二十三章

多情一笑伤别离

卓王孙手中的光晕越凝越多，如团团妖花绽放，几乎要将整个暗室充满。窒息般的巨大压力充斥在暗室的每一个角落，彼此牵掣撕扯着。

相思蜷缩在暗室深处，全身燥热，几乎无法思考。突然，一声极轻的响声从远方传来。相思身上的压力顿时一轻。浓密的黑暗似乎顿时被撕开了一道罅隙，微弱的红光从远处暗暗透过。

卓王孙猝然撤力，手中的光晕瞬间破碎，满天劲气也消失得无影无踪。

一团白影从罅隙中一闪而入。

相思忍不住惊声道："檀华？"

那道红光渐渐驱散了沉沉黑暗。精钢熔铸的暗室赫然已打开了一线。透过弥漫的烟雾，可以看到外边已是一片火海。

檀华雪白的身体微微战栗着，静静伏跪在卓王孙面前。马背上血红的鬃毛披拂下来，宛如夜色中盛开的一蓬秋草。

秋草的中心，正赫然托着那柄藏在青石中的长弓。

长弓在烈焰的烤灼下，微微发红，在檀华雪白的背上烙下清晰的形状，那蓬赤红的鬃毛已被完全烤焦。而檀华却看不出一丝痛楚，仿佛它最荣幸的使命就是从燃烧着烈焰的废墟中，寻出这柄青郁的长弓，再打开天神封锁的机关，将它驮到主人的跟前。

暗室已被打开一线，除了刺目的火光之外，什么都没有。卓王孙将真气缓缓探出，查看周围的情况，却发现这座暗室竟不止一层！

这便是乐胜伦宫中最为强大的战阵，九重伏魔锁。此机关共有九重，从内绝难破开，在外则可通过踩踏地上的图腾开启。而每打开下一层门，身后的机关就会自动关闭。因此，一旦阵法开启，再想从外进入，便会被困于其中，无法回头，无异于自寻死路。

而檀华却不惧烈焰和死亡，将这柄无箭之弓驮到了他的面前，到底用意何在？

火光越来越盛，灼热的浓烟宛如铁索，紧紧缠绕住相思的咽喉。她忍不住低头咳嗽起来。过了片刻，她觉眼前一花，檀华马不知什么时候已经来到她面前，卓王孙在马背上向她伸出手。

相思怔了怔，下意识地也向他伸出手去。她只觉得手腕上一紧，整个身体几乎飞了起来，轻轻落到马背上。

卓王孙将她放到身前，沉声道："俯身。"

相思不由自主地低头抱住马首。卓王孙在马上缓缓拉开了那柄青郁的长弓。魔弦妖弓，张如满月。

只是，他手上并没有箭，唯有一团七彩光晕，在火光弦影中缓缓流动。四周火焰燃烧之声、断木落石之声此起彼伏，而密室中却沉寂得可怕。檀华马似乎也难以承受这无尽肃杀之意，身体微微颤抖。

相思感觉到气氛的异样，正欲抬头，一滴温暖的液体轻轻落在她额头上。

而后又是一滴。

相思惊愕之下伸手一探，手心中却是一片殷红。她突然明白过来，青鸟族的血咒，他最终还是用了！

相思嘶声道："不要！"她没有来得及抬头，只听卓王孙手中的弓弦传来一声极沉的空响——虽然只有一弦，却宛如诸天丝竹齐鸣，灭世魔音裂开九天云障，贯地而下！

那团流转的华光已然从他手中飞旋而出。

四周的空气仿佛在一瞬间都被抽空，那团光晕带着巨大的呼啸声向茫茫火海中直撞而去。

天地震动。

一声巨大的轰鸣撕开时空的罅隙，隆隆而来。前方九重叠嶂似乎都在一瞬间裂为碎片，带着要吞噬天地的怒气，在热浪中狂舞。而一道阳光已撕开无边火幕，向密室的中心投照下来。

清凉的空气透过火焰的间隙，将窒息的痛楚驱赶开。

相思心神一振："成功了！"正待欣喜，另一股巨大的反噬之力却如山岳崩塌、天地坼裂一般，直向两人恶扑而下。

相思只觉得眼前宛如有万亿个赤红的太阳，在一个渺不可知的空间里欲沉欲浮，突然一同放出最强烈的热度和光芒，旋转着、爆炸着、毁灭着、重生着。她被眼前诡异的奇景惊呆了，竟然忘记了躲避。

突然，卓王孙暴喝一声，将她紧紧按在马背上，另一手持着湿婆之弓，向光华最盛之处迎了上去。

所有五光十色的奇景顿时消失，一切色彩都最终化为一片茫茫的白色，再也分不清彼此。相思双目紧闭，只觉得全身的知觉似乎都被抽离而去，却并不感到痛苦。她不再去看，却仿佛能透过一种不可知的力量，隐隐感受到身边的一切。

长弓宛如在瞬息之间获得了生命，化为一条金色的狂龙，和夺目的白光盘旋交缠着，突然爆出一次猛烈的撞击。金光脱手，一点点碎裂，散为尘埃，被蒸发得无影无踪。而白光也在这剧烈的撞击中暗淡下去。

两道力量夹击下，檀华发出凄厉的哀鸣，向地上跪了下去。

巨响隆隆不绝，周围的空气中弥散出浓浓的血腥之气。

没想到，卓王孙竟用这柄湿婆之弓挡住了青鸟血咒的反扑之力。

相思倏然回头，只见卓王孙全身浴血，连双眸都似乎被这血与火染得绯红。

她惊声道："你……"

卓王孙没有看她，猛一牵马鬃。檀华仰头长鸣，如风驰电掣般从暗室中高高跃起，向外面的火海中冲去。

　　相思伏在马上，紧紧抓住马鬃。她苍白的脸埋在那排血红的马鬃里，竟也染上了一片嫣红。她忍不住抬起头，只见他一袭被鲜血染红的青衫宛如张开的巨大羽翼，将她和灼热的气流、飞坠的落石、乱溅的火花隔开，让她能静静地蜷曲在这个小小的空间里。

　　这是他为她撑起的天空。

　　她仰视着他，担忧与焦虑渐渐平息。是的，这个人就是这样，无论在何种情况下，都会将一切把握在手中。如此，又有什么是值得自己担心的呢？相思双颊上红晕更盛，一种不可言传的温存化作实质，沉沉地包裹在她身上。

　　好多年了，她一直跟随在他的左右，早已情逾主仆，就连肌体之亲也已有过。然而，即使是在最亲密的时候，她也要称他一声先生。而在他心中，自己到底是属下还是情人，她从来也不曾明白。只是在这短短的一刻，她竟有一种初遇的感觉，羞涩而欢愉。她紧紧搂住檀华的脖子，脸上带着嫣红的笑意，心绪却越飞越远。

　　四周的火光红影不住变幻，檀华一次次高跃而起，又轻轻落下，也不知跑出了多远，而这片火海也不知何时才是个尽头。

　　突然，一阵清风吹过，让人精神不禁一振，檀华的脚步也慢了下来。

　　相思抬头望去，他们竟已到了那半截湿婆神像跟前。

　　残损的湿婆神像依旧保持着飞扬的舞姿。它身后是无边无际的火焰，而方圆半里的土地上却隔开了一圈劫后乐土，青草尚未枯萎，和煦的清风轻轻吹拂着，似乎这熊熊烈焰也因神的威严而退避。

　　一人白袍凌风，正站在神像的另一侧。

　　相思不禁愕然道："是你？"

　　那人缓缓回头，幽蓝的长发在风中猎猎飞扬，双眸中的神光一如身后跃动的烈焰，背上一弯长弓华光流转——不是帝迦又是谁？

　　他注视着相思，带着一种说不清的神色。不知为何，相思竟不敢去看他的双眼。

　　卓王孙抱她下马，檀华长鸣一声，在湿婆像脚下跪伏下去。

卓王孙站在摇曳的火光之中，熊熊火焰将他的青袍黑发都染上一层金色。他携着相思的手，站在神像残骸的一侧，檀华马战栗着伏跪在两人身旁，无边烈焰成为最浓烈而鲜明的背景，敬畏地拱护在他们周围。

正午刺目的阳光将这幅画面点染上浓重的圣洁之意。似乎千万年前，在神的世界中，他就是这样站立在诸天神佛的面前，驱动满天烈焰，用无尽的毁灭之力完成三千世界、芸芸众生最后的解脱。

卓王孙注视帝迦，淡淡道："我们是否还要一战？"

帝迦双眸中赤红的光焰渐渐隐去，道："不必。"他仰望残损的石像，叹息一声，"马识旧主，檀华能寻到你们所在，证明它认可的人，也是你。"

卓王孙道："然而你本可以阻止它来。"

帝迦淡然一笑，脸色却突地肃然，一字一顿道："我不必。"他上前一步，白色法袍如水波一般在火焰中曳动，及地的蓝发微微扬起，令他看上去仍宛如魔君临凡，不容谛视。

他到了檀华面前，牵起它的缰绳。檀华轻嘶一声，驯服地起身跟在他身后。

帝迦站在相思面前，脸上带着淡淡的笑容。他的笑容在阳光与火光的交相辉映之下，隐去了魅惑，显得如初生朝阳一般耀眼而动人。相思望着他深红的眸子，一时千头万绪涌上心头。她眼中盈盈波光默默流转，喃喃道："我……"

帝迦微笑着摇了摇头，没有让她说下去，将缰绳递到她的手中："以后，你就是檀华马的主人。"

相思愕然无语。

帝迦转而遥望着茫茫火海，道："没想到，这一箭竟然击碎了湿婆神像，引发滔天烈焰……不出三日，整个乐胜伦宫都会毁于火海。乐胜伦宫是四道圣泉的发源，传说若它毁于战火，四圣泉的泉眼也将被火焰烤干，掩埋于灰烬之下。那么，世间的四条河流也将同时干涸。"

若这个传说属实，那么干涸的四条河流，将会是中国的长江、克什米尔的印度河、印度的萨特累季河，以及尼泊尔、印度共同的圣河——恒河。

这些河流无不滋养着一个伟大的文明，若真的从此干涸，带来的灾难或许真如灭世魔劫一般浩大。一旦如此，这个罪愆又有谁能承受，又有谁能眼睁睁地看着这些本来沐浴在神之眷顾下的万千众生，在干旱中忍受饥饿、病痛，乃至死亡？

相思脸上露出惊惧之色："这传说是真是假？"

帝迦摇头道："我不知道。若是真，将以千千万万的生命为代价；即使是假，整个藏地也要受到数年干旱的波及。"

相思道："那我们该怎么办？"

帝迦叹息一声，道："乐胜伦宫的大火，只有第五道圣泉能够熄灭。然而第五圣泉的泉眼已于千万年前被寒冰封印。只有觉醒了力量的湿婆大神才能射开第五道圣泉的冰封。"

他转身直面那尊湿婆残像。残像上还保存着半支神箭，箭首已没入青石之中，而半寸金色的箭尾依旧在空中放出夺目的光芒，就连满天的火光也盖它不住。

帝迦握住箭羽，微微瞑目，手腕向下一沉。只听一声极轻的响动仿如从地底传来，湿婆残像顿时出现无数细微裂痕，向四面八方扩展而去。相思正要叫他小心，那支金光夺目的神箭已然被他拔出，握于手中。

满是裂纹的湿婆残像没有彻底坍塌，而是依旧孤独地挺立着。帝迦的面孔在金箭的照耀下，显得肃穆异常。他摘下背负的长弓，连金箭一起，递给卓王孙，道："射开第五圣泉，是你的使命。"

卓王孙没有去接。

相思喃喃道："你说让他去？"

帝迦抬头望着湛蓝的天穹，道："我现在的力量，已不足以射开圣泉。更何况我要留在此处支撑乐胜伦宫的枢纽，让它不至于立即坍塌。不过我能支撑的时间并不多，两个时辰之内，你们一定要赶到圣泉，将封印射开。"

相思似乎明白了什么，颤声道："那你……"

帝迦笑道:"我没有认输。"他转而对卓王孙道:"我现在将神的一切力量交给你——神弓、金箭,还有檀华,希望你承担起神的使命……"

卓王孙淡淡道:"我来这里是为了带走她,而不是承担任何人的使命。至于圣泉干涸、生灵涂炭这种事,我并不关心。"

相思蹙起眉头,想说什么,却又止住了。因她从心底相信,这样的话并非他的本心。

帝迦却似早料到他会这样回答,微微颔首:"有一件事你一定会关心——我是谁,而你又是谁。"

卓王孙不为所动:"你是指壁画上的事?早在进入神殿之前,我就从记忆之泉中看到了。但和你不同,我很清楚一件事:我就是我,并不想成为任何人。"

帝迦注视着他,缓缓道:"是吗?在此之前,你受毁灭之力的困扰也已经很久了吧?"

卓王孙的脸色终于有了改变。

帝迦道:"从幼年开始,每当你修为获得新的进益,都会有一种奇怪的力量在你血脉深处燃烧,让你变得暴虐、嗜杀、充满了毁灭的欲望,需要全力压制才能忘记。当你的力量越强、越接近神,这种痛苦也就越强烈。你选择在冈仁波齐峰与杨逸之决战,不是偶然,而是神在冥冥中感召。他让你知道,毁灭之力的终极奥义就藏在乐胜伦宫中,只有找到它,才能将自己从这种欲望中解脱出来。"

卓王孙一字一顿道:"你为什么会知道?"

"只因我和你一样饱受折磨。多年来,我用了很多世人不容的祭祀,克制自己心中的杀念。我也曾迷惑过,神虽然司毁灭,但终究是慈悲的,为什么会有这样强烈的杀戮之意?获得神的意志后,我明白了原因。在转世过程中,由于轮回盘的毁坏,神对众生的怜悯迷失在轮回中,而杀戮破坏之意却被激发。毁灭之力的终极是灭世,但那是为了让世界重生,失去怜悯后,便会成为单纯的杀戮。因此,你我觉悟后,可以是神,亦可是屠戮众生的魔王。"

卓王孙微哂道:"我说过了,我并不想成为任何人。他是魔王还是万神之主,并无分别。"

帝迦叹了口气："这正是我担心的。当你用神弓打开密室的那一刻，我明白了一件事。毁灭之力的种子其实一直在你体内，这一点，在帕凡提女神爱上你的那一刻就已决定了，无论我做什么都无法改变。"说到这里，他有意无意地看了相思一眼，叹了口气，"我空有神的意识，却没有得到力量，无力找回神的迷失之心。而你得到毁灭之力，却没有神的意识，拒绝成为神。也许，这也是命运吧。从神的化身一分为二开始，那个毁天灭地却又心怀悲悯的众神之主，就注定永不再现。"

似乎在应和这句话，湿婆神像的残骸猛地摇晃了一下，随即彻底倒塌。雷鸣般的嘶啸从神像深处响起，在雪原上回荡不绝，似乎是诸天神佛的叹息。

卓王孙与帝迦都没有动。

两人隔着漫天飞舞的劫灰沉默地对峙，直到四周恢复平静。

帝迦注视着他，继续说下去："此后，毁灭之力将在你体内迅速成长，无敌天下，但你的戮心也会越来越重……那些大德托你前来打败魔王、挽救苍生，可他们没想到，自己成就了一位真正的魔王。"他怆然一笑，笑容中有深深的讥嘲。

两人陷入了沉默。

卓王孙道："如果我告诉你，这样的话我不是第一次听到了呢？"

帝迦微微皱眉。

卓王孙道："在我来的地方，江湖哄传我即魔王，人人得而诛之。我还是少年时，有一位上仙曾降下预言，我不仅会让华音阁覆灭，还将令众生流离、大地赤红。为了这句话，师友尊长，尽皆欲杀我……可这一切并未真正困扰我，只因为我相信一件事：人并非神的附庸。作为人，可以对抗神格，亦可以改变宿命。"

帝迦沉默良久，道："你没有得到神的意识，也就无法知晓天地创始、轮回本源的奥义，这样想并不奇怪。"

卓王孙道："我并不知晓，也不想知晓。我只相信自己的感知——那就是无论我前生是谁，现在只是自己。即便真有神将所谓宿命强加于我身上，我亦要将之打破。

当初我选择冈仁波齐峰为决战之地，的确是为了寻找毁灭之力的解法。但这不是响应神的召唤，恰恰是要摆脱神的控制。无论有什么因缘，也无论有多少人预言过，我都不会成为魔王。"

帝迦看着他，目光变幻不定。这番话自大狂妄、目空万法，也违背了他多年对神的信仰。但奇怪的是，他并不意外。也许是从看到这个人的第一眼起，他就料到了这个人会说出这样的话，又也许只因为，他偶尔也有过同样的心意——那便是在他说"是神选错了"的瞬间。

他们终究还是一类人。

帝迦淡淡一笑："那就向我证明这一点。用这柄弓打开第五圣泉，做一件福泽苍生的事，证明你不是魔王。"

卓王孙迎着他的目光："我并不想证明什么，但如果这是你的遗愿，我可以替你完成。"

帝迦并不在意这句话中的嘲讽："你获得了毁灭之力，但毕竟只有凡身，不能完整运用，需要借助神的法器才能发挥到极致。所谓法器，就是这柄弓，而祭炼它的方法，就是御敌。你用它战胜了越强大的敌人，能借它调动的神力就越强。以你之天分，大概需要十年，便可将它祭炼完整。射开圣泉是一个难得的机遇。以一己之力对抗天地造物，本就是只有神明能做到的，一旦成功，就将触发弓上蕴藏着的全部奥义。之后，你将通过它到达怎样的境界？是摧城灭国，是道成肉身，还是永生不死？我很想知道。如果说我有什么未了之愿，这应该算一个。"

他缓缓抚摩着手中的长弓，沉默良久。新生的朝霞垂照在长弓上，发出夺目的光芒。

帝迦终于抬头，展颜微笑："时间不早，你该启程去圣泉了。是为福泽苍生，还是为自己成神，甚至是为了我的遗愿，都在于你。"他重新递上弓箭，转头看了相思一眼，"至于帕凡提，她的命运是由她自己选择的，我只能尊重。而你要好好珍惜。"

"这是她来时的衣物，请你一起带走。"弓箭之外还有一个小小的包裹。在大火废墟之中，他竟还为她留下了这些。

卓王孙没有回答，只是轻轻接过了帝迦手中的弓箭和包裹。

帝迦叹息一声，转而面对半尊湿婆残像，道："无论成功与否，都不必回来找我。"这句话却是对相思说的。

相思的声音有些哽咽，道："为什么？"

帝迦道："因为我不再留恋此处。或许我会转劫，或许我会到俗世间流浪苦行。总之，我会用其他的方法完成我的觉悟——无论在此生，还是来世。或许你本不是我要寻找的那个帕凡提，这次的机缘也不是我的机缘。我的机缘还在某个遥远的地方，等着我去寻找。"

他遥望天穹深处那朵最悠远的白云，心思似乎也归于这浩渺苍穹、莽苍雪峰。

相思默默看着他。这传说中的波旬魔君，以湿婆之箭的无上威严劈开乐胜伦宫上诸神的封印，进驻这座湿婆之天堂，而后为了觉悟为毁灭之神，不惜用血腥的祭祀染红皑皑雪山。

无论是人还是物，无论曾经罪孽滔天还是无辜受难，芸芸众生的生命就如优昙一般，在他手上绽放，旋即凋零。

然而，当金箭面对她的心的时候，他却犹豫了。

这一犹豫，让他失去了最后的机会。然而他并不后悔，也不曾认输。他只是从容地将弓、箭、檀华，一切曾得到的湿婆之力都交给胜利者，然后孤身浪迹人间，寻找属于他自己的机缘。

相思迟疑了良久，却只说出了两个字："保重……"

帝迦淡淡微笑道："去吧。"

那一瞬间，他眸中的幽红褪去了神魔的影像，在晴空的阳光下显得如此纯粹，那淡淡的笑容永远地镌刻在这阳光白云之中了。

相思还要说什么，卓王孙已将她拉上马背。

大火依旧燃烧不止，檀华在烈焰中哀声嘶鸣，似在向昔日的主人做最后的告别。卓王孙一扯缰绳，檀华宛如白云出岫一般，飘然向烈焰深处跃去。

相思忍不住回头，半座湿婆残像依旧狂舞不休。神像之侧，帝迦的身影被耀眼的阳光拖出长长的金色影子，又渐渐变得模糊，仿佛天地开辟以来，他就一直站在此处。

火焰与浓烟终于模糊了她的眼睛，她不再回头。寂静的雪峰上，一道冰泉如天绅倒挂，遥遥在望。

第二十四章

九窍玲珑亲执与

日之圣湖边。

白衣女子牵着青驴站在湖边，抬首遥望白云深处。

赤红的雪花终于落尽，茫茫雪原又恢复了空灵的姿态。圣湖无言，波光反照，将一切装点得神圣而肃穆。

白摩大师将红衣大德的尸身用白布包裹，放上马背，准备带回扎什伦布安葬。年轻僧人也默默跟在他的身后。其他大德渐渐恢复了行动，一同结印诵经，感慨这场末法浩劫总算是暂时过去了。

索南迦措上前对白衣女子一礼道："若无大师伏魔护法，这场浩劫只怕在所难免。适才我等言语多有得罪，还望大师海涵。"

丹真结印为礼："大师言重了。"

索南迦措道："不知大师在何处修行？"

丹真微笑道："云游天下，四海为家。"她向前两步，拾起地上的十方转轮与六龙降魔杵，递给俺达汗道："大汗可以将这两件法器带回天湖了。"

俺达汗接过法器，微微叹息一声："我还不能走，我要找的人还没有找到。"

丹真微笑道："大汗不用担心，她已经平安了。"

俺达汗讶然道："大师如何知道？"

丹真点了点头："她在当世最强力量的护翼下，只怕已没人能伤害得了她，大汗还是尽快把两件法器带回蒙古吧。"

俺达汗将六龙降魔杵和十方转轮包裹起来，负在身后，摇头道："无论如何，本汗也要亲眼看到她平安，否则绝不离开此地。"

丹真轻轻叹息一声："没想到大汗一世英雄，最后也为这儿女情所累。我说过，她现在在最强力量的庇护下，大汗就算见到她，又能怎样呢？"

俺达汗却坦然一笑道："若见到她平安，本汗立刻打马离去，绝不停留。"

丹真有些意外："大汗不想把她带回蒙古了吗？"

俺达汗摇了摇头："她本是九天上的羽凤，不属于我，也不属于那片草原。若她折羽受伤，我就庇护她一世；若她平安幸福……"俺达汗遥望天边绯红的云霞，心中有些涩然，但随即坦然笑道："若如此，我就退回草原，白云之下，看她高飞……"他的话虽然突然，但听上去一片真诚，毫无半点虚伪做作，丹真也禁不住一怔。

好情痴，却也好气度、好胸怀。

相思何德何能，得让如此多惊才绝艳的男子挂怀？丹真冰雪一般寂静的心似乎也有所触动，她暗中做出决定，无论如何，也要带他去看她一眼。

丹真缓缓道："实不相瞒，在下本次前往冈仁波齐峰顶尚有别的目的，为了避免大汗破坏我的计划，本应在此刻出手，阻止大汗前往，却不料大汗情深若此，令人敬佩。"她轻轻叹息了一声，"我决定带大汗和她一见。"

俺达汗一喜："有劳大师……"

丹真摇头道："然而，我要事先在大汗身上种下法咒。届时大汗只能看，不能说，不能动，这个条件大汗能接受吗？"

诸位大德都是一怔。

俺达汗毕竟是一方霸主，怎能接受这样的法咒施加在自己身上？若丹真另有所图，他岂不成了砧上鱼肉，任人宰割？

却不料俺达汗断然道："就请大师带路。"并没有丝毫犹豫。

丹真点了点头，却不急着出发，而是回过身来，指了指旁边弟子手中的步小鸾，对白摩大师道："若大师信得过我，就将她交我医治，如何？"

白摩大师有些犹豫，道："大师妙法通神，能救治这位姑娘是再好不过，只是此事是由我亲口答应卓阁主……"

丹真淡淡笑道："大师答应卓阁主帮她延长半年的寿命，是不是？"

白摩大师叹息道："至多半年，至少三个月，就要看这位姑娘的造化了。"

丹真淡淡一笑："大师不必骗我，九还丹、转轮盘都已不在大师寺中，这三个月、半年之说，不过是对卓阁主的权宜之计罢了。"

白摩大师见她道破，也不再隐瞒，叹道："当时情况危急，将波旬赶出乐胜伦宫之责非卓阁主不能担当，不得不以虚言应付，日后入拔舌地狱，也由我一人承担。只是救治这位姑娘的心意却并非造作，虽然几件圣物不在寺中，若敝寺上下全力施为，至少也能拖延一个月的时间。"

丹真笑道："既然如此，大师何不信任我一回？"

白摩大师皱眉道："那卓阁主……"

丹真道："我正是要带着小鸾去见他。"

白摩大师讶然道："难道上师已经知道卓阁主的所在？"

丹真注视远山，缓缓道："乐胜伦宫已陷于火海，他带弓纵马，正在去往第五圣泉的路上。"

第五道圣泉静静流淌于初生朝阳下。

泉眼深不见底，由千百个从大到小的岩石之环叠套而成，每一环都包裹着一层厚厚的冰凌，在阳光的反射下，呈现出迥然不同的色泽。从上往下望去，就宛如无数道彩虹首尾相连，层层叠叠，绚烂非常。

檀华的身影从一道道沟壑、峭壁上飞跃而过。

蓝天湛湛，血红色的马鬃猎猎临风，让人几乎产生一种飞行于雪山之际的错觉。终于，马蹄慢了下来，停在这虹泉之畔。卓王孙从马背上轻轻跃下，引缰上前，注视圣泉的中心。

相思留在马背上，将湿婆之弓紧紧抱在胸前，回头望去。遥远处，乐胜伦宫的火焰还在熊熊燃烧。相思不禁双手合十。她本想祈求九天十地的神明终结这场灾难，最终却又犹豫了。这雪峰圣泉本是天神的居所，而她，正是雪山神女的化身。她又能够祈求谁？到底谁才是主宰世界的神明？

檀华马负着她，轻轻在雪地上漫步。阳光如此夺目，她微微合上了双眼。突然，檀华马马蹄一顿，一道极轻的裂纹从地底迅速延展开，直穿过虹泉冰面。

泉眼深处传来一声尖锐的轻笑："你们终于来了。"

相思霍然变色："日曜？"

日曜的声音隔着重重玄冰传来，仍显得高厉无比，震得四围的雪花簌簌落下。她的一个声音尖声狂笑着，似乎极其高兴这两人的到来，另一个声音却低低啜泣，不时还夹杂着最恶毒的咒骂。她突然止住笑，厉声道："终于来了，我在这该死的冰柱之中等了好多年，很寂寞，很痛苦，现在终于要解脱了……"另一个声音却恶狠狠地道："你们拿着箭，是想射开这道圣泉吗？可是圣泉的封印和我的血脉已长在一起了，一旦打开，我全身的血管都会破碎。你们想杀死我，杀死我！"她的两重声音越来越高，犹如刮骨磨齿一般，刺得人耳膜发涩。

卓王孙皱眉喝道："住口。"

声音停顿了片刻，又换了一种低沉的声调，一字一顿道："你得到了湿婆之弓，必定是来杀我的。嘿嘿，可是我知道，你杀不了我。"

卓王孙淡淡道："哦？"

日曜森森笑道："你为了打开乐胜伦宫的机关，不惜用了青鸟族的血咒大法。魔力反噬，你体内的力量已变得极其微弱，只怕根本无法拉开湿婆之弓，就算能引开，也未必能洞穿第五道圣泉的冰封。你若执意引弓，体内内息将被完全打乱，后果将严重到什么地步，想必你比我更加明白。更何况，湿婆之箭只剩下这一支，一旦失手，这封印就再也无法打开了。你还要固执一试吗？"

卓王孙没有回答，对相思一抬手，示意她将湿婆之弓递给自己。

相思一怔，下意识地捧起弓箭。

日曜似乎被他激怒了，高声道："我是能看到未来的半神！我用我体内西王母的鲜血发誓，射开这道圣泉的职责，本不该由你来担当。"

卓王孙冷笑道："你何不看看自己的未来？"

日曜的声音突然一滞，而后变得沉静起来："我的未来，就是让心窍中的鲜血溅到这个女人身上，然后，我的躯壳将在干涸的第五圣泉中永远安眠。"她顿了顿，两个声音一齐道："如果你真的是湿婆大神的化身，就请相信命运的轨迹，把湿婆的弓和箭留给她。"

相思一怔，愕然道："你是说，让我来射这一箭？"

日曜咯咯笑道："是。帕凡提的另一种身份是近难母，是执掌最强的力量、征战四方、扫平魔氛的女神，也是第二个能使用湿婆之弓的神明。"

相思低头看了看自己手中的巨弓，喃喃道："不，不可能……"

日曜的声音变得极沉极缓："不要怀疑我在欺骗你，浪费这唯一的机会。无论你们中谁射出这一箭，我的命运都是死亡。我相信我看到的未来，并愿意把我的生命和鲜血托付给你，所以也请你相信我。"

相思轻轻摇头道："可是我……我做不到。"

日曜叹息一声，道："你怀疑自己的力量吗？在这雪峰之顶、圣泉之侧，湿婆大神和帕凡提将会同时赐给你他们的灵魂——你要相信自己，至少在这一瞬间，你拥有神明才有的力量。"她的声音突然变得很轻，仿佛一声叹息，"拿起箭，射开圣泉。杀死我，也实践你立下的诺言。"

那一刻，相思想到了吉娜，想到了自己在地心之城中所承受的凌辱。

该杀死她吗？相思迟疑着。

雪峰上的阳光更盛，将她的双颊灼得火热。终于，她缓缓将怀中的巨弓托在手中，回过头对卓王孙道："或许我可以试试。"

卓王孙断然道："不可以。你无法承受这种力量，勉强行事，无异于送死。"

相思注视着他，目光渐渐变得坚毅，她缓缓道："可是，如今不应该由你来涉险……"她没有说下去，但是意思已经很明白。今天，就是当初卓王孙与杨逸之约定的决战之期。如能打开圣泉的封印，接下来的事，就是在日落之前赶到冈仁波齐峰顶，否则，就是失约于天下武林。而与杨逸之的一战，不仅关系两人生死，还有华音阁数百年声誉以及整个武林的命脉。

或许，还关系到那个传说中的神的赌约。

卓王孙淡淡道："这是我的事。"

相思轻轻咬了咬嘴唇，握住弓弦的手指因用力而苍白："请你相信我一次！"她清澈的眸子在阳光下透出极亮的光芒，清丽绝尘的脸庞沐浴在坚定而自信的神光中，隐隐带着一种圣洁的庄严，一如图画中那在冰泉中苦行千年、以执着的力量撼动天地的女神。

于是，她轻柔的语调中也第一次带上了一种不可辩驳的力量。

卓王孙不由为之所动，略略迟疑了片刻。

眼前白光一闪，相思突然转身，一纵缰绳，身下的檀华马宛如闪电一般高高跃起，在湛蓝的天幕中划出一道云路。她垂散的秀发在晨风中盛开，纤细的身影被朝阳和神弓上流溢的华彩披上一层绚烂的战衣。

重逾万钧的弓弦也仿佛受到了某种秘魔之力的引导，在她柔荑般的双手下缓缓张开，一如满月。

卓王孙喝道："住手！"他想阻止她，却又放弃了。因为在那一瞬间，他突然感到，这个跃马引弓的女子有些陌生。或许，她体内真的沉睡了太多的记忆，自己一直未曾了解，也不愿去了解。

也许该给她一次机会。

弓弦之声破空而下，似乎是从天空、地底、心灵深处同时发出，而又融为一体，无处不在。相思只觉手腕一松，猝然合眼。隔着眼帘，她仍能感到世界突然变得极亮，仿佛太阳千万年的光芒都在这一瞬间燃烧殆尽，而后，天地便将永远陷入沉沉黑暗之中。

日曜的哀鸣从泉眼深处传来。一低沉一锐利的惨嘶彼此纠缠，既是毁灭的阵痛，又是重生的欢愉。

大地剧烈地震动起来。

相思眉心隐隐作痛，檀华马嘶鸣战栗，一步步向后退去，似乎预感到了即将来临的天地变异之威。一股冰凉的液体宛如利箭一般冲开破碎的冰凌，向相思直冲过来。相思下意识地伸手去挡，却发现自己全身的力量似乎都在刚才那一瞬消失了。她的手只轻轻动了动，根本没能抬起。那股液体直击在她的眉心，剧烈的疼痛如利刃透骨而过一般，她眼前一暗，手中的巨弓顿时脱手。

她双手掩住额头，桃红色的水滴缓缓从她苍白的指间淌下。

从圣泉中喷出的第一股液体，居然不是水，而是血。那嫣红异常的血淌了一会儿，竟然顺着她的手指，向她的额头反渗回去，瞬息就已不见踪迹，竟仿佛渗入了她的肌肤一般。

就在这幅诡异的画面背后，碎冰的响动更加巨大，似乎整个地底都在沸腾。第五道圣泉随时可能重新喷涌，巨大的洪流只怕要将整个山峰淹没。檀华以蹄叩地，不住哀声嘶鸣，只因没有得到主人的命令，不能转身逃开，却已忍不住一寸寸向后挪去。

隆隆巨响撕裂大地，磨盘大的碎冰被高高抛起，雨点般砸下。地上乱雪纷飞，卷起丈余高的白影。一股巨大的白色水龙翻滚呼啸，破开重重冰封，直冲天幕！

相思依旧掩着额头，她的意识似乎已被渗入的血液控制。碎乱的嘶啸声在她脑海中回荡，让她无法宁静心神。眼看洪流就要涌到她眼前，一道青光破空而上，卓王孙身形跃起，如苍鹰凌空一般，隔空一探，缰绳的一端如落叶般轻轻飞起，落到他手中。

而与缰绳一起飞起的，还有那张湿婆之弓。长弓在空中盘旋，发出奇异的幻彩。这是来自天堂的光泽，让任何人在一见之下都禁不住目眩神摇。

卓王孙看着它飞向自己。

虽然不由他亲自控御，这张弓仍祭炼圆满。如帝迦所预想的那样，射开第五圣泉后，这件沉睡千万年的神器拂去了俗世留下的一切尘埃，露出了让诸神赞叹的威严。

他只用轻轻张手，便可将之控在掌心。之后呢？他将摧城灭国、道成肉身，甚至永生不死？

卓王孙脸上的笑容有一丝自嘲。

他射开圣泉，本不是为了获取这张弓的力量，也没有想到，是她替自己射出了这一箭，让神弓最终祭炼圆满。难道这就是宿命？帕凡提选择了他，让他得到了毁灭的力量，最终又将成就他，使他觉悟为神？

卓王孙微微冷笑，牵起缰绳，就要转身。突然，他止住了脚步。这一刻，他心底涌起了一种莫名的感应。体内的毁灭之力仿佛真的化为一颗颗种子，在弓弦之光的照耀下苏醒，和心跳一起搏动起来。

——接过它，获取真正匹敌神明的力量。从此，这股烧灼一切的力量将不再是煎熬，而只是随心所欲的武器。他将与这种力量融为一体，凌驾万物。从此，他将真正无视世间的一切。任何对手都将在这柄弓的威力下灰飞烟灭，谁都不能例外。他有信心，哪怕是梵天亲至，也必将败在毁灭之力下。

时间仿佛只过了一瞬，又仿佛过了千万年之久。体内的毁灭之力似乎在催促，从一开始的温言诱惑，化为烈火般烧灼。

卓王孙最终一动不动。

帝迦始终没有明白一件事。他不愿觉悟为神，不仅仅是拒绝成为毁天灭地的魔王——即便是成为那个悲悯而强大的万神之主湿婆，也不是他想要的。

如果他成为神的化身，他又何在？

入红尘二十年中所见所感、所爱所恨，又将何在？

与杨逸之对决是出于他自己的心意，而不是一个来自神明的赌约。他决战的对手是杨逸之，不是梵天。无论杨逸之得到什么样的力量，他都是杨逸之。

他行走千里、独闯乐胜伦宫救出的女人，不是帕凡提转世，而是相思。

他，亦只是自己。要战胜谁、得到谁，靠的都是他自己的力量，而非神的恩赐。

长弓坠到眼前的一瞬，卓王孙突然一振袖。漫天光华破碎，如抖落一身蝶蜕。长弓受力，发出一声悲鸣，向悬崖深处坠落下去。

他一振手中缰绳，再也没有回头看一眼。

普度众生或屠戮众生，皆是神性，非他本心。

既非我心，便是外道，何妨弃之，从此自在无碍。

檀华载着两人，聚起全身力量往前跃去。面前是一条深不见底的沟壑，对面的断岩最近的也有七丈。身后水龙翻卷，浪尖扑向地面，将碎雪砸得纷扬而起，浸湿了檀华的马蹄，而后巨浪的主体如山岳崩摧般轰塌而下。

就在这一瞬，檀华的身形宛如一只凌空飞翔的巨鸟，在空中划出一道长长的弧线，向对面山崖落去。身后的巨浪扑了个空，将岩边巨石打成粉末，和着泉水向崖下卷落。泉水不住喷涌，将周围的岩石打得松动起来，洪流分成无数股，向下奔流。远远望去，第五圣泉宛如一朵巨大的白莲，不住开谢在蓝天下。

圣水化为河流，浸润着经过的土地，终将熄灭乐胜伦宫的大火。

檀华飞跃在群山万壑之中，马蹄经过一片又一片亘古以来就无人踏足的雪地，在平滑的冰雪上踏下一个个深深的足迹。

山风习习，相思渐渐恢复了知觉，突然想起了什么，回头道："那柄弓……"

卓王孙摇头道："生于斯，葬于斯，这是它的命运。"

相思一怔，终于深深叹息了一声，突然感到身上疲乏，于是不再回头，只轻轻依偎在他怀中。

日已中天，冈仁波齐山的顶峰就矗立在前方的苍穹之下。云雾缥缈，华光隐现。檀华若全力奔驰，在日落之前，应该能赶到峰顶。

然而，他们毕竟已迟到了半日。阔别已久的杨逸之、小晏等人是否已来到峰顶？这场让天下人注目武林盛会最终又将发展成什么样子？

相思眼中神光隐动，显出一丝期待。

第二十五章

雪裳年少云中姿

冈仁波齐峰顶。

碧蓝的穹顶缓缓张开，却是如此之近，仿佛一伸手就可以触到。夕阳显得格外巨大浑圆，沉沉缀在空中，将天幕绷得更紧。日晕周围垂下丝丝云霞，仿佛是无数鲜红的血丝，将湛蓝的天空染得凄艳而恐怖。

皑皑白雪宛如一面巨大的镜子，倒映着天空的奇景。残霞染红天空，也浸染大地。峰顶上，一块巨大的岩石突兀地高出地表，直向青天。岩石之上，一人长身而立，身上衣衫猎猎当风，如一朵最高洁的白云自在卷舒于天幕尽头，却比这落雪更加夺目。

杨逸之。

他独立于岩石上，似乎已等了很久。斜阳垂照，将他的身影融入雪峰蓝天之中，仿佛他亘古以来就伫立于此。

嗒嗒嗒嗒，巨大的雪岩下，传来一阵轻微的马蹄声。

一个年轻僧人牵着一匹白马，马背上端坐着他的上师，向杨逸之所在之处走来。他们身后还跟着数十位高僧。他们走得并不快，似乎重伤未复，脸上的神色却极为庄严。

杨逸之眉头一皱。他和卓王孙约战之处，武林中只有极少数人知晓，这些大德如何会突然现身这茫茫雪峰之巅？

白马上的上师从马背上下来，拱手对杨逸之道："杨盟主，在下甘丹寺白摩。"

杨逸之还礼道："大师。"

白摩大师打量了杨逸之片刻，神情颇为复杂，最终叹息一声，道："杨盟主此番

211

担负武林正道重任，与卓阁主约战神山之巅，舍一己之生死，负天下之大道，实在令人敬佩。"

杨逸之淡然笑道："晚辈分内之责，大师言重了。"

"然而，"白摩大师注视着他，脸上的笑容渐渐变淡，透露出几分冷漠，"白摩想斗胆问盟主一句，面对如此重任，盟主自问可有必胜的信心？"

杨逸之微一皱眉："大师是不信任晚辈？"

白摩大师淡淡道："盟主的武功如何，白摩远在藏边，未得亲见，姑且不论。然而天下人风传，盟主与卓阁主伉俪友情甚笃，此番前来更是一路同行，历经诸多磨难，可谓有患难之情。只可惜此番决斗，并非计较武功高下，而是要立判生死。武林兴衰命脉俱在盟主剑上，然而盟主就算胜了，却以为自己到时候能够斩下这一剑吗？"

杨逸之默然片刻，道："以杨某个人而言，当然不愿意。但卓先生杀念太重，所行所为举世所不容。与其让武林正道与华音阁的纷争无休止地持续下去，杨某倒宁愿他我二人中，有一人死于对方剑下，以作了断。"

白摩大师摇头道："盟主此言差矣。此战并非盟主与卓阁主的个人恩怨，而是关系整个武林命脉、正邪势力的消长。然而……"他眸中神光突然一凛，"盟主为杀人而来，但心中并无杀意，岂非置自己于不胜的境地？"

杨逸之道："那又如何？"

白摩大师决然道："因此，这负担天下兴亡之剑，就不该由盟主来拿。"

他此话一出，四围峰峦皆动。而数位大德脸上却未有震惊之意，显然早已有备而来。

杨逸之淡淡一笑，将目光投向远天，道："大师有话何妨直说。"

白摩大师望着眼前这个年轻人。他轻易洞察了自己的想法，却仍能如此镇定，不卑不亢，也难怪能够以弱冠之年登上了武林权势的巅峰。然而或许正是这样，他才陷入了更为复杂的争斗之中。

白摩叹息了一声，道："既然盟主明白，我也不再遮掩——并非我不信任盟主，而是盟主已然失去了一些长老的信任。"

杨逸之微笑道："久闻少林昙宗大师与甘丹寺白摩大师以及诸大德是多年至交，想来必定委托了大师一些重要的事情，要在此刻对杨某讲明。"

白摩大师叹息道："没想到盟主早已料到此事，他们还是低估你了。然而昙宗和我乃是过命的交情，他临终的心愿，我无论如何也要帮他完成。"他向后挥了挥手："子耽，你过来。"那年轻僧人应声走上前来。

白摩大师对杨逸之道："他名方子耽，乃少林昙宗大师唯一的俗家弟子。自天罗教一劫后，少林声势萧条，无法顶戴武林第一大派的桂冠，昙宗大师深以为恨。他唯一的希望，就是恢复少林武林正宗的地位。而这位年轻人，又是他希望中最重要的部分。虽然中原极少有人知道子耽的存在，但他的实力，已远在任何名门后辈之上。"他眼中神光炯炯，注视着杨逸之，"他和你一样，是武林后辈中不世出的人才。只是他的心比你单纯，他只相信武林中的正义，而不像你游走在诸多心结之间——因此，我相信昙宗大师的判断，他才是武林正道的希望。"

杨逸之不答。

白摩大师叹息道："昙宗大师数月前圆寂，临终前让子耽独自跋涉千里，来甘丹寺找我，然后跟我学艺至今。为了成就昙宗的心愿，我遍访诸派寺院，求得各寺失传多年的武学典籍，并将副本抄录给他。以他今日的成就来看，亦可谓集汉藏武学大成，盟主不可轻视于他。"

杨逸之淡淡一笑："诸位如此处心良久，倒没有轻视我。"

白摩大师长叹道："我相信昙宗与其他长老绝对没有为难杨盟主的意思，也不是怀疑杨盟主的实力。只是以盟主此日心态，不适合承担领导整个武林正道的职责而已。所以，我带子耽前来，是想让他与盟主一战，以定武林正统之所在。"他说完后默然片刻，最终长叹一声，往后退了几步，将这块雪域巅峰让给了这两个年轻人。

夕阳的余光照耀在两人脸上，同样年轻而俊逸的面容，只是一个生气勃勃，满是跃跃欲试的兴奋；另一个却淡泊而宁静，似乎眼前游走的一切——阴谋、理想、正义、贪婪，对他而言，无非是一种浮世悲哀。

方子耽微微一笑，向杨逸之拱手道："杨兄。"

杨逸之还礼，却没有答话。

方子耽站直了身子，道："如果我胜了，是不是可以向杨兄提一个要求？"

杨逸之道："你要什么？"

方子耽注视着他，一字一顿道："若我胜了，就请你下这武林盟主之位，而决战卓王孙之事，也由我来承当！"

杨逸之淡淡一笑，望着眼前这个年轻人，想起了自己三年前参加洞庭武林大会的情景。

当时天竺第一高手遮罗耶那纵一苇东渡而来，宛如天魔降世，大肆屠戮中原武林人士，血染洞庭湖水。而自己刚刚逃脱了曼荼罗教的追杀，便一战功成，将万人觊觎的武林盟主之位揽在手中。当然，九大门派的武林名宿们要将盟主之位拱手让给一个名不见经传的后辈，是极不情愿的。然而当时情势危急，若无杨逸之出手，当时天下英雄几乎就要尽灭在遮罗耶那手中。

好在，他们希望、也以为这个盟主只是傀儡。

如今已经过去了三年。三年之中，无论这些元老的初衷如何，无论他的风头是否远不及华音阁阁主之盛，这个年轻人终究渐渐将事情控制在自己手中。三年来，他尽心为武林正义而努力着，而这些努力也获得了越来越多的认可。江湖正义仿佛全都担在他萧索的双肩上，也只能由他担当。是他直面华音阁阁主的威严，力挽正道覆灭之狂澜，并设法使之走向中兴。但荣耀集中在他身上的同时，也让别的人显得更加黯然。

而这些绝非昙宗这些武林元老愿见到的。他们想要的是傀儡、是权力，而不是一个有能力、有担当的武林盟主。

他们已不能继续容忍杨逸之。

藏边决战无疑是取代杨逸之的最好时机。只要除去他，无论用什么理由、什么手段，中原都没人会知道。

方子耽无疑是昙宗、也是一部分武林元老潜心培植的对手——击败并除去杨逸之的对手。

暮雪似乎下得更大了些，纷纷散开，将两人的身影都衬得有些模糊。

杨逸之缓缓展袖道："请。"

方子耽注视着杨逸之，笑道："我更愿意看着杨兄出手。"

杨逸之淡淡道："我从不先对别人出手。"

方子耽的目光宛如冰针一般刺探而下，似乎想看清楚杨逸之心中在想些什么。他冷冷笑道："杨兄这个习惯在下早已知道，只是我有个疑问……"他故意顿了顿，等着杨逸之的反应。

然而，杨逸之神色丝毫不为所动。方子耽心中微微失望，道："只是不知道杨兄是不屑先出手呢，还是不能先出手？"

他不等杨逸之回答，继续道："世上有先发制人的武功，就有后发制人的武功——也就是看透了对方的缺点之后，再对之攻击。杨兄从来不肯先出手，是不是只不过因为杨兄的武功，是后发制人的呢？"他的眸子渐渐收缩，那黑沉沉的深处似乎有鬼火闪动着，要将杨逸之的一举一动都吸收进来，"我在想，若是杨兄不能后出手的话，那对敌只出一招、从无败绩的神话，是不是就会从此终结呢？"

杨逸之淡淡一笑，并没有作答。他的笑容宛如这雪山上的浮云，虽淡泊却亘古不更变，就算飒飒寒风、煌煌日色也不能掩盖它卷舒自如的姿态。那抹悠淡的白色，正是广阔的冈仁波齐峰顶唯一的彩色，将夕阳反照回的灿烂光芒也吸收、容纳其中。

——正如杨逸之淡然出世的自信。

方子耽的目光中闪过一丝惊惶，杨逸之的神色绝不像是被说中了弱点。难道，他们几年来极力总结出的杨逸之的弱点，竟然错了吗？杨逸之的那一剑真的是夺天地之造化，再也没有人能企及吗？

他的呼吸禁不住微微乱了起来。

杨逸之嘴角浮起一丝微笑，目光透空而下，照在方子耽身上："你怕我？"

这三个字说得虽轻，却如炸雷一般击在了方子耽的心底。他忍不住怒喝道："我为什么怕你？"他的真气骤提，轰的一声响，面前的积雪瞬间被震开一步。

杨逸之怜悯地看着他。这怜悯却更加刺伤了方子耽的心，因为连他自己也不得不承认，虽然他蓄谋已久，虽然有诸位长老在背后支撑，他仍然惧怕杨逸之。

也许是因为那孤高的剑法，也许是因为那从来不与人多话的清远。

也许，只是因为他是杨逸之。

方子耽忍不住怒喝道："胡言乱语！"

他突然抬手，就在手动的同时，双脚错动，却倏然后退了两丈。双手如穿花蝴蝶一般，掌影恍惚，已拍出了百余掌，每一掌都拍向四周银亮的白雪。百余掌过后，白雪被他搅得漫天飞舞，万千银龙聚成巨大的一团，亘在两人之间。

方子耽长啸一声，硕大的雪团在他的内力催动之下，向杨逸之攻了过来。

他退后时用的是青城派的天罡步，拍雪时用的是伏魔金刚手印，这一合身扑上，则是天龙派的垂天功，每一种功夫都造诣极深。看来白摩大师所言不虚，这武林元老潜心培植的方子耽，的确融会了汉藏武功于一身，是个不可小视的对手。

杨逸之并没有动，巨大的雪团宛如造化之轮，轰然压下。

方子耽狂笑道："杨逸之，你还能一招定胜负吗？"他的话刚说完，眼前灰莽莽的雪雾中，突然滚现出一点银芒。那银芒越来越大，转瞬之间已经扩到了两三尺，带着横亘长空的无限清明，静静照耀着整个尘世。

苍茫雪原上，仿佛突然升起了一弯生机勃勃的新月。月光轮转，从新月迅速成长，瞬时已是满月照耀。银色的月华从满月中倾泻而出，一穿过雪雾便化作藻荇交布的倒影，如玄兔，如玉蟾，如霜娥，如素女，将整个天地充满。

那团狂舞的暴雪竟在这月华的照耀下渐渐归于寂静。

这个天地再没有雪，也没有那苦到寂寞的严寒，只剩下这皓皓月影轮转不休，照耀着有情众生。

方子耽睁大了眼睛，看着这不可思议的一幕。

这轮明月出现得太突然，也太过空灵，他甚至忘记了去招架，只能眼睁睁地看着月光越来越盛，吞没整个天宇，最后将他自己也融入其中。

广袤天地间只余一片清明。

然后死亡般的黑暗突然到来，所有的光都收缩在一起，汇聚成一柄灼目的光之剑。

光芒渐渐散开，骈指为剑，直指在方子耽的眉心。

剑的另一端是杨逸之。

杨逸之的眼中有深沉的无奈。虽然白摩和昙宗处心积虑，但他并不想以他们为敌人。

毕竟，昙宗也曾是他的恩人。

他也不想折损了方子耽这样的年轻人的锐气。毕竟，白道中多一个进取的年轻人，总是好事。虽然这进取的矛头对准的是他。

有剑，就有锋芒；有锋芒，就会杀人。但方子耽在这柄剑下面，并没感觉到太多的威胁，只因这柄剑的主人并没有杀意。

这柄指剑上隐动的光华突然散淡开去，化为一只手，伸向跌倒在地的方子耽。杨逸之脸上有一丝笑容。他很希望方子耽能够接受他这只手，从此能更多地考虑天下人的利益，而不是派别与门户的荣耀与尊严。

方子耽盯着这只手，脸色由惊惧变为愤怒，一种烧入骨髓的愤怒。

多少次，他也曾肆无忌惮地嘲笑着被杨逸之打败的人。怎么可能，怎么会一招就败在了他的手中？但现在到自己时，他却依旧是一招败了！

这还是他吗？

他突然大吼一声，一掌将杨逸之的手推开，身子一长，光芒闪烁中，右掌已经多了一柄亮晶晶的利剑。方子耽吼声不绝，剑招连绵，宛如长江大河，向着杨逸之狂卷而去。

杨逸之并没有动，他白色的身影在剑光的照耀下显得有些不太真实。那绵绵无尽的剑气宛如落雨般从他衣袂旁划过，却如飘尘过体，毫发不沾。

方子耽急速回身，一掌击在地面上。冈仁波齐峰万年不化的积雪被他一掌击起，爆为千重银浪，宛如无数的暗器，向着杨逸之暴击而下。

杨逸之身形依旧不动，但那些积雪纷纷而落，没有一片能落到他的身上。他脸上的怜悯却越来越重。

夕阳渐渐暗淡，冈仁波齐峰的银光却渐渐升起。

黑夜与光明的轮转，从来是不可阻挡的。

方子耽已经换了十几种方法，却始终徒劳无功。他眸中的光芒渐渐变得阴冷无比，手上的招式也怪异起来。他突然大喝一声，弃剑扑上，十指弯曲如钩，招招直取对方心脏。他的双眼透出鹰隼一样的凶光，宛如化身一只魔鹰，要将对方的心脏剜出，生啖其血。而他的指尖却渐渐透出一种妖异的红色，迅速化为一张细密的血网，布满整个手掌。

杨逸之皱了皱眉。他虽未见过这种武功，却肯定这个少年是在施展一种江湖上罕见的邪术。

他清空的眸子中透出一股浓浓的悲哀，也有几分犹豫，似乎在犹豫要不要结束这场无谓的争斗。他的风月之剑目的在生而不在杀，若对手并无杀心，此剑也仅是取胜而已，并不伤人；相反，对手杀机越重、邪念越强，引发此招的反噬之力也就越大。所以，此刻的杨逸之一旦出手，方子耽必死于剑下！

杨逸之眉头紧皱，五指在身侧轻轻叩响，指尖一团光华欲聚欲散，似乎还在思索。

方子耽手上的血网已然扩散到全身，脸上血痕纵横交布，把那张本来还算英气勃勃的脸映衬得诡异无比。四周阴风飒飒作响，他身旁的气息似乎都受了一种秘魔之力的驱使，向他体内汇聚。他身上的血痕也越来越浓，渐渐凸出肌肤，令他看上去丑恶非常。

白摩大师长长的眉毛抖了起来，他的声音中含了莫名的恐惧："血魔搜魂大法！你竟然修习了血魔搜魂大法！"

方子耽慢慢抬起脸。他的双目变成了血一样的红色，声音也变得沙哑死沉："对，就是血魔搜魂大法。这是当年半神日曜赠给我师父昙宗的秘宝。你们教给我的那些武功，练上一百年都没有用处！只有它能让我成为武林的霸主，能让少林有复兴的希望。什么华音阁，什么武林盟主，这些邪魔外道统统都要慑服在我的血魔搜魂大法之下！"

白摩大师脸上涌起一阵迷惑与悲伤。难道这就是他们选定的武林正义的执言者？难道这就是他们培养的领导正道走向光明的希望？

是昙宗和自己看错了人，还是这无尽的权力、名誉的争斗，将这个本来单纯而上进的少年变成了嗜血的恶魔？他又是否明白修炼血魔搜魂大法的下场？

一瞬间，白摩大师本已洞烛世事的眸子中，也充满了深深的迷茫。

杨逸之轻轻叹息了一声，似乎在为他们的执迷不悟而悲哀。他手指微抬，那惊天动地的一招，终于要出手。

"慢！"雪峰寂寂，将这声轻喝传得满山都是。

众人都不禁愕然回头。

第二十六章

寂寞空花坠影时

夕阳残照，落雪无声。

斑驳的日影之中，一位紫衣少年踏着落雪缓缓而来，风神潇散，宛如神仙中人，淡淡的冷香从他临风飘举的衣袂中透出。

诸位大德脸上也不禁透出敬慕之色，纷纷向他合十行礼。

他们当然还记得，这就是刚才在胎藏曼荼罗阵中救大家于危难，却又不留一语而去的少年。

有着神佛一般的面容与慈悲的少年。

紫石虔诚地侍立在他身后，却又不敢靠他太近，仿佛惧怕自己的举动会亵渎了心中的神明。

小晏缓缓走上前来，完美无缺的脸上依旧没有一丝血色，仿佛匠作大神尚未来得及上色的杰作。他那如夜空一般深邃的眸子中却带着温暖的笑意，注视着雪原上的众人。

杨逸之收手，淡然笑道："殿下、紫石姑娘。"竟再也不看方子耽一眼。

小晏还礼，轻轻叹息一声，道："在下本无意阻止盟主出手。"

杨逸之淡淡笑道："哦？"

小晏道："平心而论，这妙极天下的风月一剑，在下也早想一睹其真。只是此刻，盟主这一招还不能出。"

杨逸之道："为何？"

220

小晏微笑道："盟主对敌从来不出第二招。然而刚才，盟主的一招已经出过，只是一时慈悲，未忍置他死地。只可惜他……"他摇了摇头，看了方子耽一眼。方子耽竟觉得他的目光如此通透，仿佛一瞬之间就洞悉了自己心底最为阴暗的渣滓，令自己一时竟有无所遁形之感。

小晏收回目光，缓缓道："在下不想盟主为这样一个人而破例。何况，盟主风清月朗，不染尘埃，不适于沾上满身鲜血。"

他说这句话的时候，神色中竟有一种深沉的悲哀。

或许因为他也是嗜血之人。

杨逸之一时无语。

小晏遥望远处雪峰下欲沉的红日，缓缓道："血魔搜魂大法本是青鸟族的异术，是在人体内种下血魔的种子，待血魔长成后，能在一瞬间聚集极大的力量，发出致命一击。然而，此法是世间最为邪恶的武功，修炼者要承受极大的痛苦，而且血魔成长的过程中，会不断反噬修炼者的心脉……"他叹息一声，轻轻看了方子耽一眼，"你不知不觉中，中毒已经很深了。每到月圆之时，你心中就会莫名狂躁，恨不得狂饮鲜血，而眉心处也会剧痛不止。伤人自伤，你若强行施展此法，轻则心脉重挫，重则筋脉逆行、走火入魔。"

方子耽眼中掠过一片惊讶："你怎么知道？"

小晏的脸上浮出讥诮的笑意，似乎是在嘲弄自己的命运，"因为，我也是修习者之一。"

方子耽愕然，惊道："不可能，半神日曜在将此术传给师父的时候，说这是天下唯一的异术，无人能当，也无人能破！"

小晏淡淡一笑："青鸟族的传人有三个，所以血魔搜魂大法也不是唯一。你和我遇到的都只是其中之一。只是你是自愿修习此术，我却是在出生之时被强行注入体内。她还同时在我身上下了最为阴毒的血咒，让我永远无法摆脱体内的血魔，并且时时处在嗜血的痛苦之中。你与我不同，我已注定要走下去，而你还有回头的机会。"

他脸上始终带着淡淡的笑意，似乎在说一件与自己毫不相干的事情。然而他身后的紫石已经凄然动容。

只有她才知道，这十八年来，少主为了这个血咒，承受了多大的痛苦。这样一个拥有神佛一般容貌的少年却终年不能见到强烈的阳光，只能在清晨、日落、夜晚孤独行走在这茫茫世界之上；这样一个心怀着无尽慈悲的转轮圣王，却要每日靠着鲜血来维系自己的生命，用无尽的痛苦去克制心底最邪恶的杀念。

然而如今，他如此坦然地将这个秘密陈告于众人面前，这是不是意味着，经过胎藏曼荼罗阵的洗礼，他已经将这命运的可笑安排看淡、看透？

方子耽狠狠地盯着小晏，道："回头？血魔搜魂大法一旦修习，就会与寄主生命同在，而体内血魔饮下越多高手的血，就会成长得越快，寄主的力量也就会越强。我只要杀了你们，血魔就会完全长成，这些痛苦自然也会消失！"

小晏摇头道："你错了。这种邪术的修炼者需要特异的资质，普天之下，适于修炼的不过几人，能勉强修成的也不过十数人。而你，属于那十数人之列，天资有限，无法驾驭血魔，因此血魔越成长，你所受的伤害也就越大。"

方子耽怒道："一派胡言！"

小晏注视着他，摇了摇头，道："这些年来，我一直在寻求血咒的破法，最后的结果却是——我无法解开血咒，却能化解血魔，所以……"

他将目光转向方子耽，缓缓道："我无法救我自己，但能救你。"

方子耽怔了怔，突然大笑道："你救我？"

小晏不再看他，遥望着欲沉未沉的夕阳，道："是。将体内血魔唤起到最强的状态，然后出手。"

方子耽止住狂笑，点了点头，缓缓道："我明白了，原来你是想死。"他森然冷笑几声，道："那我就成全你！"

小晏双手结印，静静伫立在雪峰之上。天地间最后的光辉垂照着他淡紫色的衣衫，宛如给他披上了一件金色战衣。祥云舒卷开合，宛如十万莲华无根自开在这雪域神山之上，虔诚地侍奉着他辉煌的身影。满天雪花似乎都在退避这神佛般的光芒，轻轻飘落在旁边的大地上。

方子耽眼中的惊怖、不甘、嫉妒最终变为恶毒的狂热。他身子突然冲起，向那光芒撞了过去，疯狂地大笑道："你要看最强的血魔？好，我让你看！"他的身子倏然蜷了起来，仿佛所有的精力都被身体中的某种东西吸得空净，连整个人都萎缩了下去。他年轻的躯体迅速地老化，额头上竟然显出了几块暗红的斑点。

尸斑。

他的肌肉瞬间变得干瘪，全身血管却饱胀着。那张细密的血网凸现在他的皮肤之下，并且随着脉搏的运动迅速膨胀、律动。

半落的夕阳被漫天的秋云遮住，那云也血红。

白摩大师的眼中闪过一片寒光，似乎看到了极为恐怖的未来。他的声音剧烈颤抖起来："住手，住手！"

方子耽的身子剧烈地抖动着，每抖动一次，他身体上的血管就隆起一分，到最后，那张细密的血网变得小指粗细，裸露体外，看上去诡异非常。

小晏垂在袖底的手轻轻动了动，一层微紫的光幕砰然绽放。这层光幕极薄极轻，看上去仿佛一团并不真实的幻影，在他的指间流转不休。满天沉沉压下的血云宛如受了这团微光的照耀，惶然退避。方子耽手上流转欲出的血影也似经受着极大的压力，被囚困在他体内，无法呼啸而出。这压力越聚越重，将他体内的血魔激得暴怒，在他的血液中不断突击冲撞，将其全身血脉膨胀到极处！

血网渐渐由鲜红变为浓紫。淡蓝的经脉下，那奔涌的鲜血欲渗欲流，随时都会震碎经脉的表皮，爆裂而出。谁都能看出，就算小晏不下手杀他，只要再过片刻，他体内的血魔就会反噬己身，将他撕为碎片。然而小晏脸上并没有丝毫喜悦，他轻轻叹息一声，左右手法印交替。那团紫光顿时扩散开去，如烟云一般将方子耽包裹起来。只见那浓浓的血影在筋脉中冲突决荡，却无论如何也挣脱不出紫云的裹束，反而一点点被抽丝而出，弥散入紫云之中。

方子耽脸上浮出一片绝望的惊愕，他已经明白，小晏是要将他体内的血魔点点化去！

血魔搜魂大法是他称雄武林的唯一希望，也是他师父昙宗大师临终的遗愿。无论这项武功有多么邪恶，他都一直相信，他能将之用于正义。

他不是为了成魔，而是带着神佛一样的怜悯，身入地狱，以获得足以匡扶正义的力量。

他决不能容忍眼前这些正邪不分、与邪教狼狈为奸的人主导整个天下。

为此，他不惜一切代价。

方子耽的眸子渐渐变得赤红，宛如有鲜血要从中流出。他突然发出一声大叫，十指在胸前猛地一撕！

衣裳片片飞开，露出胸前一块破旧的丝绸。灰褐的颜色看上去极为陈旧，却似乎带了种神秘的吸引力，让人一见之后，眼睛便再也挪不开。更为奇特的是，那丝绸的正面绣了一只张翅奋迅的血色巨鹰。

方子耽遍身血网，全都植根在巨鹰身上，似乎是从中吸收着养分，又似乎是在供给它的呼吸。渐渐地，那巨鹰越来越红，发出一团慑人的光芒。

寒空中突然响起一声尖厉的鸣叫，宛如神鬼夜哭，刺得人耳膜生痛。一蓬巨大的血花在他胸前绽开。他的胸膛宛如被什么尖锐的东西从内突破了一般，浓黑的血影呼啸而出，在半空中喷出蒙蒙血雾，而后渐渐凝结成形，却是一只张开巨大双翼的怪鸟，爪喙张扬，呼啸而出。

血鹰衣！

传说中无坚不摧、可立毙世间任何一位高手的血鹰衣！

当年耸动天下的天罗秘宝之一血鹰衣，竟然就在方子耽身上！

空中弥漫着浓浓的血腥之气，仿佛周围的一切都在为这血鹰的魔力而震颤，慑服在那令天地变易的威力之下。

白摩大师的眉毛抖动得更加厉害起来，他喃喃道："血鹰衣出现了，血鹰衣出现

了，血鹰衣出现了！"他仿佛忘记了其他的话语，只重复地说着这句话，声音怆然战栗，在苍凉的冈仁波齐峰顶扩散开。

传说，血魔搜魂大法乃是上古异族青鸟族的异术，而血鹰衣乃是青鸟族的长老用万人心头的热血染成的秘宝。传说一旦身着血鹰衣发动血魔搜魂大法，连天上的神明都可以击落。

这种传说谁也无法证实，但血鹰衣与血魔搜魂大法在江湖上现身过两次，每次都令天下耸动。

第一次，是一名不会武功的少年，身着血鹰衣击杀了当时的天下第一高手。

第二次，是天罗教的教主崇轩，还未用血鹰衣，就以血魔搜魂大法灭少林、破武当，半壁江湖都几乎沦落。

而如今，血魔搜魂大法与血鹰衣同时出现在方子耽的身上，而血魔搜魂大法显然已经发动了。

方子耽的眼神中透出残刻的恨意，盯着小晏嘶声道："你现在还想救我吗？"

小晏淡淡地看着方子耽，他的眼神仿佛隔着千万年的悲伤和无奈。

原来，自己拯救不了的不仅仅是青鸟的血咒，还有世人最深沉的心魔。

他长叹一声，双手垂下，周围的紫光微微一震，已然消失得无影无踪。他全身竟再不留一点真气护体，完全暴露在血鹰的烈爪利喙之下。

紫石惊呼一声，难道少主真的如舍身渡人的佛陀一般，已经决心灭度了吗？

她的声音哽咽在喉头，因为她已经看到，少主的眼中闪过一丝异样的寒光！

方子耽猝然顿喝，全身的血管一齐爆开。大蓬鲜血倾然洒下，爆开一团血雾。那血雾聚而不散，仿佛被一种神秘的力量催动般，向着那空中的血鹰涌去。

空中忽然响起一声凄厉的鹰鸣，血雾腾涌中，那只巨大的红色鹰隼倏然冲天而起，眨眼之间已直上青旻。

整个冈仁波齐峰刹那之间被一股妖异的巨力笼罩住。那血鹰隐在云层中，就仿佛魔神的一只巨眼，冷漠地注视着整个大地。云渐渐低下，低得都快压住众人的头顶。

云层之上凄厉的鹰鸣不绝于耳，一声声都仿佛死神的号角，在催促着地狱之门的打开。

方子眈猛地一啸，血鹰卷起巨大的血雾，带着厉声怪啸，向敌人扑下。

突然，这些血雾如被无形的利刃当中斩断，从中断裂开来。方子眈狂叫一声，整个身子突然炸开，筋络血肉全都化作赤红的血雨，漫天爆散。血鹰哀声长啸，贯云而上，但失去了本体，它也维持不了多久，霍然也化作一腔热血，飘飘洒洒，大雪般飘落了下来。

飞血漫天。

小晏在血雨中结印而立，悲伤地道："血鹰要寻的是可追随的人，而不是利用它的人。你血魔未成、狂心未死，又怎能驾驭这血魔搜魂大法的最高秘宝——血鹰？"

白摩大师合掌而立，看着这赤红的纷纷鲜血，不知是在哀悼自己看错了人，还是在为这血魔终被消灭而庆幸。

赤血纷洒，如同烧红了的战场之雪，一点一点飘洒在空寂的山顶。

第二十七章

十年铸剑鼎龙怒

长空血乱，大地无声，就连从青色的天幕中飘落的雪花也被染得一片嫣红，宛如天雨曼陀罗，寂寂无声。

小晏仰望赤红的天幕，缓缓闭上双目。他没有遮挡，任那飞落的烟花染红自己一尘不染的衣衫。他的睫毛上渐渐沾满落雪，苍白的皮肤却现出一丝病态的嫣红。他苍白的双唇逐渐变得红润无比，仿佛神匠呕心沥血造就的雕像终于涂上了最后一点色泽——那张容光绝世的脸真正完美无缺起来，就连诸神见到了都忍不住要叹息。

紫石的心却沉了下去。

这血魔搜魂大法的最高奥义血鹰出世，虽未能伤到他分毫，却无疑引动了他体内潜藏的青鸟血咒。

如今青鸟的血咒与胎藏曼荼罗阵留下的八股力量互相纠缠、攻击，仿佛要将他的身体生生撕开，再一寸寸揉为飞灰。

这本不是人类所能承受的苦难。

徐徐下沉的夕阳将他的紫衫染红，衣袂在暮风中微微波动，似乎也在尽力克制那破碎般的剧痛与嗜血的欲望。

紫石心中一阵酸楚，轻轻抬起衣袖。广袖褪去，手腕上是一道又一道深深的伤痕。她将手腕放在唇边，皓齿微合，嫣红的鲜血顿时如小溪般沿着她洁白的手腕淌下。她怔怔地看着自己的手腕，眼泪伴着流淌的鲜血滴滴垂落。

这个动作是如此熟练、如此自然，仿佛已经做过千万次。

千年前也是这样一杯鲜血的供奉，他淡淡地走开。而今，数世轮回后，他是否能接受她这一点不变的痴心？

是的，这一点痴心。

如果真能解脱少主的痛苦，她就算粉身碎骨又有何妨？即便不能，只要能稍稍缓解他的痛，她也宁愿承受千万倍的伤害。

紫石轻轻走到小晏面前，却不敢正视他的脸，只低头将已被染红的手腕呈上。

生生世世，以鲜血供奉她的佛，这就是她的宿命、她的修行。

周围大德齐声叹息，低头诵经。

杨逸之转开脸，不想再看下去。

小晏睁开双眼，却没有去看紫石。秋夜般明净的眸子中交杂着转轮圣王的悲悯和嗜血恶魔的欲望。他的气息已因痛苦而凌乱，嘴角却浮出一丝冷冷的笑意，似乎在质问这天、这地、这神佛、这命运的作弄。

既然注定了他是千世一出、佛陀化身的转轮圣王，那为什么偏偏有人将最凶残的血魔种植在他的体内，让他日日嗜血为生？

既然注定了他是连自己的灵魂都无法拯救的噬血恶魔，为什么偏偏还要让他来拯救这芸芸众生？

为什么是他，同时承受这最高的荣耀与最深的痛苦、最辉煌的光芒与最绝望的黑暗？

阴冷而浩渺的杀意从他周围渐渐扩散开去，布满这苍凉的雪峰。沉沉日色也忍不住瑟然退缩。

紫石跪伏在他脚下，无声地哭泣着，她身下的雪地已落满了点点血梅。

诸大德已然结印在手，暗中布下防御的结界。

杨逸之注视着小晏，却一动都没有动。

突然，众人心中没来由地一惊。

暮风凛冽，小晏身上的杀意点点凝结，他缓缓回头注视着太阳下沉之处。

夕阳最后一抹金色的弧线悄悄隐灭在浩渺的雪色下。一团白色的影子在暮日沉沦的瞬间，轻轻跃出地平线，如月初生，如云出岫，在茫茫雪地上划出一道优雅的风华，跃过道道山峦的阻隔，向冈仁波齐峰顶而来。

杨逸之脸上浮出淡淡的笑意。九月十八之日，日落之前，神山冈仁波齐峰顶。

——他终于还是没有爽约。

青色马蹄轻轻踏着落雪，停伫在那一片嫣红的雪地上。卓王孙从檀华马上跃下。他的一袭青衣宛如从青苍的天幕中裁剪而下，横亘在冈仁波齐峰顶。天空浩渺无尽，但当卓王孙卓然而立时，青天也不过是他的影子。

杨逸之静静地看着他。

两人隔着三尺距离，久久对峙。一瞬间，彼此心头竟然都涌起一种宿命般的感觉：仿佛千百年来，他们都是这样站着，等待着生死立判的一刻。他们已决战了千年，命运决定，在这圣峰之顶，将分出永久的胜负来。

卓王孙很明白这种感觉从何而来，却不愿去想。既然抛下了湿婆之弓，他就只将这场对决当作两个人之间的，而非是前世的神之约定。是他约战杨逸之，而非湿婆对决梵天。

但杨逸之呢？他将以什么样的身份来面对自己？是觉醒后的梵天，还是他本身？

卓王孙长久注视着杨逸之。

微风带着最后的暮色从山顶拂过，杨逸之就仿佛不存在一般，不留住一点风，也不遮挡一片光。

看来，破曼荼罗阵后，他已窥知天地大道，再非昔日的他。

卓王孙的眼神中有一丝落寞。

"你来了。"他的声音也如这青天一般，无比沉稳，似乎就响在耳边，又仿佛生于无穷远处，不带有一丝一毫的感情。

"我来了。"杨逸之的声音随风传送着，也许是这山，也许是这雪，也许是这刚消抹了金辉的夕照，给他的声音染上了一抹怅然。

夕阳落去后，群山显得更加空寂。落霞余留的微光在雪层深处熠熠闪耀着，显得天格外高，大地格外广阔，而人也就格外渺小。

卓王孙遥望这充塞天地的余晖，声音中略带了一丝遗憾："我们这一战，终究还是免不了的。"

他的目光突然注视在杨逸之脸上："如果有可能，我并不想跟你一战。"

他负手而立，身后是巍峨的大雪之山，这一句话竟然有种直透骨髓的凌厉。

杨逸之不禁发出一声叹息。

一路自东海而来的经历瞬间涌上心头，那诡异的海上疑案、凶残的空度母、生死一瞬的梵宫决战……如果说有生死患难的情谊，这也许也算是吧。其实，他们并非必须做敌人的。

可惜他们一个是武林盟主，一个是华音阁阁主。

一个是光明的顶点，而一个是暗夜的元枢。

以及那不能忘记的记忆。

杨逸之叹道："可惜你是卓王孙，我是杨逸之。"

这一叹，包含着无限的怅然、无限的身不由己。

听到这句话，卓王孙的嘴角却缓缓挑起一丝笑意。

这意味着，在杨逸之眼中，这场决战也仅限于他们之间，而无关神意。是因为他并未知晓前世的种种？还是他与自己一样，知晓一切，却决定放下？

无论如何，他满意于这个答案。

冈仁波齐峰顶之战本该只有他二人，容不下任何人，也容不下任何神。

突然，铮然声响，一道裂光从他腰间腾起，插在身前三尺处："这是干将剑，我寻访天下三载，便是为了与你一战。名剑绝世，名侠亦是绝世，也不枉了杨盟主一世侠名。"

干将剑形制古拙，通体青碧，泛着微微的铜锈色，插在雪中，宛如古墓前的翁仲。

万里雪原顿显苍凉。

　　杨逸之默不作声地从腰间抽出一柄剑，用两指缓缓拂过剑锋，目光悠远，声音中带着一丝苦涩："我本不用剑，为了今日一战，特意拜求贵阁的正盈月妃为我铸此剑，剑名问情。"

　　他顿了顿，目光投向更浩远的天际："杨某一生无情，到这生死关头，倒要问问为什么。"

　　他俯身将问情剑插在了身前的雪地里。

　　问情，是楼心月在临终之前，将她炉底深藏的北极玄铁炼合，铸成了她生命中最后一柄神剑。最后时刻，剑不能成，她以指尖划破咽喉，看着流淌的鲜血与炙热的长剑缓缓融合，直至流尽。

　　秋心愁散铸秋雨，一抹幽红冷鼎龙。

　　剑身极细，在暮风中不住地摇曳，宛如情人的眼波，遮掩地凝视着，当真不负"问情"之名。

　　两柄剑，一古拙，一纤细，宛如世间事物的两极，形成了鲜明的对比。随着这两柄剑插到雪地上，雪峰顶的空气骤然改变了。

　　风突然变得闷塞起来，仿佛被无形的气息阻挡住，竟然无法吹进两人身边丈余之内。两人的身形仍然一动不动，但以两人为中心，那万年亘古不变的雪层竟然倏然变得透明。积雪全都变成了晶莹剔透的玄冰，伴随着噼啪裂响，在一道无形波纹的推动下，远远地蔓延开去。

　　众人注视着这不可思议的一幕，都不禁心旌摇荡，似乎连呼吸都要灭度在这微渺的斜曛中去了。大雪之峰的映照下，这两人的身影虽然渺小，气势却参天而立，直透进无穷无尽的天幕中去。

　　这两人本就是旷世奇才，当世再难找出第三人。

　　他们的修为本就达到了人类的极限，而曼荼罗阵中一战，杨逸之在姬云裳三剑引导下，神识反照，顿悟创世之力；而乐胜伦宫中，卓王孙三箭折服帝迦，控御毁灭之力。这两人的修为都是百尺竿头，更进一步。也许，他们俩是最接近神的人了。

他们俩之一战，势必将惊天动地，震烁千古！

天地仿佛也感受到两人那无穷无尽的杀意，雪峰积云暗合，竟然飘飘洒洒地下起漫天大雪。

第一片雪花悠然飘过众人眼前。

就在这一刻，卓王孙动了。

他突然横出一步，斜斜地跨向自己的左侧。他身前的长剑丝毫未动，但就在这一步跨出后，他的整个人同周围的群山、凌乱的大雪都仿佛融为了一体。就在这个瞬间，他的神识通过纷飞的落雪，竟然一扩而为无穷大，同那群山结合，形成一个庞大无比的阵法，向杨逸之压了过去。

这种招法已经不能单单称为武功了，而是窥测天地元功、体察物相运行，与天璇星极相合，以己身为宇宙，不动而发龙象之力，无形而收造化之能，辨通内外之征，交用天地之墟。

这一招，堪称是极人力之顶峰，已成为绝杀绝灭的死式。

山岳一般的大力从四周汹涌而来，向杨逸之逼迫而下。杨逸之并没有出手，他也没有动用他的剑。

他只是悠然地后退了一步。

他的神态是那么自然，仿佛世间并没有任何力量存在，他的对面也没有那个杀意足可堙塞天地的对手，他的后退只是为了更好地欣赏这天地间的大美。但正是这一退，场中的形势却全然变了。

卓王孙以纷飞的大雪为媒介，聚冈仁波齐峰群山。但那大雪是动的，时时刻刻都在改变着。杨逸之踏出这一步时，正是纷飞的大雪又散落了一拍、空中雪花形状改变，与卓王孙斜走一步的精力错了一丝的时候！

如果他早踏一刻，那么卓王孙的神识还未与空中大雪分开；而他若是晚踏片刻，那么卓王孙必定已改变了步法，重新与它结合在一处。正是因为他落脚的时刻恰到好处，而一步落下之处，正是卓王孙的神识与大雪的空相错开的那一点。这一步，满空雪花与周围群山共同组成的阵法被杨逸之巧妙踏裂，而杨逸之跟着又是一步踏出，纷飞的大雪忽然凝滞了一瞬，然后在他意志的带动下，也组成了同样的阵法，向着卓王孙反扑过去。

他们两人的功夫都到了出神入化的境界，这番拼斗起来，当真非凡俗武夫所能想象。看上去虽然简简单单，仿佛两人是漫无目的地在雪地上信步，但生死顷刻，尽在这方寸分毫之中。

紫石只能隐约看出两人的争斗已逐渐到了白热化的地步，诸位观战的大德却已叹为观止。这场比斗不仅是他们平生仅见，甚至比当年于长空独力挑斗天罗十长老都要惨烈良多！

大雪晦暗，天间余光更少，人影已经渐渐被笼罩在夜色之中，再难看清。

卓王孙嘴角突然浮起一丝微笑。

面对杨逸之，没有人可称有必胜的把握。最好的办法，就是能事先看出他武功的缺点。这正是昙宗和方子耽他们一直在做的。

卓王孙当然不是昙宗，他已非常清楚地看出了杨逸之的弱点。那就是，他的风月之剑的力量来源是光，而他必须借助光才能够发挥出风月之剑最强的威力来。就算是梵天地宫一战之后，杨逸之已经摆脱了对光的依赖，他仍然不能完全离开光，他的最强力量仍然要在光的沐浴中，才能完全爆发。

这一点，卓王孙看得很清楚，并深信自己并没有看错。而他要做的就是拖延时间，等到天地完全被暗夜吞没，大雪纷落，星月也被掩盖在乌云之下。只要周围没有光，那么杨逸之必定不战而败。

这实在是很完美的战术。因为他一旦施展出那种以大雪控纵群山的战阵，杨逸之便不能不用同样的方法应战。从一开始，杨逸之就不得不跟着他的步伐走，可惜走向的只能是完全的失败。

卓王孙嘴角的笑意越来越盛。

奇怪的是，杨逸之也笑了，笑意深远而悠然。

他的体内突然爆发出了一点光，瞬间亮透了整个大地！

卓王孙的眼角浮出一丝惊疑，就在这瞬息之间，他已明白了杨逸之的心意。原来杨逸之从一开始就洞悉了他的企图，随着他的战术而动，却在暗中收集光芒，储蓄在体内。

以血肉之躯凝聚天地光芒，这看来是不可思议的事情，却因为杨逸之那特异的武功而变得如行云流水，自然得丝毫不露痕迹。

唯一不自然的，就是卓王孙绝没有想到他竟然会采用这种战法。

微弱的光芒一旦爆开，立即将周围凝结成玄冰的雪层照亮，经过层层反射，顿时增亮了千千万万倍，将整个雪峰顶照耀得刺眼至极。空中纷纷扬扬的大雪在光芒的烛照下也都变成了闪烁明灭的光源。在这宛如琉璃世界的冈仁波齐峰顶，一点小小的火花都能变幻成无边无际的光爆。

在这种地方，杨逸之的风月剑气依仗天地光芒而发，顿时强了无数倍！

这就是杨逸之的对策，也是只有杨逸之才能施展出来的对策。

卓王孙眼中的惊疑慢慢平复，换之以敬佩的光芒。

他尊敬强者，但也仅仅如此而已。更重要的是，他要击败强者。

用名剑杀名人，这是他的习惯。如今，剑是名剑，人是名人，卓王孙心中突然涌起一阵难言的兴奋。自从郭敖败在他手中之后，他的心很久没有这样跳动过了。

他突然抬手，身上真气浩然宣泄而出。

方才布下的战阵并不仅仅是那么简单。如同杨逸之收集光芒一样，卓王孙也在收集。不同的是，他收集的是天地中的元气，也就是山之魄、雪之魂和这青天的血性！

他的武功本就是以天地为丹田紫府，以日月星辰为腑脏，气息运于内，而神通运于外。这浩瀚到无边无际的雪域冰山就是他体内的经脉腑脏，而那飞扬的雪花、怒啸的狂风就是他的真力元气。此时他内外合一，隐然已成为冈仁波齐峰本身，顶天地而独立。无论是杨逸之，还是光本身，乃至司光芒、创生的梵天大神亲临，都不可能打倒他。他的信心也如他的真气一般，强大到无边无际的地步。

而杨逸之的光芒，在这瞬间灿烂成雷霆之火，宛如九天极光垂照空住劫世。喷薄的光焰与真气一触即发，卓王孙与杨逸之同时伸手，握向了身前直插的剑锋！

古拙青碧的干将剑与纤细清幽的问情剑，同时发出炽烈的光芒。两个人的身形由极静转为极动，忽然之间，又由极动转为极静。他们的手握在剑柄上，竟然就此一动不动。

所有的压力与光芒全都消失于无影无踪。

狂风倏然吹入，带起漫天晶莹的雪花，飘打在他们两人身上。他们就如寂立了千万年的雕像，再也不动分毫。

诸位大德却不由得一退再退，直退到百步开外，方勉强站住身子。

冈仁波齐峰顶三十丈内只剩下两个人。

卓王孙、杨逸之。

雪花疯狂舞动，却亦无法进入这一区域。天地之力似乎到此而穷，这里便是天涯海角，无限临近又无限遥远。

这片区域中只有两个人，他们便是这里的神祇，静默肃立。

杨逸之、卓王孙。

他们一动不动。风雪狂啸，似乎因无法靠近他们而震怒，激烈地冲撞着冈仁波齐峰，但他们依旧一动不动。

不知怎的，诸位大德心中全都惊慌起来，似是有什么可怕的事情即将发生。

那是天地毁灭，还是世界重生？

光之屏障流转变幻，宛如一道蜿蜒的星河，将两人围绕其内。

杨逸之注视着卓王孙，目光有一丝落寞。

一开始，他也希望这场对决局限于他二人之间。

之前数次交手，总是他稍落下风。也许，不是他武功不如卓王孙，而是对方睥睨众生、无所不能的气势让他真心折服，因此无法施展全力。窥知创生之力的奥义后，他当然希望能胜一次，但无论如何，胜的人应该是自己，而不是被梵天控制的躯壳。

何况，此时的他，力量、眼光、意志都已到半神的境界，远非世人所能想象。即便没有召唤出梵天的神格，在茫茫俗世间，他也绝无匹敌。

但他随即发现自己忘记了一件事。

宇宙中并不是只有一位神。

由于开悟时机缘不同，他并不清楚神主之间的赌约。但他也知道，在创世之神梵天外，还有一位司职灭世的神主，他的毁灭之力正是创生之力天然的克星。

一生一灭，成就了天地万物。

卓王孙能将毁灭之力运用到这个地步，只有一个原因：他和自己一样，也是神在人间的化身。

想通这一点后，杨逸之明白了很多事。

为什么卓王孙还在少年时，就以无坚不摧的力量控御天下；为什么世人皆传言他将是毁天灭地的魔王；为什么他能一箭将三连城化为灰烬；为什么兰葩视他为湿婆转世。

因为，他本就是毁灭之力的掌控者、黑暗的元枢，是自己宿命中的敌人。

但随即，杨逸之又有了新的疑惑。

他能清晰感到，卓王孙也没有召唤出自己的神格。和自己一样，他也是用凡人的身体和意志在驾驭神的力量。

杨逸之皱眉，抬手指向眉心。天眼通之术打开，观照着整个战阵。对手的一举一动，甚至内心所想，都在他眼前纤毫毕现。

杨逸之渐渐察觉出一丝不妥。

创生之力一旦开悟，就如春冰化水，与他融为一体。召唤梵天的意识与否，只随他的心意而定。

卓王孙则不同。

他体内的毁灭之力似一团蠢蠢欲动的火焰，不断召唤毁灭神的意识，为此不惜烧灼宿主。卓王孙却丝毫不为所动，将这种力量强行压抑并强行控御。刚才，他跨出的数十步，不只是在对抗杨逸之，亦是在对抗他自己。对于卓王孙而言，毁灭之力的觉醒不是归化，不是融合，而是一种暴力征服。是上古之世的英雄下探烈火深渊，与巨龙浴血搏斗，最后生生斩下它的逆鳞，让它不得不负痛垂首，然后将缰绳系上巨龙鳞片斑驳的脖颈。

每一步都会反挫心脉，却恰恰如此，才能激发出血性中更为强大的力量，最终折服之、驱策之，让它为己所用，从而乘云御风，纵横天地。

以凡人之体，竟能做到这一步，真是惊世骇俗。

尤其是他所用的方法皆是人间所学，而无一分神迹。这便不仅仅是匹敌神明的力量，还是匹敌神灵的意志与智慧。

杨逸之本想再多看一会儿，却发现已没有时间了。

他知道，这样下去，输的将会是自己。

卓王孙伤人伤己的做法，虽屏蔽了神之助力，却暗中契合了毁灭之力的真谛。那就是摧毁一切的悍勇与唯我独尊的傲慢。这样下去，毁灭之力必将越来越强，直到冲破战阵，雷鸣般地碾过大地，一旦失控，会波及多远，就连他也无法估算。

想到这里，杨逸之的心惕然而惊。

他不能输。

为了天下，为了万类苍生，也为了引领自己触摸宇宙奥义的恩师。

若为了赢得此战，他必须先召唤出前世的神格，让它占据自己的意识，他并不拒绝。

舍身尚且无畏，何况舍去自己的意识？

他心中本就从未真正有过自己。

从未有私。

杨逸之叹息了一声，神光反照空灵，眸中升起了一点光。时空被剖开巨大的罅隙，仿佛返回了天地初辟的时代。一朵皎洁的白莲在杨逸之身边倏然出现，巨大的花瓣将

237

他包围起来，层层绽开。莲花越开越大，刹那间便通天彻地，高及万丈。

大德们骇然变色，却倏然发现，光屏之内影像变幻，卓王孙与杨逸之置身的冈仁波齐峰顶，已化为一片巨大的海面。海景沉沉，望不到边际，无岛无岸，仿佛从天堂的边境一直延伸到地狱的尽头。海水呈乳白色，散发着浓郁的幽香。

这里是天地初诞时代的海洋，孕育着一切生命的本源。

那朵巨大的莲花沉浮在瀚海中央，仍在无休无止地生长，通天彻地，高出轮回。莲花盛开到极处，巨大的花瓣垂下，覆盖着三千世界，唯余曼妙的花蕊耸立在天地交际之处。莲蕊深处，一位白袍的神明缓缓苏醒，睁开大海般幽蓝的眸子，望向眼前这片混沌的大海。

他脸上似乎带着杨逸之的轮廓，透出温润如月的清俊，却比他更加完美。

没有任何美丽能与他相比。他出现的时候，日月一齐静默。当他的光开始照耀时，他便是世间唯一的存在。其余芸芸众生、天地万物都变得渺小无比，只可跪拜。

他便是世界的创世之神——梵天。

梵天遥望海天之际，眉峰中有淡淡的哀愁，似乎面对这洪荒的天地，回忆起了上个世界的繁华；又似乎感慨自己这一沉睡，便已过去了千万年的时光。

创生，毁灭，再创生，这是天地的规律，就连他也无法超脱。但他并没有因此而叹息，而是低下头，展颜微笑。

他的笑容如明月般照耀着这片蛮荒时代的天地，带来洞穿宇宙的光辉。他轻轻抬手，月华般的长袖褪去，露出温润修长的十指，轻轻抚过身边的莲蕊。

叮咚。

清越的琴音破碎了亘古的时空，从另一个宇宙传来，瞬间已遍布海天。梵天缓缓抬头，目光淡泊而悠远，等待着万物因他这一拨弄而苏醒。

花蕊摇曳，点点玉露坠落，化为诸天神灵。他们全都高数十丈，折下粗长的花蕊，奋力搅动着乳海。大海翻腾起洁白的浪花，泡沫四溢。从泡沫中诞生出山川、河流、人烟、鸟兽。万物众生都在神灵的搅动下从泡沫中跃出，来到与他们一起诞生的大地上，繁衍生息。

莲花散发出的光芒为他们而照耀，给他们光明、温暖、安宁、福佑。他们幸福地生活着，每天都在赞叹创世之神梵天的善行与功德。

突然，所有人脸色惊变，一起抬头望向天际。

天边那巨大的莲花开始暗淡、枯萎。莲花激烈地颤动着，整个世界跟它一起动荡起来。所有人都陷入无尽的恐惧中，忍不住跪下来祈求大梵天的救赎。砰，一只巨大的手臂从莲花中探出，分开了海浪。随即，一尊青色的神明从海底深处浮现。他三眼、四臂，额头有新月一般的装饰，长发猎猎飞扬，如天幕一样青苍。

英俊、庄严、辉煌耀眼，带着令众生慑服的力量——这就是毁灭之神湿婆的法身。

看着他越来越清晰的影子，幻境中的诸天神魔一起露出了恐惧之色。

他即将踏着莲花凋落的花瓣，跳起象征毁灭的坦达罗舞。每一步都踏着宇宙间最美的节拍，每一步都指向宇宙和时间的尽头。巨大的雷霆将随着他的舞步落下，将他的足迹所到之处焚成焦黑。乳海随着他的舞蹈掀起滔天波浪，吞没世间的一切。

他的舞蹈将踏尽一切时间与轮回，直到所有神祇都毁灭，世界崩坏，光与暗全都消隐，回归于巨大而混沌的世界。

这，就是宇宙的终结。

幻境外，大德们亦惊慌失措。他们的心智在无数光影幻象中交织着，几乎破裂。他们分不清楚所看到的是真是幻，无法超脱。他们的命运仿佛乳海中漂浮的泡沫，随时都可能破灭。

他们绝望地看着在幻境中的两个人。

然而，这一切并未出现。

幻境中的时间被强行冻结，终止在湿婆身影彻底清晰的前一刻。

毁灭神高大庄严的法身悬浮在海天之际，俯瞰众生，却一动不动，似乎在等待着什么。

万物俱备，只等一声鼟鼓，便将开启灭世之舞。

只是，宇宙陷入了永恒的寂静，就连梵天也重新回归于沉思。

卓王孙强行压下心口沸腾的血气。

梵天莲台显露的一刹那，压抑多时的毁灭之力竟不受控制，瞬间腾出体外，在他身后幻化出了湿婆法身。

那一刻，无穷无尽的力量贯体而来，而他的自我意识竟在瞬间有些模糊。他明白，这是破坏神的意识在和他争夺躯体的控制权。

他绝不容许这样的事情发生。

于是，在湿婆法身成形前一刻，他强行逆转体内气息，以自己的身体为狱，将破体而出的毁灭之力困住。

本已垂首听命的巨龙被激怒，扯裂缰绳，发出凄厉的嘶啸！

这股本属于神明的力量，此刻显示了最悍烈的一面，在他体内肆意决荡，让他全身每一处经脉都发出破碎般的剧痛。以他此刻通天之修为竟都无法克制。他的手缓缓握紧，指尖有鲜血滴落。

但他依旧一动不动。

和杨逸之不同，无论有如何伟大的理由，他都不会舍弃自我。

以无敌天下的力量诱惑，以普度众生的功业邀约，还是以灰飞烟灭的危险威胁，都不能让他有一丝动容。

还不止于此。

他缓缓闭上双目，以秘法燃烧自身血液，烧灼巨龙。

毁灭之力无论源自何处、为唤醒谁而设，既然植根于他体内，就是他的奴仆。奴仆偶尔背弃主人，并没有太大关系，只需示之以强，严刑惩罚，将敬畏与惊惧刻入其灵魂，使之永不敢再犯。他由来信奉以招还招，用它最擅长的方式将之打败，才会让它彻底臣服——若你以烧灼之苦挑衅我的威严，我亦化身为焰，将你寸寸炼化。

鲜血沿着他的衣袖点点坠落在雪地上，腾起一道道雾气。

梵天注视着卓王孙。

他历劫尘世，是为了完成两位神主的对决，而不是打败一个凡人。

他纤长的手虚悬于空中，静静等候着。在对手彻底控御毁灭之力之前，他不会出手。

他会一直等下去，哪怕要花上千百年的时间。

幻境外的人并不知道发生了什么。

在他们看来，莲台、法身、乳海、诸神都瞬间消失了，卓杨二人再度陷入了绝对的静止。

众人不免产生了一丝疑惑。刚才看到的一切，似乎是幻象，又似是在异空间发生的真实。卓杨二人的心神交缠在一起，将冈仁波齐峰顶三十丈内锁为一片虚灵之境，没有任何力量能进入这片境地。

但有一点可以肯定，只要他们中的任何一人稍有懈怠，这片虚灵之境便会立即崩坏，他也会瞬间被斩于剑下。

万劫不复。

第二十八章

🎕 一袖香绝万物迟 🎕

天地不仁，以万物为刍狗。

大地、夜空、星月、山峦、众人，甚至每一片落雪，都被两人身上散发出的不可抗拒之力震撼、容纳，沦入一种沉沉的律动之中，震颤不息。

只有一个人例外。

小晏。

他的目光一直如寒冰般凝结在前方一个人的身上，似乎千万年来从未离开过。

相思。

他知道自己心中的欲望，也忍受着生死交错般的痛苦，然而他必须克制，稍有放纵，他体内的血魔就会冲出，撕开她九窍玲珑的心脏，将其中鲜血饮尽。

相思也在凝望着他。

她轻轻伏在檀华马的背上，那蓬血红的棕毛衬得她的面容更加苍白。她下意识地将缰绳握在胸前，眼中有深深的迷茫，也有同样的欲望——她体内潜藏的两股青鸟魔血也在告诉她，她必须杀死眼前这个人，取得他心中的血液。这种欲望如此强烈，甚至让她连眉心的剧烈刺痛都忘记了。

紫石站在小晏身后，心一点点下沉。如今，那三滴寄居他们心中的魔血正在发出邪恶的召唤，它们是如此渴望有一个人的胸膛被撕开，让它们能够脱离人类肉体的束缚，重新汇聚。

她回头望着少主人，眸子中有哀伤，也有迷茫。他们不远万里来到中原，就是为

242

了寻找另外两滴青鸟魔血的下落。而找到之后，少主人却没有动手杀掉魔血的寄主。这些日子以来，无数次唾手可得的机会，他却一次又一次地放弃了。如今，相思得到两股魔血，力量是少主的一倍。若再不决断，少主体内的血魔只怕就会凶恶地反噬他的心脉，以求挣脱束缚！

少主真的能下定决心，杀了眼前这个女子吗？

月阙低沉的声音仿佛又在耳边响起："你觉得痛苦吗？那么杀了她。杀了她，青鸟的鲜血汇聚，你母亲答应我的承诺也就完成了，这个血咒便会解开。"

小晏脸上那病态的嫣红越扩越大，轻若云霓的紫袍似也感受到主人的痛苦，轻轻颤抖起来。

然而他依旧没有出手的意思。

紫石猛地跪在他脚下，嘶声哭泣道："为什么，为什么还不肯动手？少主就算不顾自己，不顾转轮圣王的传说，难道就不曾想想老夫人对少主的期望？"

小晏用全部的力量维持着手上的法印，已无力回答。

紫石脸上掠过一丝绝望、一丝决绝。她突然一咬牙，道："少主，对不起了。"手上不知何时已多了一柄森寒的匕首，身形宛如落霞一般飘飞而起，向相思扑去。

小晏一怔，宛如从梦魇中醒来，然而就此一滞，已然来不及了。紫石已扑到相思面前，手中刀光森然，将相思惊骇的面容映得一片青碧。

"住手！"小晏扬手，一团紫光向两人之间的雪地上击下。他这一招无意伤人，只希望能将两人脚下积雪炸开，满空碎雪和劲气将阻止紫石的行动，让相思有躲避的机会。

但他的脸色突然变了。

相思身后，一个苍白的人影刺破夜色，踏着积雪缓缓走来。月色幽微，来人全身笼罩在一袭白色的斗篷之下，看不清面目，只有一枝青翠欲滴的菩提枝在手中轻轻摇曳。手指晶莹如玉，分明是个女子。

那人似乎走得很慢，却瞬间已到眼前，一伸手，将小晏击出的那团紫光接在手中。

她缓缓抬头，冰冷的笑意从白色的斗篷下透出，手上突地一握，那团紫光便宛如烟花一般在空中碎裂。

小晏心中不由得一惊。

自己那一招并未使出全力，然而普天之下能轻易接下的也不过数人而已。这个白衣女子是谁，此刻又为何会出现在这神山之巅？

清冷的月色将来人身旁的一切都映衬得模糊不清。只见她轻轻抬手，紫石的身体顿时变得僵硬，缓缓跌倒在雪地上。

相思骇然回头，目光和白衣女子一触，再也挪不开。她脸上的神色急遽变化，仿佛从白衣女子眼中看到了此生绝不敢想象的东西。白衣女子伸手在她额头轻轻一拂，相思全身一颤，昏倒在那女子肩上。

那女子脸上露出一抹冷笑，回头望着小晏，似乎要从他的眼底看出自己想要的秘密。

小晏似乎想起了什么。原来她就是刚才曼荼罗阵中，立于法阵南方的白衣女子。就在一刻前，她的身影还是那么不引人注目，而现在，她身上的白色却是如此耀眼，仿佛已是整座雪山的主宰。

周围的大德们突然上前两步，虔诚地结印顶礼道："大师。"

白衣女子不答。幽幽月色映衬出她雪域优昙一般的风姿，清冷而高华。

小晏的目光从凌厉渐渐变得平和，终于合十一礼，道："大师因何而来？"

丹真扶着相思，缓缓向众人走来。

杨逸之和卓王孙依旧陷在神我境界之中，对外界之事毫无知觉。而两人身边张布下的菩提幻境又是何等强大，休说是人，就是一片落雪也不能加诸其上。

丹真在幻境的边缘缓缓停下，道："我为你们的命运而来。"

小晏目中神光一凛："我等的命运如何？"

丹真抬起眸子看了他一眼，叹息道："你已没有命运了。"

小晏一怔，道："大师何意？"

丹真冷冷道："胎藏曼荼罗阵中，我一直没有出手，本来是想给你一个机会。"

小晏不语。

丹真道："胎藏曼荼罗阵宏大无比，却恰好与你体内的血魔相生相克。你用慈悲之心勘破轮回，将胎藏曼荼罗阵的破坏之力纳入体内，以一己之躯承受灭世之难，冥冥中已契合了佛陀创造此阵的用意。因此，你本已有了顿悟的机缘，只要……"她突然伸手一指相思，道："只要杀了她。"

小晏默默地望着丹真，依旧没有说话。

丹真沉声道："杀了她，解开青鸟血咒，就能动用胎藏曼荼罗阵的力量。而后，披上金色战甲征战四方，统一你的国度，成为造福万民的转轮圣王。出，则帝释前导；动，则诸佛护卫。这就是你的命运！然而如今你已经放弃了。"

她看了他一眼，眼光中有一些鄙薄："你不忍杀一人，而忍心置万民于水火，你不配承当这样的命运。"

小晏依旧默然。这些话他似乎早已知晓，也已思考了千万次。然而在这神山之顶，从丹真口中听到，他仍然忍不住动容。

丹真冷冷伸手，将相思低垂的脸抬起，轻轻叹息道："红衣观音一样的容颜，连春草都不忍践踏的善良，谁又忍心杀害她？然而，这就是命运。"她深深看了小晏一眼，"既然这是无法改变的，那么为何不趁她昏迷的时候，一招致命，不让她感受到丝毫的痛苦？"

一个淡淡的微笑浮现在她眼中，宛如春风化开一潭冰水，她双目中的光华宛如浩瀚天幕，无边无际，又带着不可抗拒的魅惑："用你的最强之招，出手。"

小晏的目光似乎被她深深吸引过去，再也挪不开来。两人在不足一尺的地方相互凝望，宛如两座不动的峰峦，仿佛已对峙了千万年的时间。周围万物似乎都在这无尽的对峙中改变了样子，山陵为谷，沧海桑田。

雪峰上的众人似乎也已经看得痴了。

峰峦无语。

卓王孙和杨逸之依旧没有动。

小晏和丹真也没有动。

纷扬的大雪也似乎感受到了这种静止，渐渐停止了飞扬。

突然，小晏叹息了一声，道："大师的摄心术对我无用。"

丹真也叹息一声："我能控制任何人，却不能控制你。"她的声音有些怅然，"刚才那一瞬间，我探到你心中竟完全没有杂质。盘亘在你意念最深处的心魔，二十年来一直附骨难去，为何刚才一瞬间竟然隐退了？难道——"

她的眸中发出逼人的寒光："难道在胎藏曼荼罗阵中，你竟已经顿悟了吗？"

小晏微微摇头，淡然笑道："却是方才的一瞬，大师助我顿悟。"

丹真秀眉一挑："哦？"

小晏微叹道："大师的摄心术让我在一瞬间有了经历一生的感觉。加上刚才在胎藏曼荼罗阵中的所得，我终于想通了一件事。"

丹真一字一顿道："何事？"

小晏的笑容变得空远而温和，仿佛雪原上的夜空，没有一丝阴霾："我若为了成为转轮圣王而屈服于心中血魔，以杀戮取得自己的觉悟，那么我觉悟的，绝不是真正的转轮圣王，而是魔王。如此，我与欲将天地苍生化为曼荼罗阵中蝼蚁的魔王又有什么区别？"

丹真的脸缓缓变色。

小晏舒了一口气，似乎放下了一个很沉重的负担。他遥望星空，道："这样的转轮圣王不是我的期望，也不是我母亲的期望，更不是诸天神佛的期望。

"因此，从此刻起，我决不会屈从体内的邪魔做任何事。"

他抬头望着丹真，紫衣在夜风中猎猎飘扬，清秀的脸上却笼罩着神佛一般的自信与气度：

"你若不放了她，我将和你一战。"

丹真注视他片刻，点头道："我还是看低你了。"

小晏一笑，道："是我们低估大师了。大师的目的，并非是要杀死相思而已。"

丹真坦然一笑："不错。我的目的是让你们都葬身这雪峰之顶。"

此话一出，四座皆惊。

索南迦措忍不住道："大师……"

丹真一挥手，止住他的话，将目光投向卓杨二人，道："他们两人的神识已完全陷于另一个世界，在惨烈地厮杀，而他们周围布下的这个菩提幻境，也已紧绷到了极限。如今，只要有一个功力相若的高手，在某个恰当的方位上对这菩提幻境出手，这两人积蓄到极致的内力就会瞬间同时奔涌宣泄而出。三股劲气撞击到一起……"

她顿了顿，轻轻抬手，纤纤玉指间已多了一条细绳，绳子的一端系着一块毫不起眼的灰色石块："殿下可认得它？"

小晏注视良久，眸中渐渐透出一丝惊骇："西昆仑石？"

"正是。"丹真遥望夜幕沉沉的苍穹，缓缓道，"传说千万年前，诸神与阿修罗族在冈仁波齐峰顶激战，战争结束之后，一共有十件秘宝遗落人间，就是数年前耸动江湖的天罗十宝。天罗十宝中，有三件的威力最为巨大，分别是梵天宝卷、湿婆之弓，还有调和大神毗湿奴的西昆仑石。梵天司世界之创生，湿婆司世界之灭绝，而毗湿奴则主宰世界的调和与守护。因此，这西昆仑石中潜藏的最终秘密，就是能将创生和毁灭两种力量收束、汇集。"

她轻轻叹息了一声，扶起仍在昏迷中的相思，将西昆仑石挂在她的胸前，道："我本想用摄心术引动你的心魔，让你向她全力出手。我们站的位置，正是这菩提幻境的罅隙。因此，你发出的力量将彻底打破他两人的菩提幻境，一触即发的巨大力量将完全爆发。在这样惊天动地的撞击中，西昆仑石将被发动，聚集所有的力量，而后……"她眼中透出一丝淡淡的笑意，"当西昆仑石积蓄的力量达到极限，就会炸裂，这必将引动一场惊天动地的雪崩……你们最强的力量已经宣泄，而这场雪崩绝非人力可以抵挡。于是，所有的传奇都将被埋葬在厚厚的积雪深处，永远无人知晓。"

小晏静静地看着她，一切邪恶都在他的目光下无所遁形。然而，那双斗篷下的眸子纯净无比，没有一点邪恶，也没有一点私心。

小晏忍不住叹息了一声："大师为何如此？"

丹真的声音宛如从夜空深处最高渺的星辰中透下："为了命运。"

她回头望着卓杨二人，道："数年前，我通过梦境成就法看到了他们的本源——他们本是湿婆与梵天的化身之一。我以为他们两人是化身中最为优秀、最接近神本身的人，因此，决心辅佐他们继承完整的神格，以期他们有朝一日能突破俗尘障碍，回归神的本身。为此，我用尽一切办法，将其他可能影响到他们命运轨迹的化身排除在外，正如柏雍之于杨逸之①、帝迦之于卓王孙。然而……"

她静如止水般的眸子中突然涌起深沉的怒意："没想到的是，我看错了！他们中的一个，竟敢完全藐视神的尊严。他是如此自大，甚至不相信神的存在，只相信自己的力量。正是他的狂妄影响了这场神主之战，让他们都无法回归。"

她声音是如此愤怒而悲哀，小晏也不由得为之动容。

白色衣衫满垂璎珞，在夜风中猎猎扬起，宛如一段狂舞的星河。

她深深吸了一口气，让自己渐渐平静下去，道："轮回盘上的力量已接近消失，两位神主一日不能回归，世界就一日处于劫灭的危险中。动荡、战乱、灾荒都将愈演愈烈，这是我绝对不能看到的。所以，我只有再次更改命运的轨迹。我要在这诸神灵魂汇聚的神山之巅，同时毁掉他们两人的肉身，强行让他们觉悟。"

她长长叹息一声，目光在两人间游离着，最终定格在卓王孙身上："一旦失去了这最后的机会，此人必将渐渐坠入魔道的深渊，再也不能回头。最终神性陨灭，魔道开启，青天将因他而震裂，大地将因他而赤红，万民将因他而流离失所……这些，殿下又是否明白？"

小晏默然良久，方道："大师若真以为他们是神的化身，那么就应该尊重他们自己选择的命运。"

———————————————————

① 此段故事详见于《武林客栈·星涟卷》。

丹真的目光突然凌厉起来："连自身神格都忘却的人不配跟我谈选择。当今天下，只有我能看到未来，只有我能看到命运，因此，我只要告诉他们什么是正义，他们就必须遵从。"

小晏摇头道："大师若如此执着，何不自己动手，要逼我出招？"

丹真叹息道："我只是命运的看客，却不能亲手斩断它的轨迹。何况，以我现在的力量，还不能达到和他们相若的境界。"

小晏道："既然如此，大师可能会失望了。"

丹真冷冷一笑，"你以为，你看透了我的摄心术，就能阻止这一切的发生了吗？你错了！"

她突然将相思拉起，挡在自己身前，一拂袖，手上顿时多了一道极细的红光。她挥手将这道红光刺入相思耳后。

丹真望着小晏，微微冷笑道："并不是只你一人有触发西昆仑石的力量。"手上内力催吐，那块挂在相思胸前的西昆仑石隐隐冲出一道血痕。

相思全身一震，紧闭的双眼突然睁开。那双秋水为神的眸子变得空洞无比，宛如被剥去了光华的宝石，小晏甚至不能确定她是否真能看到眼前之物。

小晏温和的脸上也带上了一丝怒意："你对她做了什么？"

丹真抬手胸前，冷冷道："让你看看神明的力量。"

突然，她一掌印在相思背上。这一掌力量极大，她俩脚下的积雪都纷然扬起，而相思却宛如浑然不觉。丹真徐徐将内力注入相思体内，森然笑道："命运将再度在你体内觉醒，去吧，帕凡提！"倏然撤掌。

相思眸中爆发出两道森寒的冷光，宛如失去了禁制的偶人，猛一抬手。两道巨大的劲力如双生巨龙，从她手中挣脱而出，径直向卓杨二人呼啸而去。

第二十九章

❊ 从此汉宫尽不忆 ❊

小晏喝道："住手！"他的身体瞬时如一只巨大的紫蝶般向那劲气迎了上去。

砰的一声巨响，大片积雪在两人之间炸开。小晏竟觉得体内真气一阵翻涌，几乎挡她不住。他全身真气陡增，左手结日经摩尼印，右手结施无畏印，将那两道劲气包裹在当中。

那两道劲气受了阻隔，只微微一顿，竟瞬间膨大了一倍，宛如山岳摧崩，以更快的速度爆发开来。

就在这一顿之间，小晏双手法印逆转，缓缓向旁边划开半个圆弧。真气催吐到极致，只听空中噼啪碎响不绝，两道怒龙般的劲气脱手而出，向一边撞去。

大地上爆开一团巨大的白雾，月光下碎冰如雨，荧光闪耀，一旁耸立的如小山一般的冰岩竟被生生击碎。

小晏心中一惊。

只听丹真冷冷笑道："如何？"

小晏望着相思。她脸上并没有疯狂的神色，而是仿佛陷入了一种极为深沉辽远的记忆之中。

然而她那惊人的力量，又到底从何而来？

"你究竟把她怎样了？"

丹真笑道："你也许还不知道，她就是刚刚拉开湿婆之弓射开第五圣泉的人。"

小晏摇头道："她怎么可能引开湿婆之弓？"

丹真冷笑道："这，或许你要去问帕凡提女神了。我所做的，只是将她那一瞬间得到的力量以镜像之法复制，储存到西昆仑石中，刚才又重新植入她的体内。虽然这些力量只够维持一炷香的时间，却已经足够了。"她仰望夜空，冷冷笑道："帕凡提是力量堪比湿婆的战神，万亿年中伏魔无数，从没有败过——你接下一招吧！"

小晏正待回答，相思突然上前一步，伸手在夜风中画了一个巨大的十字。那一瞬间，整个时空都仿佛被她划开一道巨大的间隙，江河一般的劲气从这裂缝中倾泻而下。寒风狂舞，夜雪飘飞，相思立于狂风之中，面若冰霜，水红的衣衫猎猎临风，在月光下泛着妖异的光芒，看上去真如神女降世、魔母临凡。

突然间，四周风声一紧。那道巨大的十字如天雷爆裂，透空而下。两道彼此交叉的血红流光宛如暴雨崩散，雷霆之声直穿地脉，隆隆不绝。

这一招竟似乎灭世的劫，要将一切都灭度成恒河流沙，归化到宇宙尽头！

小晏心下一沉。

平心而论，这一招他若全力应对，未尝不能接下。然而，只怕也仅仅能接下这一招。之后呢？相思此刻的力量真宛如来自神魔一般，源源不断，越来越强。如果他将全部力量用在应对这一招上，那么接下来那更加惊天动地的招式，又由谁来抵挡？

他眼角余光向场中一扫，卓王孙和杨逸之二人仍沉浸在神我境界中，久久对峙。惊醒他们的唯一办法就是破坏他们身在的这个菩提幻境。然而，这样做的代价则是，阵中积蓄已久的力量完全宣泄而出。

这种结果岂非已与毁灭同义？

风声更急，清远的天幕宛如瞬时沿着那道十字划开的罅隙，整个坍塌下来。那一瞬间，小晏心中已经有了决断。

他的身影宛如一只紫蝶般飘起，瞬间已从那堵雪墙中穿过。数丈高的积雪就宛如有形无质的虚幻之物一般，任由他透体而过。

紫光如电，已到了相思眼前。

相思面色不动，根本没有防御的意思。

是不屑于回防，还是在丹真幻术的操纵下，已不知回防？她美丽的眸子中空洞无物，似乎全部的神识已被胸前的西昆仑石抽空。她双手交叉胸前，突然向下重重一压。

四周山峦回响，隆隆不绝，万顷落雪都如云海一般，腾起一层云烟。一团极其刺目的白光如夜色中陡然现世的烈日，在她纤细的指尖徐徐升起。她身后的丹真正带着无比的自信，注视着这团光华。

这一招虽还未发出，却已带上了令天地改易的威严。

烈日越转越大，刺得人忍不住要闭上眼睛。就在这一瞬，烈日中飞快掠过一抹紫影，小晏的广袍博袖在狂风中扬起，从相思眼前一划而过。

她颈上那块微青的西昆仑石已被他摘下，握在手中。

相思浑然不觉，然而她手中那团炽热的白光已如金轮般飞旋展开，化为山岳一般的巨大实体，向小晏压下。这是足令诸神辟易的近难魔母的力量，绝无人类可以抗衡；这是铺天盖地、洞悉三界的威严，也绝无人类能够躲避。

小晏结印胸前，那块西昆仑石被他笼在掌心，发出幽淡的青光。而后，这青光和他的身影，瞬息被那轮烈日吞没。

彗星般的白光以无可阻挡的气势向卓杨二人所在的菩提幻境而来。青苍的夜空瞬时化为白昼，大地飞雪沸腾，卷起滔天银浪。

众人的眼睛都被刺得生痛。

这耀眼的光华中却隐约透出一丝紫影。

众人这才发现，小晏的身形如飘尘般紧紧附着在光华最盛之处，随之向后飞退。他双目微合，手上法印变换，如捧一团淡淡的紫晶。西昆仑石宛如一颗青色的明珠，在紫晶中不断轮转。

相思失去了西昆仑石的支撑，双眸中掠过一丝惊讶，双手却宛如惯性般地再向下一压。

那团白色烈日瞬间又扩大了一倍，飞速旋转，向卓杨两人恶扑而去。

一声极其轻微的裂响传来。仿佛天幕深处，某种极为重要的东西裂开了一道罅隙，人心底最为脆弱的某处也随之破裂。那股不可思议的巨力利刃一般插下。众人只见那菩提幻境剧烈地颤抖了一次，阵中的一切仿佛都为之错位、变形。而后，阵中紧绷的平衡瞬时崩溃，两道同样汇聚了万物创生与毁灭、天堂与地狱、希望与死亡的力量，如天柱倾塌、银河倒泻一般，完全卷涌而出。

卓王孙惊天动地的毁灭之力、杨逸之功参造化的梵天一剑竟同时出手！

雪浪滔天，夺目的白光宛如一朵巨大的优昙，绽放在寂寂雪峰之巅。万亿光芒透体而过，众人不由得闭上眼睛。

夜风冷峭，变幻的光影映得丹真的脸上阴晴不定。她嘴角徐徐浮出一抹笑意——命运的轮盘终于被她纤弱的双手逆转。她是神明的化身，是未来的主宰，绝没有任何凡人能挡在她面前！

只要她愿意，就算星辰的轨迹，也要让它粉碎。

然而，她的笑意渐渐凝结。

预想中，那足以摧毁一切的爆裂并没有出现。三股巨大的力量并没有彼此撕咬炸裂，而是正在向一处不断汇聚。

西昆仑石。

小晏立于光华的正中，右手在上，执大日如来印；左手在下，执月轮摩尼印。那枚西昆仑石在他掌中，一如日月诞生在苍穹大地的覆载之中，徐徐旋转，散发出夺目的光芒。分别来自卓王孙、杨逸之、相思以及小晏本身的四股力量，就在西昆仑石的吸收、调和下，渐渐向石中汇聚。

西昆仑石越旋越快，青色石身中徐徐升起一抹血影，在四股巨力的催动下孳生、涨大。本来杯盏大小的青色石子竟膨胀为一枚血红的心脏。四股力量化为四色彩练，就如维系心血的筋脉，和西昆仑石一起搏动。

穹庐坼裂，赤白的天幕似乎瞬息返回了远古，碎为一张血色巨网——那是女娲炼石补天前的姿态，也是这心脏、筋脉的无尽延伸。

怦——怦——

这种律动似乎极轻而又极重，仿佛来自天际，又仿佛源自万物的内心深处。最终，大至星辰宇宙、芸芸众生，小至一花一木、须弥芥子，都被纳入这张细密的筋脉之中，无声共振。

人们抬头仰望。天幕赤红，交织的裂痕中，红影缓缓渗下，宛如欲滴的鲜血，让人不由得产生一种错觉——难道自己竟是置身在一只巨兽体内？这天、这地不过是巨兽的肌肤筋脉；这星辰、这众生不过是巨兽的脏腑？

小晏凌空而立，满天光影为他披上一袭金色的战甲，宛如上古时应劫出世的转轮圣王，独自立于这血色天幕的中心，将巨兽的心脏捧于掌中。朵朵流火在天幕中绽放出十万莲花，侍奉着他飞扬的身姿。他长身立于苍穹之下，广袖凌风，紫袍上垂下道道璎珞，在变幻的光影中飘动不息。

他眸中有无尽的悲悯，静静注视着西昆仑石，仿佛他掌中托起的不是一块石子，而是众生、日月甚至整个宇宙。

丹真的脸色渐渐变得肃穆。

她向后挥了挥手，解开了紫石的穴道。紫石的行动瞬间恢复，倏然从雪地上跃起，舞动着手上的匕首，向丹真扑来。丹真也不躲避，只一抬手，将她的匕首架在指间，叹息道："你应该看着他，这是你最后的机会了。"

紫石眼中的刻骨仇恨瞬时被惊讶代替，嘶声道："你说什么？"

丹真拂袖将她推开，抬头望着赤红天幕中那轮孤零零的明月，冷冷道："再过片刻，就是九月十八，佛陀的诞辰，也是今世转轮圣王十八岁的生日。"

"那又怎样？"紫石突然住口，似乎明白了什么，颤声道，"你是说，你是说……"

丹真双手缓缓合十在眉心处，似乎在向天地深处的神魔致以最高的敬礼。

"诸行无常，盛者必衰。又是佛灭度的时候了……"她长长叹息一声，合上双目，轻声诵念着经文。

紫石怔在当地，突然爆发出一声凄厉的哭泣，转身向小晏扑去。然而，她的身体刚刚到离小晏两丈开外的地方，就宛如撞上了一张无形的气壁，从半空中重重跌下。

她的脸色瞬时苍白，胸前的衣襟也被染得殷红。她勉强支撑着自己的身体向前爬去，身下拖出一道浓浓的血痕，然而稍一靠近，又被远远弹开。她呻吟了一声，又向前扑去。就这样一次次摔得全身浴血，却又一次次爬起，撞向那道流光溢彩的气壁。

直到丧尽了最后一丝力量，她才咳嗽着抬起头，怔怔地望向不远处的少主。她长发披散，半面浴血，在气壁流光的照耀下，显得格外凄厉，也格外绝望。

突然，她眼中的绝望消失了。

因为她看到，满天红雨之中，小晏正回头望着她。四周斑驳的血光丝毫不能沾染他的身体，只有一种宛如自天庭垂照下的清华笼罩着他的面容，让他本来毫无血色的脸显得如此生动。

那一刻，他破颜微笑。

九月的月轮垂照世间，他似已完全超脱了迷惘、忧伤、欲望和嗜血的痛苦，剩下的只有无尽的悲悯——为眼前诸人还未能超脱生老病死、悲欢离合的轮回而悲伤。

那一瞬，紫石竟觉得自己已经过了千万年的时光。

那一刻，她看见了他的微笑。

他的微笑。

这是他灭度前，回头对她的一笑。

再不是为了众生，再不是为了说法，只为她而笑。

这一笑竟是如此宽广，将宇宙轮回、芸芸众生都包括在内；这一笑又是如此熟悉，宛如那幼时的王子，和她一起漫步在幽冥岛金色的海滩上，度过了她生命中最美丽的岁月。

这就是他欠她的。

欠了千生万世。

他再入轮回，或许是为了苍生，或许是为了救世，或许，不过是为了还她这一笑。

他终于还给了她这一笑。

她的心瞬间也空漠起来，难道，胎藏曼荼罗阵中的幻影竟是真的，一笑之后，她与佛数世的缘分也到了终结的时候吗？

菩提树下的一碗供养，那乱发污衣的王子接过木碗，无意中抬头看了她一眼，那目光比星辰大海还要深广。

从那一刻起，这一切就已注定。

注定了数世的追随、数世的仰望，数世化为一朵鲜花、一只小鸟、一颗顽石、一粒尘埃，守护供奉在他周围，默默地听他说法，等他在漫天花雨中慈悲低眉，淡淡微笑。这就是她给自己选择的宿命，是她永世的修行，她全部的信仰！

爱，就是她的信仰、她的一切。

千生万世，用鲜血供奉她的佛，这就是她的修行、她的信仰、她的宿命！

她又怎能在此刻失去？

怦——怦——

包藏着世间一切力量的西昆仑石，不停在他掌上法印中冲突，宛如恶魔的心脏，越涨越大，随时要破体而出。

紫石下意识地嘶声喊道："不——"

小晏微合的眸子睁开，抬头仰望苍天，透过那千万重的魔氛，依稀能看到诸天神佛的微笑。漫天的曼陀罗花雨纷扬飘落。

佛陀涅槃前，入忉利天为母亲说法，以报答生母养育之恩。

他却无法再见到那还在幽冥岛上苦苦等候他回家的母亲。

他最终没能杀掉相思、解开月阙的血咒。母亲也许会非常悲伤。然而，他相信，她一直的心愿是实现了的——为众生舍身，这才是转轮圣王应有的心怀。

因此，他再度微笑了。

双掌日月法印向下一合。

卓王孙和杨逸之眼中一惊。

他们已经明白，小晏是要用自身去承受这即将爆裂的西昆仑石以及其中那足以毁灭三界的力量。

而相思还昏倒在他身旁不远处。

两人同时撤剑，但全身一阵酸楚，似乎方才所有的力量都已宣泄，如今连一步也迈不出去。

赤红欲滴的西昆仑石绽放出一道极强的光芒，随即片片碎裂。一个巨大的涟漪宛如被搅碎的天河，在空中绽开，瞬息以不可思议的速度向四处层层扩散。

这个涟漪最初只在一点，而后迅速上侵于天，下透于地。向上，天空中赤红的血网瞬时被击得粉碎，化为满天火雨，飞扬坠落；向下，大地隆隆震动，平整的雪原顿时皱起，宛如水波一般跌宕散开，越涌越高，最后卷起数丈高的雪浪，又向涟漪核心反压而下。

散雪飞扬，一切都笼罩在汹涌的银光之内，再也看不清楚。众人都宛如被那道无形的涟漪透体而过。虽然看上去全身的肌肤、筋脉都未受到丝毫的损害，但构成物体的每一颗微粒的核心处，都被震开了一条不可知的裂痕。

天空、峰峦、大地亦在这涟漪的侵袭下剧烈颤抖，唯有这本应振聋发聩的天地绝响，却被某种无声的屏障过滤去了。

一切无声无息地发生、演化、毁灭、重生。

咫尺处赤练舞空，雪浪卷涌，人们却没有感受到一丝冲击。仿佛这灭世浩劫被一张来自天庭的屏障隔绝。

一切都被守护。

正是这道凝结着诸佛慈悲的屏障，让人们能透过这陆离的光影，看这世界的灭绝与重生。

这一切仿佛就在眼前，却又宛如不在。

世界方才真的灭绝过、又重生过了吗？

每个人眼中都带着深深的疑问。

第三十章

王母殷勤奉紫芝

雪浪终于渐渐归于消沉，微微霰雪宛如诸天花雨，默默飞扬。没有璎珞、伞盖、珠蔓、灯明、幢幡、伎乐、歌舞。

只有浩浩苍穹，茫茫雪原。

天空清澈得仿如透明，大地宛如一块清明琉璃——只有重生后的世界才可以如此纯净。一声极轻的梵唱透过一带星河，袅袅而起。

紫石深深长跪在如镜的雪原上。那道隔绝她和少主人的屏障业已消散，她终于能静静地抱着他的身体，再也不必放开。

她默默凝视着他的脸，无喜无悲，宛如陷入了一场执着的梦境。她的鲜血不住从伤口中喷涌，但她毫无知觉。

因为她的世界里从未曾有过自己。

只有少主人。

如果可以，她宁愿这具肉体不曾存在过，还和千生万世一样，是一缕风、一束光、一块碎石、一只蝼蚁……可以永远侍奉在他身旁。

此刻，他的面容宛如新生的月华，纯净得让人不忍谛视。无论是血魔的狰狞还是佛法的神光，都渐渐从他的脸上褪去。他淡淡微笑的唇际，终于染上一抹令人心碎的红色。

那是人类的血色。

这让诸神叹息的美少年，似乎只是这浮华世间最富饶奢侈的国度的王子，在他

258

十八岁生日的夜晚，不经意地沉醉在皇宫花园的星光之下。

天地悠远，远处的梵唱渐渐变得清晰可闻。数片大得出奇的雪花从遥远的天空飘落。这些雪花竟然是八瓣的。满天雪舞，当它们飘落在他身上之时，是如此之轻，仿佛也怕惊扰了他的安眠。

天雨曼陀罗，这满天飞扬的八瓣之花只在一种时刻出现。

佛灭之时。

紫石似乎猛然从梦境中惊醒，脸色骤然惨白。她突然抽出匕首，疯狂刺向天空中坠落的花雨："滚开，滚开！什么诸天香花，什么神佛涅槃，都是骗人的！我不信，我不信！少主人还没有死，你们统统滚开！他是我的，是我一个人的！"

她手腕上的伤口迸裂，鲜血宛如落雨一般洒下，将飘落的八瓣雪花染上点点嫣红。

"滚开！"雪花纷扬，她染血的手臂在夜风中挥舞，惊惶地四处驱赶着雪花，又想抱起小晏的身体躲到别处去，却全身无力，一个踉跄，重重跌倒在雪地上。

浸染的雪花透过她的手臂，瓣瓣覆盖上小晏的身体，却一瓣也未曾化开，也不忍掩盖他绝世的容姿。

这触目惊心的红、触目惊心的白，宛如诸天坠落的美丽花雨，侍奉在他的周围。数十位大德突然口诵经文，齐齐跪下，投地膜拜。

紫石疯狂地用刀尖指着众人，厉声道："住口，住口！"

梵唱、经声在寂寂雪峰上不住回响。

紫石的声音突然从凌厉转为绝望，久藏的泪水夺眶而出。她嘶声哭道："为什么你要走？为什么你又抛开我一个人走了，为什么不让我修行下去……

"我不要看你笑，我只要陪着你，永生永世地陪着你，做一粒石子、一朵鲜花、一棵小草，我宁愿你永远看不见我，我宁愿永远用自己的血供奉你……"

千百年前，当她捧起一碗鲜血的供奉来到他栖身的岩洞时，他不告而别；轮回之后，当她化为顽石，被雕刻为佛的形貌供奉在皇宫中时，他再度行迹杳然。

如今，他再一次离开了，就在他还了她一笑之后，带着他的微笑，带着他们间数世的因缘，永远离开了。他终于回报了在俗世间唯一的亏欠，结尘而去，从此深居极乐净土，相伴十万莲花，出则帝释前导，入则诸神护卫。

从此，他的心只会为众生慈悲，再不会为任何一人惊动。

而她呢？

没有他，她的修行、她的信仰、她的生命又在何处？

明月欲坠未坠，挂在众人头顶，大得惊人。

紫石伏地悲恸，十指在雪地上抓出深深的血痕。她突然止住哭声，仰望着寂寂虚空，脸上的血迹被泪水冲开，诡异无比。她脸上的笑容哀绝而狰狞："少主人只是累了，休息了，你们为什么不相信我？为什么？"她环顾众人，点头道："好，我叫他醒来！"

她一把将衣襟撕开，胸前的肌肤已完全被鲜血染红，却依旧美丽秀挺。她手腕翻转，两指夹住刀身，回手刺入自己的胸膛。

血洒长空。

众人大惊之时，她已将匕首拔出，再次刺入！

大蓬的鲜血飞溅，将八瓣雪花染得赤红。刀刃每次仅入体一半，也并未正对心脏。很快，她的胸口已找不到一处完整的肌肤。紫石微笑着，一手小心翼翼地扶起小晏的身体，一手探入伤口深处，似要将自己不断喷涌的血捧出，滴落到他的唇上。

她的声音嘶哑，却有莫名的柔情："少主人，该醒来了。"

她喃喃地反复着这句话，动作温柔而机械。只是那探入胸口的手，却一次比一次更深，似乎恨不得剜出更多的鲜血，将沉睡的主人唤醒。

然而小晏却始终没有回答她的呼唤，身上清冷而熟悉的异香从雪原上袅袅而起，直达天幕，越来越淡。

紫石脸上的神情急剧变幻，纤细的手弯曲如钩，已被赤红遍染，在空中瑟瑟颤抖。血液顺流而下，将两人身下的大地浸湿。她的声音从温柔变为焦急，从焦急变为绝望，突然仰天发出一声凄厉的呼喊，脑后的黑发在风中摇散。

月华冰冷地照着她毫无血色的脸，那头及地的乌丝竟寸寸斑白。

这一次，我用全部的鲜血供奉你，为什么，为什么还是得不到你的回答？

她脸上闪过一片疯狂而凄厉的笑意，双手齐齐插入胸口，似乎要将自己的整个心脏捧出。

血肉筋脉发出分离前的痛苦呻吟，她白发飞扬，仰望夜空，眼中满是哀绝之色，双手却伸入体内，一点点剜掘自己的心脏。浴血的容颜因这剧烈的痛苦而扭曲，看上去如鸠盘魔母，凄凉已极，亦诡异已极。

众人为这画面所慑，悄然无声。一时四周寂寂，只有她凄厉的哭声洞彻重霄。

雪又变得大了起来，月光微动，丹真不知何时出现在紫石身后，一扬手，将她整个人击得飞了出去。

"你佛缘已尽，放手吧。"

紫石伏在雪地上，虚弱到极点的生命竟然燃烧出异样的光华。她猛地支撑起身子，断断续续地笑道："你，你……"

丹真的脸色宛如雪峰一样冰冷，缓缓道："转轮圣王已经涅槃，你不要再玷污他的法身。"

紫石目光宛如利刃，恶毒地剜在丹真的脸上："都是你，都是你们！为什么你们不去死？为什么偏偏是他？"

丹真嘴角浮起一个讥诮的笑容："你说得对，我也会死。"言罢从她身旁走过，再也不看她一眼。白色的斗篷沙沙作响，洒下一蓬淡青色的雪花，渐渐模糊了紫石的眼睛。

丹真缓缓来到昏迷在雪地上的相思身前。

相思方才就置身涟漪的核心，却没有承受太大的爆裂之力，身上看不到一丝伤痕，只有一抹夭红的血迹静静绽放在她眉心之间。

她侧卧在雪地，胸前微微起伏，仿佛已进入了另一场梦魇。

丹真注视着她，突然一扬手，一道青光猝然而起，从相思眉心处直透而过。这一下变化太为突然，卓杨二人欲要驰援，已然不及。相思发出一声痛苦的呻吟，眉心处隐然有一团血影破体而出，向丹真手上飞去。

丹真将来物握在掌心，眼中透出一丝深深的笑意，突一用力。五道天红色的液体从她指间渗出，她合目抬头，将掌心缓缓印在额头之上。

卓、杨二人望着丹真，脸色渐渐沉重——三只青鸟的血终于还是完全汇聚了。

天空中，已渐渐沉寂的梵唱再次鸣响。

宁静而空明的苍穹再度变为浓浓的青色。整个世界宛如笼罩在一片幽寂的青光之中，摇曳不休。相思全身都因痛苦而颤抖，神志却似乎渐渐清晰。她茫然回头，望着周围，突然，目光停伫在紫石和小晏身上。

她的泪水潸然而下，轻声道："殿下——"

丹真也不看她，踏着一地鲜血，一步步向卓、杨二人走来。她光洁的额头印上了五缕天桃般的痕迹，衬着她的如雪白衣，庄严宝相中透出夺目的风华。

正在伏地诵经的大师们似乎隐隐感到了一丝不安，齐齐抬起头来，虔诚而畏惧地仰望着踏雪而来的丹真。

她在卓、杨二人面前驻足。

"我从你们眼中看到了仇恨。为好友复仇、憎恶我的所为，都是很好的理由，然而——"

她淡淡一笑，对卓王孙道："你的心底只有杀戮本身。"

卓王孙冷笑不答。

丹真轻叹道："我本来也想杀了你。然而方才鲜血加额的瞬间，我突然改变了主意。"

她仰望星空，道："天地运行，众生轮回，其实并没有一开始就注定的命运。而你我这样的人，一次次企图重新选择，一次次希望凭一己之力将命运逆转，正是这些选择，最终成了我们的命运。"她的眼中掠过一丝忧伤，"我寻来西昆仑石，本想借它摧毁你二人肉身，强行令神性回归，却也因为此石，意外打破了菩提幻境，使两位神主的神格再度陷入沉睡。回归的时机反而被拖延。你和他暂时都不会再受神性的困扰，而是将以凡人之体做神力的宿主，等待下一次机缘。因缘错乱成这个样子，是我的错。或许，任何人都不该插手因缘本身。"

卓王孙冷冷道："你插手与否，都是一样。"

丹真默然片刻，轻叹了一声："你说得对。"

"既然你我都已经明白，那么……"她轻轻抬起衣袖，"接恒河大手印吧。"

恒河大手印！

传说佛陀在灭度前留在凡间唯一克制魔王的法宝。听到这几个字，诸位大德都不禁全身颤抖。

纷扬的落雪停止了飞舞。那一瞬间，万物的核心似乎都被抽空。只见她白色的衣袖似乎被微风扬起，她的手在月色中轻轻划开一道圆弧。这一划毫不着力，仿佛只是轻轻拂去鲜花上沾染的晨露。然而正是这不经意的一拂，这雪山、这寒冰、这落雪、这星、这月、这人，似乎都如同宇宙本身的渣滓一般，被她轻轻拂去。

相思脸色陡变。这恒河大手印的起手势，原来她曾经见过！

就在乐胜伦宫中，卓王孙曾经带着她，以湿婆之弓的力量，借此招冲破乐胜伦的九重伏魔锁。

如今，同样是这个起手势，却在丹真手上展现出完全不同的姿态。如同明月与烈日的对比，丹真此招更为优美、柔和——或许也更接近此招本身。

大地深处传来一声隆隆裂响，冈仁波齐峰顶沉寂千年的积雪突然宛如受了诸天神魔的召唤，一起呼啸，一起跃动，以吞噬八荒、覆盖万物的威严，奔涌而下。

这足以震天撼地的雪崩终于还是被引动了。

大地坼裂，数十位大德几乎站立不住，眼中也透出浓浓的惶恐——为这终于无法避免的末世天劫而惶恐。

天河乱泻。

丹真站在崩雪中心，脸上始终带着淡淡的笑意，手指又是轻轻一拂。

这个手势和刚才的完全一样，只是方向截然相反。

大地的颤抖停止，无边阴霾瞬息一扫而空，大地又是一片纯净的琉璃境界。每一块岩石、每一片落雪都还在原来的位置上，毫发无损，仿佛方才的一切只是幻觉。

丹真的手静静虚悬在夜风之中，仿佛那被她发动的灭劫又被她轻易凝止在掌心。

她是一切的守护者、调和者，一切秩序的定义者、维护者，一切力量的发动者与归往者。

她就是这凡世上唯一的神祇。

她注视着卓王孙，淡淡笑道："平心而论，这一招你能否接下？"

卓王孙脸上的神色阴晴不定，良久，嘴角浮出一个冰冷的微笑，道："恒河大手印共有三重变化，我只想知道，最后一重是何等样子。"

丹真冷笑收手，道："恒河大手印有无数传说，其实，每一种都是真的。它既是佛陀留下的降魔大法，也是西王母最强的招式。传说大禹登上天庭之后，要求见识天下最强的剑法。于是，诸神采撷北极光，锻造出一位剑奴为他演示此招。这位剑奴后来被盗下天庭，沉睡在西昆仑山之巅，被人们称为西王母。[1]

"西王母诞生的目的本是为禹演练这招极天人造化的剑法。此招既是天下最强的剑法，也含有天下最强的诅咒——出此招者，所有记忆都会消散，直到下次青鸟之血汇聚。而见此招者，则会双目破碎。因此，这所谓至美的一招其实是不可见的。这是神对狂妄的禹开的一个玩笑、一个惩罚。"

她注视着卓王孙，叹息道："你比传说中的禹还要狂妄，但如今，还不到这一招来惩罚你的时候。"

她摇了摇头，又道："你可知道，为何千万年来绝无人能抵挡此招？"

卓王孙不语。

丹真眸中透出深深的笑意："因为这就是神的力量。你可以拿起湿婆之弓，是

---

[1]　女娲所铸剑奴被盗下天庭、成为西王母的故事见《昆仑劫灰》。

因为你是湿婆在凡间选定的化身，你的力量是借助神的荣耀而存在的。而你，却只是凡人。"

她的目光在卓、杨二人身上游走，缓缓道："我们三人拥有相同的觉悟机遇，不过至今只有我得到了。你们出于种种原因错过或放弃了神性觉醒。毁灭与创生之力本是天地元枢，若无神的意志控御，绝不可能在凡人手中完整施展。因此，在下次机缘到来前，你们不是神力的主人，而只是容器，所能使用的也只是冰山一角，无法和真正的神对抗。如今，你们自负无敌天下，但在我眼中，亦只是蝼蚁而已。"

杨逸之眉头紧皱，似乎陷入沉思；而卓王孙脸上只有冰冷的笑意。

丹真长长叹息一声，对卓王孙道："你本来可以拥有诸神中最强的力量，然而你不相信神明，这就是你坠入魔道的根源。"

卓王孙淡淡笑道："我所相信的，正是你不敢相信的。"

丹真皱眉，良久，叹息道："看来，这一切已是注定。"她结印胸前，道："此招的最后一重变化，我已注入一人的体内。若你依旧如此执迷不悟，那么，终有一天能从她手中见到完整的恒河大手印。不过，或许你不会盲目，因为那个时候，也是你正式脱离人的界限、坠入魔道的一瞬。是魔非人，则不受此诅咒制约。不过，更多的诅咒将从此跟随着你，永世无法摆脱。"

卓王孙一笑，抬头看了看青色的天幕，道"月已东倾，大师还不到示寂的时候吗？"

丹真望着他，眸中寒光隐动，透出一丝怒容，似乎刚脱离尘缘的她还未能完全超脱喜怒哀乐。然而她瞬即平静下来，微笑道："你难道不想知道那人是谁吗？"

卓王孙脸色一沉。

丹真笑道："是步小鸾。"

她并不理会他眼中升起的杀意，缓步从他身边走过："你不必愤怒。正是这股注入她体内的力量，能再延续她三个月的生命。其实她早就已经死了，这样强留她在人间，难道不是一种罪？"

卓王孙望着她的背影，一时心头竟涌起难言的创痛。

她重重长叹，在峰顶岩边止住脚步。天色青苍，似乎已有了破晓的痕迹。寒风吹动她白色的衣衫，在天地之间，却是如此寂寞。她遥望着红光乍现的地平线，声音突然变得很轻："恒河大手印已出，我的记忆便将消散……与你的约定，也算是完成了吧……"

她合十胸前，声音仿若晓风：

"浮世无驻，空去来回。

有者无因，遂而生悲。

既见菩提，复云吾谁？

一朝舍去，大道盈亏。"

白衣飘飞，晓风将她的声音越吹越远。这一代空行母、青鸟族信奉的西王母、毗湿奴留在尘世间力量的主导者，就这样立于冈仁波齐峰顶，安详示寂。

数十位大德齐齐拜伏下去，却已无法吟诵经文，一起悲泣出声。

月轮隐没，似乎也在为这一天之内，两位真佛的示寂而悲伤。

紫石凄凄的哀泣、大德的诵经声似乎也已变得嘶哑，最终沉寂下去。

空山寂静，众生无言，仿佛就这样经过了千万年的时光。

噗的一声，似乎有什么法咒破碎了。

一匹汗血宝马奋蹄狂奔，载着一个人影越去越远。

他并没有回头，身后的包裹在晨风中露开一线，六龙降魔杵迎着朝阳发出夺目的光彩，衬着他乱舞的狂发，令他看上去宛如天神。

马蹄声渐行渐远，终归沉寂。

众人仍然一动不动。

只有相思的心中涌起一种异样的感觉，似乎一双一直看守、保护着她的眼睛，终于离开了。

笑着离开。

相思摇了摇头，想将这个诡异的错觉从脑海中抛开。她抬起头，目光正好触到卓王孙。她脸上露出幸福的笑意，轻轻向他依靠过去。

有他在身边，一切已经足够。

又不知过了多久，轻轻的踢踏之声再度响起，一头青色的小驴从山脚下徐徐行来。一个纤弱的少女恬然酣睡其上。她苍白的脸上浮起一抹嫣红，如这欲生未生的朝霞一样动人。

相思讶然："小鸾？"

那一刻，朝阳终于突破沉沉夜色，将第一缕阳光投照在她身上。最后一缕月光从人们的视线中无声隐退。

无尽传说就这样与昨夜的莽苍夜色一起陨落。

而天地万物，却在这一刻轮回、新生。

（《华音流韶·天剑伦》终，后事请见《华音流韶·雪嫁衣》）

图书在版编目（ＣＩＰ）数据

天剑伦：典藏版 / 步非烟著. -- 青岛：青岛出版
社，2018.3
ISBN 978-7-5552-4402-8

Ⅰ. ①天… Ⅱ. ①步… Ⅲ. ①长篇小说－中国－当代
Ⅳ. ①I247.5

中国版本图书馆CIP数据核字(2016)第186036号

书　　名　天剑伦：典藏版
著　　者　步非烟
出版发行　青岛出版社
社　　址　青岛市海尔路182号（266061）
本社网址　http://www.qdpub.com
邮购电话　010-85787680-8015　13335059110
　　　　　　0532-85814750（传真）　0532-68068026
责任编辑　郭林祥
责任校对　耿道川
特约编辑　崔　悦　吴梦婷
装帧设计　苏　涛
印　　刷　三河市南阳印刷有限公司
出版日期　2018年3月第1版　　2018年3月第1次印刷
开　　本　16开（700mm×980mm）
印　　张　17
字　　数　165千字
书　　号　ISBN 978-7-5552-4402-8
定　　价　39.80元

编校印装质量、盗版监督服务电话　4006532017　0532-68068638
建议陈列类别：畅销·古代言情